Re:從零
Re: Life in a different world from zero
開始的異世界生活

「先從最基本的I字開始。
RO字和HA字要在I字都學完後再學。」

「我想從今以後也會給妳添麻煩，
不過拜託妳了。」
ZZZ..

Ram&Rèm
拉姆＆雷姆

Characters

Re: Life in a different world
from zero
The only ability I got in a different world "Returns by Death"
I die again and again to save her.

拉姆
Ram

羅茲瓦爾宅邸的
雙胞胎女僕（姊姊）。
胸部扁平如飛機場。

雷姆
Rem

羅茲瓦爾宅邸的雙胞胎女僕（妹妹）。
擅長所有家事。

羅茲瓦爾・L・梅札斯

Roswaal

以配色奇特過頭的服裝，
和猶如小丑的臉妝作為特徵的貴族。

Roswaal

碧翠絲

Beatrice

Beatrice

禁書庫的圖書館員。
以「哥哥」稱呼帕克並仰慕他。

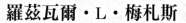

Re: Life in a different world from zero

The only ability I got in a different world "Returns by Death"
I die again and again to save her.

CONTENTS

序章
『救贖的開始』
003
第一章
『自覺的感情』
004
第二章
『約定之晨尚遠』
033
第三章
『鎖鏈的聲響』
118
第四章
『薄暮之時的捉迷藏』
174
第五章
『期望的早晨』
232

Re:從零開始的異世界生活2

長月達平

青文文庫

封面・內彩、內文插畫●大塚真一郎

序章　『救贖的開始』

——那時候得到的情感，如今依舊深深牢記在心。

眼熟的景色因火焰而搖晃，熟識的人們逐漸化為無法言語的屍骸。

慢慢結束的世界，封閉起來的世界，沒有回應的世界。

僅存嚴苛、不講理，只會傷人的那種世界。

伸手、動指、顫唇，就算如此也要懇求。

因為即便身在毫無救贖的世界中，自己也只能這麼做。

只能從擋住視線的背部後方窺探世界。

那道牆突然被撤去，變得寬廣的世界炫目得叫人瞇起眼睛，燃燒肌膚的火炎熱度和色彩，血肉燒焦的氣味和顏色，在空中飛舞的「角」的美麗與姿色，都刻畫在那半開的眼眸中——

在這個即將結束的世界中，自己在想什麼呢？

那時候得到的情感——如今依舊深深牢記在心。

在那之後，她的每一天都只是在對那份感情贖罪而已。

第一章　『自覺的感情』

1

睜開眼後最先看見的，是帶著人工感的白色光芒。光芒後方是寬敞的天花板，垂吊下來的結晶閃耀著淡淡的光輝照耀室內。

用睡醒的腦袋確認眼前光景，昴的意識立刻清醒，他的體質是一旦睡醒就不會賴床。

「……枕頭的觸感真不一樣，氣味和品質跟我平常用的價格差了一位數吧。」

昴享受過棉被的觸感後，從散發微香的床上撐起身體。

一眼就能看出這是上流階層的房間。昴睡的床，大到可以睡五個人都還有剩——將近十坪大的寬敞房間裡，就只有一張大得誇張的床，實在是很詭異的布置。

「只有牆壁掛畫這種形式上的家具陳設反而更添寂寞啊，這真的能叫做是客房嗎？」

完全清醒的昴下了床，稍微轉動四肢確認身體狀況。肩膀和雙腿的轉動良好，最後掀起衣服觸碰腹部。

「肚子上的傷……沒有了。淤青不用說，就連肚子被切破的痕跡都沒有嗎？從沒有留下縫線這點來看，這個世界的外科手術很優秀呢。如果我的大活躍不是妄想的話啦。」

回想自己的肚子被深深砍破，以及這一連串發生的事。

原本在地球的日本當一名普通高中生的昴，突然被召喚到異世界然後死亡——就如字面上的意思，死過好幾次。

而現在能夠保住一命，是在多個奇蹟重疊之下所產生的偶然。

「話說回來，在那之後過了多久……有沒有可以顯示時間的東西呢？」

繞著室內張望，但都沒看到像日曆或時鐘這類東西。門上亮著黃色光芒的結晶很醒目，窗外的黑暗透露出現在是晚上這項新情報。

昴聳了聳肩，然後大口深呼吸，接著……

「總之不管怎樣……這次是迴避了『死亡回歸』吧。」

道出這難以推斷的結論後，終於下定決心要面對現實。

2

「第一次死得很慘，第二次是勇於赴死，第三次死得沒有意義，第四次是在死鬥結束後被流彈打中而死——不過卻避開了這個發展。要是又死了，我就是徹頭徹尾的路人甲了。」

把體重託付給床鋪，昴扳著手指計算自己的死因，深感沮喪。

回顧過往，包含沒死成的這一次，全都是死於刀傷，多到這陣子都不想看見刀了。

總之，在硬是迴避了「死亡回歸」後，時間總算是繼續前進，原本受到致命傷的昴，可以像這樣安然無事是因為……

「從狀況來猜，是那女生……愛蜜莉雅用了回復魔法吧？」

浮現在腦海裡的，是有著一頭銀髮、藍紫色瞳孔的美少女──愛蜜莉雅。

腹部的傷口會痊癒，一定是她治療的吧。對有被愛蜜莉雅療傷過的昴來說，會這麼想是很自然的。

而且很自然地，昴必然會認為自己休息的客房──這間宅邸的主人也是愛蜜莉雅。不過……

「說到宅邸，也有可能是萊因哈魯特他家。不管怎樣……」

瞥了房門一眼，昴對杳無音訊的狀況不滿地嘆了口氣。

「一般來說，當我睜開眼時要有一名在枕邊看護我的美少女對我說：『你醒啦？』才對呀。被召喚來的時候也沒有美少女，這個召喚系統的ＢＵＧ太明顯啦……」

不但不能使出無雙，邂逅女角的機會又很少，以召喚系統來說根本是不合格。

「而且，沒動靜到這種地步……不就只能自行確認現狀好好給它大玩一下了嗎？」

昴幾乎是跳著起來，將手伸向房門。冰涼的空氣從打開的門後流入，地板的冰冷直接傳達給光著的雙腳。

一出房間，眼前是牆壁和地板統一採用暖色系的寬大走廊，左右兩邊都是綿延的通道，恐怖的是走廊竟然長到看不見盡頭。

「這豪宅氣派過頭了，叫人只能發出『嗚哇啊』的聲音啦。該說是超大還是廣大無邊……都沒有人的氣息耶。」

光腳走在走廊上，昂為這份靜謐皺眉，連應該有的生活聲響都完全沒聽見。

「撇開晚上這點不談，這也安靜過頭了……這樣會害我猶豫要不要吶喊耶。」

原本昂的性格應該是會大叫「有沒有人在啊！」但以目前的狀況來看，這麼做可能會有危險。

畢竟現階段，昂無從掌握自己是否置身在安全的場所。

是可以理所當然地判斷有好心人將昂收留在宅邸內，但最糟糕的情況，就是在昂失去意識後，那個喜歡腸子的殺人魔跑回來綁架昂，這種可能性不能說沒有。

話說回來，考慮到那種可能性後，就不能不採取行動。

「盡人事聽天命，賢一不也這麼說過嗎？我也這麼認為。」

順帶一提，賢一是昂的父親，其實是個很有父親架子的人。

昂邁開的步伐沒有猶豫，但走了一段時間，他不解地歪著頭。

「走這麼久，別說是走到出入口了，連盡頭都沒看到，怎麼會這樣？」

異樣的感覺揮之不去，決定走回頭路再想想看該怎麼做的昂轉過身，結果卻感到奇怪地皺起眉。

「這幅畫……一開始走出房間的時候，不是在我的面前嗎……」

站在走廊上的裝飾油畫前，昴雙手抱胸沉吟。
畫的主題是夜晚的森林，感覺跟自己一出房間就看到的是同一幅畫。
如果不是自己走太慢……他突然想到一個可能性。
「地板有裝設機關嗎？該不會是讓走廊像跑步機那樣一直轉動……吧？」
恐怕是在走廊上移動到某個距離，就會自動轉移到地圖另一頭讓人無限行走，這在RPG之類的遊戲是很常見的地圖圈套。
「要是走廊也會繞圈圈，那跟『死亡回歸』還真是有夠像的。」
沒有徵求任何人的同意，昴直接打開附近房間的門，結果裡頭什麼都沒有，可說是個家徒四壁的房間，當然裡頭也沒人在。
「無限走廊和好幾個房間……是不找到正確答案就出不去的關卡嗎？」
儘管還無法完全接受異世界召喚這件事，但剛醒來就立刻遇上新的奇幻要素，真是叫人想抱頭的狀況。
「按照約定俗成的發展，我接下來得花上好幾個鐘頭尋找正確的房間吧。現在肚子餓、精神耗弱、體力也快要見底，既然如此……」
倒吞一口氣，擦去額頭上的汗水，昴帶著覺悟踏出第一步。
面對掛著油畫的門，握住原本就是昴走出的房間門把，轉動。
「回房間睡到別人來叫我吧，說不定是走開始的房間就是終點這種常見的設定。」

這種自暴自棄的性格和思維所觸發的構想，促使昴沒有確認就直接踏入房間——

「……怎麼有個讓人打從心底火大的傢伙啊？」

然後，在毫無印象的書庫裡頭，瞪著昴的卷髮少女含恨說道。

3

——那是非常適合被稱作「書庫」的房間。

房間大小是方才客房的一倍有餘，頂觸天花板的書架埋沒整個空間，架上的書籍整齊排列，其藏書量難以想像。

「唉，就算有這麼多書也沒一本我看得懂的……真叫人沮喪。」

即使掃視書架，也沒看到寫有日文的書皮，也沒有拼音文字那類的書，全都是在王都看過的象形文字——這個世界的通用文字排列組合在封面上。

凝視看過好幾次都看不懂的文字，昴忍不住嘆氣。

「一進來就沒禮貌地看著別人的書架，然後又嘆氣……你該不會是來找碴的吧？是的話我接受喔？」

「說話那樣帶刺，可惜了妳這可愛的臉蛋囉？來，笑一個笑一個。」

「貝蒂可愛是理所當然的，想看笑臉的話嘲笑的臉就夠了。」

面對手指抵著臉頰賣笑的昴，少女在討喜的臉蛋上露出無情的笑容。

這形容詞在異世界用過幾次了呢——美麗又楚楚可憐的少女。

年齡比在貧民窟遇到的菲魯特還要小，大概才十一、二歲左右。大量使用花邊的豪華洋裝，格外適合她那張惹人憐愛的外貌。

淺奶油色的頭髮留得很長，燙成歐風長卷髮是外觀上最大的特徵，要是肯露出微笑的話，任誰都會為她的可愛所融化。

少女抱著一本很大的書，坐在木製梯凳上仰望昴。

「妳竟然知道嘲笑這種艱難的字彙呢。還有，妳會不高興莫非是因為我一猜就中？對不起喔，像這種解謎猜猜看，我從以前就很拿手。」

菜月・昴具備了就算沒有提示，也能在多個選項裡猜中答案的能力。過去昴就是憑這項技能，在無意識中擊潰許多事件。方才的走廊難關，也只是在輝煌的成績中再添一筆罷了。

「人家勞心勞力地構築出領域，卻被你那樣就……差勁。」

「就GM來說，會希望玩家把所有事件都玩過一遍，這種心情我懂，抱歉啦抱歉。」

昴輕輕揚手道歉，少女半瞇著眼帶著恨意瞪過來。害臊地笑著回應那含恨視線的同時，昴在內心謹慎地整理現狀。

從少女方才的發言來看，無限走廊的原因似乎就是她，但少女的計劃卻因昴輕率的舉動而作廢。

「唉呀，彼此彼此啦，就別提了吧。總而言之，告訴我這裡是哪裡吧。」

「哼，這裡是貝蒂的書庫兼寢室兼個人房。」

「我該對這答案感到掃興嗎？還是該為沒有自己的房間，只能在這過夜的妳感到悲哀？或者，該對把書庫當成個人房這部分微笑呢？」

「稍微戲弄你一下你就講那什麼話！」

諷刺被人直接回敬而生氣的少女——自稱貝蒂的她鼓起臉頰，從梯凳上下來走向昴。

「貝蒂也快忍到極限了，要讓你稍微了解自己惹到什麼人。」

「喂，妳想幹嘛，別這樣啦！如妳所見，我是個毫無戰鬥力的普通人喔？」

露出水汪汪的大眼睛，把身子縮小，同時還微微顫抖身體表現出自己的柔弱，但是少女的步伐別說放慢了，反而還加快速度。

「——你就不要給我亂動。」

彷彿有一陣寒氣竄過昴的背脊。

眼前的少女，已經走到伸手就能碰到昴的位置。

被個頭只到自己胸部的少女用淺藍色瞳孔凝視，昴整個人僵化，身體起雞皮疙瘩，寂靜在頭蓋骨裡頭敲出高亢的耳鳴。

「有什麼話想說嗎？」

聽到少女的提問，昴在頃刻之間從僵硬中解放。在被原諒的這短暫瞬間，昴尋找哪句話最適合說出口。視線游移的昴，最後抖著嘴唇說：

「別、別弄痛我喲？」

「嘴皮子能耍到這種地步，實在叫人佩服。」

用真心佩服的口吻這麼說完，少女的手就伸向昴的胸膛。手掌貼在胸膛上，手指溫柔地劃過表面，感覺癢癢的，然後——

「噗哇嗚……！」

——下一秒，昴有種全身被火烤的錯覺。

某種駭人的東西在體內肆虐，從腳趾到每一根頭髮彷彿全都被燒掉的感覺，不適感伴隨著身體內外宛如被火焰手指摸遍的痛楚。

視野忽明忽暗，等注意到時，昴已流出大量淚水跪在地上。

「好像還沒昏過去呢，就和聽說的一樣，是個健壯的傢伙。」

「妳、妳做了什麼？電鑽頭蘿莉……」

「只是稍微干涉你體內的瑪那而已，循環方式奇怪的王八蛋。」

少女蠻不在乎地說完，彎下腰，用手指戳著昴渾身顫抖的軀體。

「算了，至少確定你沒有敵意。還有，方才對貝蒂的過分無禮行徑，就用剛剛徵收到的瑪那饒了你吧。」

到達極限的昴，只是被戳而已就無法撐住上半身，整個頭撞向地面。儘管如此，他還是花時間慢慢地轉動脖子，瞪視帶著嗜虐笑容俯瞰自己的少女。

「妳，是那個吧……妳不是人，這話不是在說妳的性格。」

「都見過葛格了還這麼慢才發現。」

少女愉悅地俯視趴在地面的昴，她的語氣比外表還要年幼，反而讓人感受到幼兒拔昆蟲翅膀來玩的天真殘酷。

「要訂正……一件事……妳連個性……都不是人……」

「高尚尊貴的存在，不是你的尺度可以測量的，人類。」

少女說出口的，是極度冰冷的話語。

昴感覺胸膛內部在悶燒，可是卻連講述感受到滾燙的力氣都沒有。意識無視昴的個人意願，逐漸沉入黑暗。

——才剛睡醒，卻又要失去意識了啊。

「死在這裡的話，要跨越屍體很麻煩，去跟其他伙伴說吧。」

——說得像在講蟲子一樣，不要這樣形容我的屍體啦，妳這傢伙。說錯了，是妳這小鬼。

但連要這樣耍貧嘴都沒辦法，昴再度陷入沉眠。

4

「唉呀，醒來了呢，姊姊。」

「是啊，醒來了呢，雷姆。」

再度睜開眼睛，是從兩道音色相同的少女聲音開始。

柔軟舒適的觸感就跟之前的床一樣，燒灼昴睡醒的眼皮的，是從窗簾照進來的些許日光——這感覺應該是早上了吧。

「與其說是夜貓族，不如說有一半夜之眷族血統的我只要早上起床，胸口就會發熱……」

邊回想拒絕上學期間那日夜顛倒的生活，醒過來的昴撐起上半身，就這樣旋轉脖子、肩膀和腰桿，然後看向窗戶。

「現在快要陽日七時了喲，客人。」

「現在已經陽日七時了呢，客人。」

聲音親切地告知時間。陽日七時——雖然不知道意思，但從字面上可以想像是早上七點吧。

「這麼看來，剛剛醒過來那次不算的話，我睡了整整一天吧。沒差，對於最高紀錄是睡兩天半的我來說沒什麼大不了的。」

「唉喲，真是廢柴的發言呢。聽見了嗎？姊姊。」

「是啊，真是窩囊的發言呢。聽到了喔，雷姆。」

「話說，從剛剛就一直用立體雙聲道責備我的妳們是誰啊，小姐們！」

昴踢開棉被用力躍起，結果分別站在床的左右兩側，夾著他看的少女們吃了一驚，小跑步到房間中央會合。兩人牽著對方的手，臉靠在一起看著昴。

並排而立的兩位少女——是長相一模一樣的雙胞胎。

身高是一百五十公分的中間值，大大的眼睛和桃紅色嘴唇，輪廓淺的臉蛋同時讓幼稚和可愛並存，可用我見猶憐來形容。髮型都是短髮妹妹頭，頭髮的分邊方向不同，導致兩人分別遮住左眼和右眼。

除了頭髮分邊，還有髮色——粉紅色和藍色這兩樣特徵可區分。

大致觀察過雙胞胎少女的昴，內心被攪亂之餘喉嚨不自覺地顫抖。

「不會吧……連在這個世界，也有女僕裝的存在嗎！」

身穿以黑色為基礎的圍裙洋裝，頭上戴著白色髮飾，裸露纖細肩膀的特殊改造女僕裝與短裙相得益彰，清晰地表現出身材曲線，極盡煽情。就連對女僕裝造詣不深的昴，都知道這打扮一定反映出設計師赤裸裸的興趣——然而，雙胞胎美少女穿著這身行頭也是不爭的事實。

「女僕給我的印象是涵養的體現……不過這樣也不壞嘛！」

「不好了，剛剛姊姊在客人的腦裡被迫遭受下流的凌辱。」

「糟糕了，剛剛雷姆在客人的腦裡被迫接受恥辱的極限。」

「不要瞧不起我的腦容量喔，兩位小姐全都是我妄想的犧牲品啦。」

昂的雙手交叉，手掌在空中張開十指蠢動。這無意義的動作令兩名女僕面露戰慄，少女們鬆開牽著的手改為互相交握。

「請饒命，客人，請放雷姆走，污辱姊姊就好。」

「住手吧，客人，讓拉姆逃跑，凌辱雷姆就好。」

「有夠醜陋的，這什麼姊妹愛啊！互相出賣對方就算了，還讓我擔任大壞蛋啊！」

就在兩名女僕互推對方為受害者的時候，昂瞇起自己的三角眼，猶豫該先對誰張開獠牙，結果突然發現……

「……就不能更安靜一點起床嗎？」

敲擊打開的房門兩聲，看著三人的少女站在門口。

及腰的銀長髮今天沒有綁起來，而是任其自然地落在背後。服裝不是在王都看到的長袍，而是適合窈窕身段的搶眼白色造型服裝。裙子意外的短，修長的絕妙雙腿讓昂忍不住擺出歡喜姿勢。

「我就知道！我就知道我是被選上的人！」

「……不知道你知道了什麼，不過我知道是很無聊的事，真是遺憾至極啊。」

銀髮少女——愛蜜莉雅用看起來很厭煩的眼神盯著喝采的昂。

愛蜜莉雅的突然造訪，讓昂睜眼後盡是困惑的心境一口氣止跌回升。

接連出現的陌生人——特別是一開始的幼女讓自己吃足了苦頭，因此被召喚到異世界後，僅憑對話就成為知己的愛蜜莉雅，在自己心中佔了特殊地位。

「聽到碧翠絲在你血液量不夠的時候對你惡作劇，所以有點擔心……不過跑來探望的我根本是浪費時間。」

「可是睡醒後看到妳的臉讓我心情超好。對了，雖然會怕，但我想問妳一件事。」

朝著納悶的愛蜜莉雅，昴雙手合十同時眼珠朝上看四十五度角。

「請問，那個……妳還記得我嗎？」

「那舉動很討人厭，還有這是什麼怪問題，像昴這麼讓人印象深刻的男生，哪有那麼容易忘掉。」

被微笑的愛蜜莉雅念到名字，昴安心地垂下肩膀，然後馬上又注意到自己被女生直呼名字，難得地害臊了起來。

「請聽我說，愛蜜莉雅大人，姊姊被那一位殘酷凌辱了。」

「聽我說啦，愛蜜莉雅大人，雷姆被那男的監禁凌辱了。」

扔下連耳根子都紅透的昴，衝向愛蜜莉雅的雙胞胎口說不是事實的話。聽了兩人的告密，愛蜜莉雅苦笑後斜眼看昴。

「竟然對妳們兩人那樣惡作劇……我是不知道昴會不會爭論說他沒那麼做啦，但我相信他一定不會這麼做的，妳們就別太戲弄人了。」

「好的──愛蜜莉雅大人，姊姊也有在反省。」
「好的──愛蜜莉雅大人，雷姆也有在反省。」
拉姆、雷姆，個別稱呼自己的兩人道出看不出來有在反省的宣言。是習慣她們這樣的態度了嗎？愛蜜莉雅絲毫沒有介意的樣子。
「那麼昴，身體的狀況如何？有沒有哪裡怪怪的？」
「嗯，喔，這麼說來睡覺前全身好像被燒傷一樣，我還以為會死呢，可是現在卻完全沒那種感覺，反而是睡過頭覺得有點慵懶。」
「如果只是那樣就行了，要不要出去散個步？」
「散步？」
面對輕笑的愛蜜莉雅，昴歪著頭。
「對，散步。我剛好要去庭院做每日例行工作，要一道去嗎？」
「每日例行工作……是要做什麼？給花圃澆水？」
「有點不一樣，是和精靈說話。每天早上，和訂契約的孩子們那樣互相接觸，是我和他們的契約條件之一。」
精靈，這單字讓昴想起了經常和愛蜜莉雅在一起的貓形精靈。
散步跟精靈的話題，真是個同時挑起好奇心和好色心的好提案。
「那就一起去，順便當復健吧。愛蜜莉雅醬在庭院和精靈談話的時候，我就到處走走拉拉筋活動活動囉。」

「嗯，只要不大聲喧嘩就行……咦？你剛剛說什麼？」

「OK，口頭約定好了，去庭院吧。」

「喂，你剛才說了什麼？『醬』是什麼？那是哪來的詞彙？」

名字被冠上暱稱令愛蜜莉雅很困惑。掩飾自己無法直呼她名字的害臊，昴同時看向站在身旁的兩位女僕。

「嘿，女僕姊妹，我原本的衣服在哪？不知何時我穿得像是住院的病人，我想衣服八成還留在這屋子裡。」

「妳知道嗎？姊姊，該不會是在說那塊骯髒的灰色破布吧？」

「我知道啊，雷姆，大概是在說那塊被血弄髒的鼠皮色爛布吧。」

「妳們的發言有夠大膽耶，就是那塊骯髒溝鼠色的破爛布啦，沒怎樣的話就去拿來吧。」

在昴的要求下，雙胞胎看向愛蜜莉雅，投以徵求許可的視線。愛蜜莉雅抬起下巴回應，雙胞胎就禮貌地鞠躬離開房間。

「雖然是我主動提出，但你絕對不可以勉強自己，因為你的傷勢嚴重。」

「不過實際上，傷口癒合得很完美。喔，這麼說來，對了。」

像是想起了什麼，他端正姿勢朝愛蜜莉雅慢慢鞠躬。

「為我治療傷勢的人，是愛蜜莉雅醬吧。謝謝妳救了我，我果然很怕死，真的，死一次就夠了。」

「一般都只有一次的機會吧……不對，不是這樣啦。」

忍不住吐槽後，愛蜜莉雅睜著藍紫色瞳孔看著昂。

「要道謝的是我，你不是豁出性命，在那裡救了幾乎不認識的我嗎？所以治療你的傷是當然的。」

真摯的眼神傳達出感謝，昂忍不住呼吸一窒。

無法誠實回答的自己真是可恨。

——真想用「才不是那樣」來回答愛蜜莉雅的「要道謝的是我」。先救人的明明是愛蜜莉雅。

但是那樣的記憶，如今只存在於昂的心中。

嚥下那不可能傳達出去的感謝心情，昂笑說：

「——那不然，我們是互相幫助就正負抵銷了，怎麼樣？」

「正負抵銷……？」

「就是互不相欠，兩人都站在對等的狀態！所以說讓我們好好相處吧，兄弟！」

若對方是貧民窟的居民，說到這就會輕鬆地勾肩搭背了，但是現在昂能做的就只有趁勢模糊掉羞恥和害臊。面對這樣的昂，愛蜜莉雅小聲地笑出聲。

「我才不要這麼奇怪的弟弟呢。」

「這評語太辛辣了吧!?」

還有被若無其事當成弟弟的沮喪感。

就在兩人相視而笑的時候，房門打開，雙胞胎女僕回來了。看到兩人分別拿著的運動服上衣和褲子，昴挺直背脊。

「又再一次，開始新的一天了呀。」

跨越「死亡回歸」後的第一天，「真的」開始了。

5

斷然拒絕刻意想要幫忙更衣的兩位女僕，獨自換好衣服的昴和愛蜜莉雅走到宅邸的庭院。

環視寬敞的庭院，昴嘆氣道：

「有夠大的耶，住宅也很大，可是這庭院根本是原野了。」

有錢人宅邸的庭園——在漫畫和動畫常常出現，大到可以舉辦自助餐派對的風景就在眼前拓展。站在一望無際的庭院正中央，昴立刻開始做伸展操當作復健。

看到昴的動作，愛蜜莉雅一臉不可思議。

「好少見的動作，這是在幹嘛？」

「唉呀？妳沒有熱身運動的概念嗎？就是在認真活動身體前，先把全身關節都鬆一鬆。」

「嗯——沒什麼看過呢，不過我知道突然活動身體很危險。」
「這個世界的人都不熱身的喔？算了，沒辦法，要不我教妳吧？來自我故鄉的純正熱身操！」
「好、好啊，那就稍微做做看。」是被昴自信滿滿的氣魄給壓過了吧，愛蜜莉雅雖然後退卻還是模仿著昴。昴要愛蜜莉雅站在身旁，然後大聲說：
「廣播體操第二段！雙手前伸然後往上舉，拉長背部的運動～！」
「咦，不會吧，什麼!?」
「照著我的動作做做看，妳將會吸收廣播體操的真髓。」
訓斥著困惑不解的愛蜜莉雅，昴同時背誦全國知名的廣播體操口訣。
一開始倍感疑惑的愛蜜莉雅，在快結束時已經全心投入地在做體操。
做完最後的深呼吸，兩人雙手朝天高舉，結束體操。
「最後舉起雙手，勝利！」
「勝、勝利——」
「很好，頭一次就做得很棒，我授與『廣播體操手初級』這個稱號給愛蜜莉雅醬！」
全力做完廣播體操，接受昴授與稱號的愛蜜莉雅露出感動不已的表情。但在調整好呼吸後，她才想起一開始的目的。
「對了，話題被岔得很遠，要是忘記我會被罵。」

說完，微微一笑的愛蜜莉雅從懷中取出綠色結晶給昴看。

「啊，這個是……」

「是精靈寄宿的結晶石啦，你認識帕克呢。」

「是那隻在緊要關頭跑去睡覺的小貓？牠不是不知道我之後的活躍嗎？」

「很遺憾，在事情告一段落之後，我聽莉雅說過了喲，昴。」

彷彿對昴說的壞話起反應，結晶石發出光芒。響起的聲音頗為中性，從結晶石溢出的光芒頃刻集結起來，在愛蜜莉雅的手掌上形成小小的輪廓。

巴掌大的嬌小身軀，快和身體一樣長的尾巴，用雙腳步行的小貓精靈帕克，現身。

「喲，早安啊，昴，很棒的早晨呢。」

「對我來說從深夜到清晨這段期間是波瀾萬丈呢。不過，無限走廊和性格惡劣又威猛無比的幼女，跨越這些的早晨，和愛蜜莉雅醬一同流下熱情的汗水……」

「不要說得讓人懷疑好嗎？」

愛蜜莉雅嘟起嘴巴責備，然後凝視掌中的帕克。

「早安，帕克。昨天對不起，讓你勉強自己。」

「早安，莉雅。不過，昨天的事我認為是我不對喲，事態危險到差點失去妳，就算感謝昴都還嫌不夠呢。」

帕克用又圓又黑不溜丟的眼珠仰望昴，然後用手摸自己粉紅色的鼻子。

「我得道謝，有沒有什麼想做的事？大部分的事我都能替你辦到。」

「那麼，就讓我想摸的時候摸你的毛吧。」

面對大方的帕克，昴也立刻回答。

帕克和愛蜜莉雅雙眼圓睜，一方面是因為他回答得很快，另外也是因為回答的內容叫人吃驚。

「你、你不稍微想一想再做決定嗎？雖然看起來小小的不可靠，可是帕克的力量非常驚人喔。」

「有點過分呢，不過就跟她說的一樣。別看我這樣，我可是非常偉大的精靈喲。」

「喂喂喂，對我這種一流的順毛工匠來說，隨時可以玩弄想碰觸的把玩對象，其價值可是用億萬財富來交換也不覺得可惜喔。唉呀，我是說真的。」

昴邊說邊履行權利，朝帕克伸出手。腹部、下巴，然後是致命的耳朵。

「耳朵太讚了！我已經迷戀上你的毛茸茸觸感了！」

「我能稍微讀取人心所以知道，不過會認真這麼說的人實在太叫人吃驚了。」

被手指任意撫弄的帕克，喉嚨愉快地咕嚕咕嚕叫。

昴和帕克玩耍的模樣，讓愛蜜莉雅放棄似地吐出嘆息。

「那麼，我去跟微精靈們聊天了……昴和帕克就在這邊玩，不要過來打擾喔。」

「被拋棄了呢。」

「被拋棄啦。」

兩人開玩笑地聳了聳肩，愛蜜莉雅沒有答腔，無視他們快步走到庭院角落。她輕拂地面後坐了下來，閉上眼睛的她，周圍開始被朦朧的光暈包圍——這是很眼熟的場景。

「是微精靈嗎？」

「沒錯，你竟然有辦法區分，很多人都無法區分準精靈和微精靈呢。」

「我瞎猜的……才不是呢，但其實我也不知道區分的方法喔？」

昴會知道漂浮在愛蜜莉雅周圍的光點是微精靈，是因為在王都發生的死亡回歸中，有一次曾聽愛蜜莉雅提起微精靈這個單字。

坐著的愛蜜莉雅小聲地和微精靈交談，彷彿和微笑的她同步，微精靈們不時也跟著閃爍微弱光芒。

「剛剛有提到和微精靈訂契約，具體來說是要做什麼啊？」

「進行和精靈之間的契約儀式——就是履行誓約。」

聽到沒聽過的單字，昴皺起眉頭。

「嗯——首先呢，精靈使者不跟精靈訂契約就沒辦法使用精靈術，而契約的內容視精靈而定。到這邊懂嗎？」

「就是債主不同，利息或抵押品也不同吧，ＯＫ。」

「我是不ＯＫ啦，不過繼續講吧。總之，每個精靈要求的都不一樣……但是像那種微精靈，只要用和術師接觸這樣的簡單條件就能訂下契約。」

「該說簡單還是適合初學者呢？話說回來，照你剛剛說的，成形精靈要求的東西很不同囉？」

「聰明的孩子，領悟得快節省了說明時間，雖然有時候會莫名離題導致沒有進展。」

「沒有啦。」昴害羞地笑道。帕克對他投以溫暖的視線後，撫弄自己的鬍鬚。

「如你所言，像我這種有意識的精靈，要求就會嚴格一點。不過相對的，會給予契約者相應的貢獻……我給莉雅的條件也很嚴苛喔。」

「我從剛剛就很在意，『莉雅』這個叫法很可愛耶。」

「還是輸給你的『愛蜜莉雅醬』了——我下次也那麼叫吧。」

「——算我求你們，絕對不要。」

愛蜜莉雅鼓著面頰介入兩人的難笑話題。

回來的愛蜜莉雅，周圍已經沒有精靈的光輝，看來精靈TALK　SHOW結束了。昴站起身，拍掉屁股上沾到的草。

「懇親會結束了嗎？感覺很簡單就結束了呢。」

「因為很在意你們兩個，所以就請他們提前結束，明天可得要好好聊聊了。」

愛蜜莉雅邊說邊伸出手掌，在昴下方移動的帕克跳了上去，牠睜著圓滾滾的眼珠看向愛蜜莉雅，饒富深意地輕笑。

「不用擔心，我探索了一下，沒在昴身上發現惡意、敵意和危害的念頭。儘管本性有點彆扭，不過是個好孩子。」

「慢著……」

帕克的直接評語讓愛蜜莉雅不禁啞口無言，接著吞吞吐吐地說：

「怎麼在本人面前……那種事就算是真的，聽別人這樣講不是會受傷嗎？」

「啊——沒關係、沒關係啦，像我這種來歷不明的傢伙，試探我很正常，懷疑我也是理所當然，反而是剛剛愛蜜莉雅補充的話才傷人！」

昴對連忙用手摀住嘴巴的愛蜜莉雅露出苦笑。

帕克不可能毫無理由就接觸自己，這點昴早就料想到了。

目前一點有用情報都沒被套出的昴，愛蜜莉雅他們不會大意到毫無警戒就接納。拉姆和雷姆的態度，也是這種思維的部分產物吧。

「說是這樣說啦，但又沒有能夠好好說明的方法。」

只有記憶卻沒有戶籍，就是昴在這個世界的現狀。

被召喚來的事實難以說明，而且很有可能會被當成神經病。

既然如此，還不如交由帕克為自己做人格判斷。

如果是可以讀取內心表層，又深受愛蜜莉雅信賴的帕克，牠說的話絕對比昴親口說明還要有說服力。

「沒事的，莉雅。不如說，昴本身也明白，甚至還利用我的讀心術，真是壞孩子。」

「真是光榮的評價。就這樣好好說服她吧，MY FRIEND。」

對昴的呼喚呈現愣住的表情，接著帕克捧腹大笑。

「真是好久沒有被這樣子對待了。嗯，我欣賞你。」

「可以的話，我想要愛蜜莉雅醬的評價。正所謂射將先射馬，唉呀，沒有馬只有貓會有效果嗎？……會怎麼樣呢？」

昴的手指抵著下巴認真煩惱，愛蜜莉雅驚訝地看向他。

昴疑惑地抬起眉毛，愛蜜莉雅說著「沒事。」然後小小地倒抽一口氣。

「——昴真的，很不可思議呢。」

「啊？」

「能夠這樣自然地接觸精靈，而且還對我這種……半妖精拋媚眼，就算是開玩笑也讓人驚訝。」

「如果不是開玩笑，就能讓妳大吃一驚嗎？」昴雖然在內心這麼說，但在看到愛蜜莉雅的微笑後就著迷到忘了。

因為她的微笑，就跟在王都互相告知姓名時一樣純粹。並不虛幻也不難過，光是看著內心就忍不住雀躍。

美麗流洩的銀髮宛如月之水滴般夢幻，肌膚像初雪一樣潔白，藍紫色的瞳孔彷彿施展了魅惑咒術，吸引昴的意識不肯放開。

高貴、美麗，擁有一顆百折不撓的內心，昴知道她是這樣的人。

很自然的，差點對那張側臉懷有感激之外的情感，昴連忙自制。

「唉呀，她們在幹嘛？」

注意到什麼的愛蜜莉雅開口說道，昴也跟著看向宅邸。

從屋子走入庭園的，是雙胞胎女僕。

兩人走到昴他們面前，莊嚴地行禮。

「——當家，羅茲瓦爾大人回來了，請諸位回屋裡。」

毫無分秒落差，完美無缺的雙聲道。

雖然很訝異一絲不差的雙人合唱，但雙胞胎驟變的態度更叫昴吃驚。

先前的輕率感消失，從兩人身上感受到的只有豪宅佣人的威嚴。

「是嗎？羅茲瓦爾回來了……那就得去迎接了。」

「是，還請客人也移駕，主人說若您醒了就請您一併前來。」

帕克鑽進愛蜜莉雅的銀髮裡，撫摸頭髮接納的愛蜜莉雅表情有點僵硬。凝視她的側面，被指名的昴扭動脖子發出喀喀聲響。

「話說，羅茲瓦爾是誰？」

「這棟宅邸的主人……對喔，都沒跟你說明。」

察覺到自己的疏失，愛蜜莉雅用掌心遮著嘴巴。

「嗯，這個嘛，羅茲瓦爾他……你見到就懂了。」

「太快放棄說明了啦！這麼沒特徵嗎!?」

「——不，剛好相反。」

愛蜜莉雅、帕克、拉姆和雷姆，四人同時回答。

驚人的四重奏讓昴目瞪口呆。用手將他的嘴巴從下方合起來的藍髮少女，嚴肅地一鞠躬。

站在旁邊的粉紅色頭髮女僕，用手指向屋子。

「不管用什麼樣的言語，都難以形容羅茲瓦爾大人，見到他本人之後，客人您就能理解。請放心，他是很溫柔的人。」

重複叮嚀反而煽動了不信任感，但雙胞胎只是互看一眼然後點頭。

勉強同意的愛蜜莉雅，朝困惑的昴輕輕伸出手。

「——我想，昴一定和他很合得來，不過可能會很累就是了。」

拍了拍昴的肩膀，愛蜜莉雅沉重地低語。

第二章　『約定之晨尚遠』

1

「從上面看的感覺，就是那個吧……你的腦袋似乎蠢得可以。」

被雙胞胎帶到餐廳裡說要享用早餐，卻遇到用這番話來代替打招呼的卷髮少女。

愛蜜莉雅為了換裝所以先回房間，因此和她中途就分開，現在在餐廳裡的就只有昴和卷髮少女。少女的諷刺招來昴極為不悅的表情。

「在清爽的早晨，一碰面就突然講那什麼話，妳這蘿莉。」

「那是什麼單字，聽都沒聽過，只覺得很不爽。」

「就是不在攻略範圍內，年幼的意思。我對年紀小的沒興趣。」

「……對貝蒂無禮到這種地步，反而讓人覺得悲哀。」

刻意無視少女挖苦的話，昴環顧寬敞的餐廳。

餐廳中央放著一張鋪了白布的桌子，有幾個座位已經擺好了餐盤，如果也準備了昴的份，那位於末席的某一個位置就是昴的吧。

「連餐桌禮儀都不懂的我，也被允許列席嗎？」

「傲慢至極。既然不懂就該有不懂的樣子，乖乖低頭不就好了。」

「與其向妳低頭，我寧可正大光明地坐在主位然後被罵得狗血淋頭。」

面對紅著臉展露怒意的少女，昴揮揮手就要往主位坐下去。坐在這個位置的，八成是愛蜜莉雅或屋主吧，可能性是各一半。

看到昴真的將屁股坐在主位上，卷髮少女露出嫌惡表情搖了搖頭。

「算了，隨便你。在那之前，你沒有感謝的話要對貝蒂說嗎？」

「還感謝咧，先前妳不是才揮開我求救的手嗎？這樣子還要求感謝，妳是怎樣被養大才能做出這種結論啊，真想看看妳的雙親長什麼樣！」

「為什麼是你生氣！想生氣的是貝蒂吧！難得好心……」

對挑釁的話還口，昴的回應讓少女的聲音大了起來，不過最後卻越來越小聲。少女不自然切斷對話的方式，反倒促使昴繼續挑釁，不過……

「打擾了，客人，送餐點來了。」

「打擾了，客人，送餐具和熱茶來了。」

餐廳的門打開，推著餐車的雙胞胎女僕走了進來。

藍髮女僕將沙拉和麵包等正統早餐內容擺上桌，粉紅色頭髮女僕快速地在杯中倒茶並分配到每個座位前。熱騰騰的香氣，讓昴的肚子忍不住叫出聲。

「哇啊——不錯不錯，貴族味十足的餐桌。我本來還在想，要是擺滿了異世界的奇特食物該怎麼辦呢。」

光是場所在異世界這點，就讓人擔心會端出什麼料理，看到菜色昴總算安心了。

大致看來，沒有會對肉體和精神構成重大危機的食品。

食慾高漲，昴將整個人靠向椅背，只讓兩個椅腳承受體重，椅子發出的吱嘎聲響徹餐廳，在少女裝模作樣的臉蛋上添加不耐。

昴不知為何就是想要逗弄卷髮少女。萌生讓她假正經的表情因感情而瓦解的惡作劇念頭後，昴全神貫注地滑動臀部——

「啊哈——啊，有沒有——好東西呢？好——東西喲，好——東西。」

在那之前，踏入餐廳的新人物開心雀躍的聲音中斷了一切。

是個身高很高的人。

比昴高半個頭，深藍色的頭髮長到快要碰到背。

可是體格方面，與其說瘦，更接近纖細，肌膚的顏色也是病態的慘白。

配上端正的容貌，儼然是個抑鬱陰沉的美青年。

左黃右藍的不同瞳色，鮮明地強化了那個印象。

——要是沒有那身配色奇特到爆的服裝，以及根本是小丑的臉妝的話。

「……吃飯前還雇用小丑來做餘興表演嗎？真搞不懂有錢人的想法。」

「你在想什麼大致猜得到，不過貝蒂就不干涉了。」

「好冷淡喔，貝蒂。我跟妳是同伴吧？再多跟我熱情地聊天嘛。」

「貝蒂跟你之間哪有什麼關係，還有，不准隨便叫貝蒂的名字。」

態度冷漠的少女聳肩後脫離對話，昴對她這樣的態度苦著一張臉。踏進餐廳的小丑和昴一樣看向少女，然後瞪大雙眼。

「喔——呀——？碧翠絲會在這真稀奇。隔了這——麼久，終於想跟我一起用餐，這不是很開——心嗎？」

「腦袋幸福的人只要有那邊的傢伙就夠了，貝蒂只是在等葛格而已。」

無情地斬斷親暱的發言，少女——碧翠絲的視線投向小丑身後，比小丑慢踏進餐廳的，是換好衣服的銀髮少女。

「葛格！」

像彈跳似的起身，碧翠絲晃動長裙跑了過去。彷彿花朵綻放的笑容，洋溢著可愛魅力讓人忘記少女至今的自大。

碧翠絲的視線前方站著愛蜜莉雅，但回應的人卻不是她。

「喲，貝蒂。四天沒見了，有沒有好好當個有精神的端莊淑女呀？」

碧翠絲對一派輕鬆自銀髮中現身的灰色小貓——帕克點頭。

「我滿心期待葛格回來喲，今天我們一起過吧。」

「嗯，沒問題呀，好久沒這樣了，今天就一起悠哉度過吧。」

「哇──好棒！」

跳下愛蜜莉雅的肩膀，帕克落在碧翠絲伸出的手掌上。憐愛地抱住帕克，碧翠絲開心地當場旋轉。

「呵呵，受驚了吧？碧翠絲真黏帕克。」

「好久沒聽到『受驚』這種話了呢……」

露出調皮笑容的愛蜜莉雅，走向被這和樂融融景象嚇到的昴。才剛對說出少用語詞的愛蜜莉雅吐出既定台詞，她就發出「咦？」的聲音指向昴。

「唉呀，昴，那個座位……」

「啊，對了！不對，不是啦。這個啊，妳看，椅子要是冷的坐起來可能會連心靈都跟著消氣，所以我只是先幫忙溫熱，可不是想要間接接觸喔？」

在雙目圓睜的愛蜜莉雅面前，龐大計劃落空的昴從椅子上滑下。

「唉呀唉──呀，別放在──心上啦。原來如此，你的體溫或許沒能傳給愛蜜莉雅大人，但這個我會好好──慎重地收下──」

小丑伸手輕拍昴的肩膀像是安慰，然後笑了。輪流看著碰觸肩膀的手和小丑溫柔的笑臉，昴嫌惡地皺起臉。

「這個小丑是怎樣，超愛裝熟的。觸碰舞孃是違反規則的喲？」

「什麼時候變舞孃……不對，昴，這個人是……」

「唉呀唉呀唉——呀——沒關係喲，愛蜜莉雅大人。想到他從瀕死狀態恢復到這麼有精神的樣子，不就應該——歡迎他嗎？」

儘管口氣讓人不耐，但發言卻都極為正經。小丑就這樣承受大家的視線，拉了椅子慢慢坐下來。

坐在偌大餐桌最頂級的座位，也就是昴剛剛坐的位置。

「喂喂，不是我要說，隨便坐在那裡的話可能會被偉大的人罵喔。」

「不用擔這個心……看樣子，你還沒跟昴報上名號吧。」

聽到昴的忠告，愛蜜莉雅非常傻眼地說。只不過，她的傻眼不是對昴，而是對小丑。

「什麼意思？」

「意思——就是，這個——意思囉。」

面對昴的疑問，坐在椅子上的小丑攤開雙手回應。

「我是這棟屋子的主人，羅茲瓦爾・L・梅札斯——是也。你在寒舍平安無事、舒適地度過了呢，那比——什麼都重要——菜月・昴。」

打扮成小丑的變態貴族，厚臉皮到神清氣爽地報上名號。

以坐在主位的羅茲瓦爾為首，大家各自坐在準備好的座位上，開始享用早餐。

「嗯……比一般的食物還好吃。」

從陳列在眼前的食物中，掠奪沙拉和湯到嘴巴裡的昴說出感想。

「呵呵——對吧對吧，這樣看來，雷姆的料理很經濟實惠喲？」

自豪的羅茲瓦爾點頭回應，昴看向應該是負責下廚的雷姆。雷姆在他的視線裡頭用手比出一個食指和小指往上翹的手勢，雖然不知道那是什麼意思，不過八成是這個世界代表V的手勢吧？

作為回禮，昴用雙手比出青蛙的手勢回應。

「這道料理是藍髮的……呃，可以叫妳雷姆吧？是妳做的嗎？」

「是的，客人。屋裡的餐桌是由雷姆負責，因為姊姊不太擅長。」

「哈哈——這對雙胞胎擅長的技能不一樣，那麼，姊姊是比較擅長打掃喔？」

「是，正是如此。打掃和洗滌，是家事中姊姊最擅長的。」

「那雷姆是雖然擅長下廚，卻不擅長打掃和洗滌囉？」

「不，雷姆基本上所有的家事都擅長，打掃和洗滌也很擅長，做得比姊姊還好。」

「姊姊的存在意義消失了耶!?」

萬能妹妹，和連在擅長項目都不如妹妹的姊姊，以雙胞胎來說反而很新鮮。

拉姆絲毫不在意妹妹的發言。沒有訂正代表是事實，不過就算如此，拉姆沒有絲毫動搖的態度不會有問題嗎？

「還是領域不同？拉姆是戰鬥系，朝庭院守門人的方向發展如何？」

「你不錯——耶，拉姆和雷姆的個性都很強悍，所以第一次見面時都不太受歡迎。」

「在角色的個性深度上，因為主人太過特殊所以根本就不算什麼喲，羅茲親。」

被暱稱為「羅茲親」的羅茲瓦爾，用權勢者的從容寬恕昴的發言。

對習於煽動對方引出情感的昴來說，他這是逃避發言的行為，不過昴並不在意，接二連三地吞食、消化盤中的菜餚。

「雖然有過飯很難吃要怎麼辦的念頭，不過這麼美味就沒問題了。對吧，愛蜜莉雅醬。」

面對昴隨性的呼喚，用餐巾擦嘴巴的愛蜜莉雅以撲克臉回應。昴歪頭思考怎麼了，結果她小聲嘆氣。

「我說昴，用餐時禁止聊天，這樣對兩個人準備我們餐點的雷姆和拉姆很沒禮貌，要是沒有禮儀，可是會在重要場面以失敗告吹的喔。」

「好久沒聽人說『告吹』了……總之妳要說的是餐桌禮儀吧？都已經這種狀況了，妳現在才說？」

昴一邊回應既定台詞，一邊用手指向餐桌。在寬大的餐桌旁，昴和愛蜜莉雅比鄰而坐。

原本，兩人的座位距離為活用餐桌的寬大而離得很遠。

「妳看，我想在愛蜜莉雅醬的旁邊用餐，所以移了過來。羅茲親默許的時間點妳不說，等到現在才說？要不然，妳可以把討厭的青菜丟到我盤子裡喔。」

「那圓椒拿去……唉喲，不是這樣啦。討厭，我簡直像個笨蛋。」

說輸人後就嘟起嘴巴的愛蜜莉雅，可愛得讓昴笑了。

接著，昴從她方才的話中挑出疑問點。

「對了，羅茲親，我剛剛好像聽到愛蜜莉雅醬說，這棟豪宅的佣人就只有兩個。」

「啊哈～現狀確實是如此喲，就只有拉姆和雷姆而已。」

「照料這棟大得要命的豪宅的人只有兩個，在講究品質之前會先過勞死的。還是說……是無法雇用新佣人？」

面對昴的提問，羅茲瓦爾沉默下來，雙手在餐桌上交握。他的臉上浮現笑容，但看著昴的雙眸，裡頭的情感明顯有所改變。

「你真的很不可思議——呢，來到露格尼卡王國的梅札斯邊境伯宅邸，卻還一派——搞不清楚狀況的樣子呢，虧你能通過王國的入國審查。」

「唉呀，在某種意義上，我有點像是偷渡入境啦……」

聽到昴不經大腦的回答，愛蜜莉雅大吃一驚，眼神轉為像在斥責稚子。

「受不了你，那種事還大刺刺地說出來，小心被可怕的人打得落花流水喲。」

「好久沒聽到『打得落花流水』這種話了。」

「不要扯開話題。我說昴，你真的不要緊嗎？你身邊的人都這樣嗎？還是只有你特別無知？」

對真心擔心自己的愛蜜莉雅感到過意不去，昴反省自己的態度。

「啊——是我的記性比較差吧，要是不麻煩，願意解釋的話在下會備感榮幸。」

「聽你會用這樣的用字遣詞，感覺就像是規矩人家的小孩……」

「在正式社交場合說出那種話的話，我的社交界出道之路會堵塞的。總覺得愛蜜莉雅醬在這方面的知識意外貧乏？我剛剛的尊敬語和謙讓語可是不按文法、亂糟糟的喲？」

「嗚……我無法否定。」

被昴指出問題點的愛蜜莉雅縮小身子。雖然驚訝愛蜜莉雅有這樣的一面，不過為退縮的她說話的，是坐在主位一直不說話的羅茲瓦爾。

「你的說法我也不是不懂，不過愛蜜莉雅大人現在還——在學習喲。」

「學習啊，那方面可以牽扯到剛剛的話題嗎？」

「你果然有在動腦，正因為有在動腦，才會有像是不經大腦的發言。」

面對貌似佩服的羅茲瓦爾，昴抖擻肩膀後拍打自己的胸部。

「活著動腦思考是理所當然的吧，四面楚歌、生死一線間的緊要時刻，徹底思考如何避免腹部內容物嘩啦嘩啦跑出來可是人類的義務。」

「嘩啦啦跑出來的形容，簡直就像是有親身體驗……嗯，回到原本話題，昴你知道這個國家——露格尼卡王國現在是什麼狀況嗎？」

「完完全全、徹頭徹尾、一點都不知道。」

「被你那樣神清氣爽地斷言，叫我對你的生存方式感到驚訝。」

這不是稱讚的話吧，看到愛蜜莉雅慈愛的眼神後，昴如此心想。雖然不是使用挑起保護欲的戰術，但內心的距離感確實變得像母親與幼童一樣。

「是說，提到國家的狀況……是發生了什麼壞事嗎？」

「不是很穩定的狀態啦，畢──竟呢，現在的露格尼卡『沒有國王』。」

品味羅茲瓦爾的話，理解意義後昴的呼吸一窒。

朝畫著小丑妝的男子投以警戒眼神後，昴立刻在座位上擺開架勢。

「不──用那麼警戒，沒必要擔心，因為這已──經是市井小民都知道的嚴──重事實喔。」

「這樣啊。不對，是那種被告知危險祕密而無法活著回去的劇情嗎？」

「由我告知才知道，昴真可憐……總而言之，國內因為這樣很不安定。」

原來如此。昴能理解，王位虛懸的狀態，對王國的經營型態是致命傷。不管是病逝還是其他原因，國王突然的「死訊」都會動搖整個國家。

「不過，這種情況，一般來說不是由國王的子嗣來繼承就解決了嗎？」

「一般來說──是這樣沒錯，可是呢──事情的起因要回溯到半年前。在國王駕崩的同一時期，城內有瘟疫蔓延。」

對外宣布傳染病只有特定血統的人才會發作，羅茲瓦爾娓娓道來。

據說，在王城裡頭生活的國王及其子孫全都因此滅絕。

「既然是生病就不能責備本人啦，不過這樣一來國家會變怎樣？既然國王的血脈沒有了，那就是以民意為優先選出總理大臣囉？」

「後半段我完——全不懂你在說什麼，不過，目前王國的運作是由賢人會在執行。他們每一位的出身，都是在王國史上留下顯赫名聲的豪門世家，所以王國的運作沒有問題。不過——」

羅茲瓦爾在這邊停頓，收斂表情。

「——沒有國王的王國，不應該存在。」

「這倒是。」

就算只是裝飾，沒有頭腦存在的組織就不成立，國家也是一樣。

「原來如此，我越來越了解了。也就是說，這王國因為沒有國王而陷入選王的混亂風暴中，還因此縮小與他國的關係呈現鎖國狀態。這時出現了神祕的外國人——我，怎麼看都超級可疑！」

「再——附加說明，接觸愛蜜莉雅大人是想要和梅札斯家攀——上關係。雖然都是環境證據，但只要有那個意思，光憑這樣就足以……」

羅茲瓦爾閉上眼睛，手擺出刀子的姿勢，抵著脖子比出斬首的模樣。看著羅茲瓦爾的惡作劇，昴因這突然的討厭預感而止不住冷汗。

沒錯，從剛剛開始昴就一直很在意一件事。

「為什麼……豪宅的主人要在愛蜜莉雅醬的名字後面加『大人』兩個字？」

在宅邸裡頭地位最高的人物，卻釋出最大程度的敬意。

昴感覺胸口的不安滋長，快要開出黑色花朵。羅茲瓦爾朝他一笑。

「這是當然——的囉？對地位比自己高的人就要用敬稱——嘛。」

嘴巴張開、渾身僵硬的昴，用彷彿會發出齒輪摩擦聲的機械式動作看向愛蜜莉雅，結果一臉嚴肅的少女吐氣，像是聽天由命。

「我沒想過要騙你的。」

「——呃，所以說，愛蜜莉雅醬是……」

得不到教訓繼續用暱稱的昴，被補上最後一刀。

「我現在的頭銜是露格尼卡王國第四十二代『國王候補』人選之一，那邊的羅茲瓦爾邊境伯是我的後盾。」

被告知的事實，讓昴深切體會到自己的不敬行為已經突破天際。

3

——在異世界邂逅的美少女，是女王陛下。

單單只看這句話，完全是正統派的奇幻異世界風格。

正確來說是女王候補，但一想到自己至今是怎麼對待這位女王候補的，他忍不住說道：

「就算有三條命也不夠用啊……」

「抱歉，嚇到你了，我沒打算瞞你這麼久的。」

「嗯呀，我沒生氣，愛蜜莉雅醬真的像天使一樣溫柔呢。」

「咦!?」

昴過於直接的話讓愛蜜莉雅說不出話來，接著臉頰泛上紅暈。

「沒有啦，其實我能做到這樣，原動力全都是從愛蜜莉雅醬開始的。以這層意義來看，這真的是E・M・T（愛蜜莉雅醬・真的是・天使）喲！」

「……唉，總覺得能了解要如何和你應對了。你那不管對誰都能說的俏皮話就先忘了，直接進入主題可以吧。」

臉上還留有一抹殘紅，愛蜜莉雅拍手導正氣氛。由於她拉開椅子恢復先前的距離感，昴也只能無可奈何地遵從。

「好——啦，雖然岔——到感覺不——錯的歪路去，不過就進入主題——吧。昴，準備好——了嗎？」

「剛剛的話題走向沒讓我腦袋飛掉，就讓我祈禱不是壞事吧。」

聽到昴說的話，羅茲瓦爾吹響口哨，愛蜜莉雅也露出意外的眼神，因為他們判斷昴方才的言行舉止，具備了探查兩人真心的意圖吧。

當然，那是他們解讀過度，不過昴沒讓他們察覺到這點。

「剛剛只是在進入主題前，順便提一下我的預測。刻意把話題導向愛蜜莉雅醬是女王陛下候補，能在包含這點的情況下說明狀況嗎？」

「……其實，昴很聰明吧？還是腦袋有問題？」

「這個二選一踩到我的極限囉！」

聽到昴的抱怨，愛蜜莉雅輕輕吐舌謝罪。因為很可愛，所以原諒她。

昴草率的內心戲先不管，羅茲瓦爾在愛蜜莉雅道歉後緊接著說：

「你的預測非常正確。你的處境，和方才的事大有關係——愛蜜莉雅大人。」

「嗯，知道了。」

點頭回應的愛蜜莉雅，從懷中拿出某樣東西放在餐桌上。

看到伸長的纖白手指推出的東西，昴挑起眉毛。

「——這不是那個徽章嗎？」

在白布上閃耀光輝的，是中央鑲著寶珠，以龍為圖騰的徽章。

它曾被手腳不乾淨、名叫菲魯特的少女給偷走，是昴死了三次才終於歸還給原持有者愛蜜莉雅的重要道具。

寶珠閃閃發亮，深邃清澈的顏色讓再度目睹的昴懷抱敬畏之心。

「龍是露格尼卡的象徵，重視到了自——稱是『親龍王國露格尼卡』的地步。城牆和兵器到處都有龍的圖像，其中又以這枚徽章最為重要。」

羅茲瓦爾說到這故意停頓，昴朝他送上催促的視線，結果羅茲瓦爾用目光催促愛蜜莉雅繼續。愛蜜莉雅閉上眼睛，顫動嘴唇。

「王選參加者的資格──這徽章是用來確認，持有者是否適合坐上露格尼卡王國王位的試金石。」

緊張聲音告知的事實，讓昴的眼珠子都快掉下來了。餐桌上的徽章是以展開雙翼的龍為意象，寶珠的光芒證實了方才的話皆為真實。

「怎、怎麼會……竟然搞丟過王選參加資格的徽章!?」

「講搞丟很難聽耶，是被手腳不乾淨的壞女孩給偷了！」

「一樣啦！」

大叫拍桌的昴站起來，雖然力道大到餐具差點掉出餐桌，但在場隨侍的雷姆完美地進行支援，但昴看都不看一眼地說：

「要是真的弄丟了，妳倒是說說看該怎麼辦啊!?那不是扔掉也沒啥大不了的道具吧！區公所可是不會再發放的喲!?」

「好──啦，弄丟的話──不是道歉就能了事，這點──毋庸置疑啦。」

看到昴慌張地大吼大叫，羅茲瓦爾將沒必要的大衣領拉整後回答。

「所謂的國王，就是背負王國之人。要背負這重責大任的人，若是連一枚小小的徽章都無法保護就太荒謬了，會讓人無法想像為何要將國家託付給此人——吧。」
「那是當然，這種事要是被知道一定會鬧得沸沸揚揚……正因如此！」
圍繞被偷的徽章在王都發生的騷動，然後是這場款待，導出的答案只有一個。
「曾弄丟徽章的事要是公諸於世就慘了，所以找徽章的時候愛蜜莉雅醬才會堅持要自己處理，不肯藉助外力。」
「……對，就是這樣。」
「偷徽章的犯人是菲魯特，但委託者是艾爾莎，那傢伙也說她是受人之託……這樣看來，是有人想要妨礙愛蜜莉雅醬成為女王陛下囉？」
「正——是如此。想讓她失去王選參加者的資格，因此想到了搶走徽章這個簡單的方法——呢。」
昨天發生的各種事情，在昴的心中開始連成一條線。
頑固抗拒幫助的愛蜜莉雅，菲魯特和艾爾莎的委託人，還有讓昴三度被殺的原因，這枚徽章就是有這種價值，也是昴能像這樣住在豪宅還被款待的理由。
「重新思考後，我超GJ！讓我對獎賞的期待更高了！」
不用想也知道自己的功勞有多大，昴得意洋洋，連呼吸都跟著變用力，俯視愛蜜莉雅活動手指做出色瞇瞇的樣子。完全是等著被吐槽的模樣，但是……
「嗯，就是這樣。昴對我來說是大恩人，光是救你一命也不足以回報你的恩情，所以儘管開口吧。」

「啊？」

「只要能力所及我都會辦到，不，是一定會辦到。昂會找我，多少也是有這層意思在吧。」

看她手貼胸膛一臉認真地回望自己，昂說不出話來。

臉頰肌肉僵硬，緊張感的刻度無法和周遭的嚴肅氛圍對齊。

——糟糕，我太不會看氣氛了。

沒能看出周遭氣氛的緊張感，無法跟愛蜜莉雅認真的眼神熱度吻合，使得昂不知所措。結果，為難到最後……

「……幹什麼？」

「沒有，忍不住就伸手了。」

昂的手指滑進盯著他看的愛蜜莉雅頭髮裡。

與其說是摸頭，更像是手指在享受頭髮的觸感。

「如果要獎賞，看，這樣子就夠讓我開心了，我要求不高。」

「……你也很愛摸帕克的毛，昂是不是會對體毛產生興奮感啊？」

「別把頭髮歸類在體毛裡頭啦！妳這可是漂亮的銀髮耶！」

慘不忍睹的評價令昂哀嚎。愛蜜莉雅的銀髮摸起來就像絲絹一樣，既柔軟又具有異於帕克毛髮吸引昂的魅力。

不過聽到昴的話，愛蜜莉雅不知為何痛苦地垂下眼簾。不清楚她這舉動的理由，昴歪著頭思考。就在他脖子側傾時，感受到來自背後的視線。

「啊，妨礙到你了——嗎？如果是那個，我們就先退下囉？」

「那種顧慮在說出口的時候就成了多管閒事，而且我的發問時間還沒結束。」

繼續享受愛蜜莉雅的頭髮觸感，昴用空著的手指向羅茲瓦爾。

「我知道愛蜜莉雅醬是女王候補了，不過身為她後盾的你，又是站在什麼樣的立場呢？」

「旁邊的人都在看喲——你啊，從剛剛——對事物的理解力就好得沒話說，以出身成長都是平民的人來說，你會不會懂得太多——了呢？」

「能得到這份讚美讓我光榮備至，不過這單純是受到動畫和輕小說的影響，讓我的大腦習慣了奇幻故事的走向罷了。」

奇幻題材的世界觀總是摻雜難以記住的原創單字，身為跨越無數這種障礙的一名讀者，這種程度的設定就算公布了，也無法讓腦袋陷入混亂。

「嗯，好像沒有隱瞞——呀。我的頭銜是露格尼卡王國的……大致就是邊境伯的身分啦。如果要更好聽的職稱，就是宮廷魔術師——囉。」

「宮廷魔術師……也就是城堡聘僱的魔法使者？」

「對，而且還是首屈一指的魔術師……這人就是王國裡最厲害的魔法使者。」

接著昴說話的人是愛蜜莉雅，不過不知怎麼的，她的表情有點不高興。對她那樣的反應似乎很開心的羅茲瓦爾，放鬆緊抿的紅唇笑了。

「就順著這些話繼續說下去吧，我的立場是支援身為國王候補的愛蜜莉雅大人，把後盾這說詞換個說法，就是條件不錯的資助人。」

「資助人啊。」

贊助商代表，這就是羅茲瓦爾目前的頭銜囉？

昴重新打量高個子小丑，然後偷偷朝愛蜜莉雅使眼色。

「雖然有點難以啟齒……不過愛蜜莉雅醬，妳就不能挑更好的人選嗎？」

「沒辦法呀，我在王國內又沒有可以倚靠的人，原本願意協助我的就只有喜好異於常人的羅茲瓦爾……」

「原──來如此，消去法啊。」

「你們兩位，不知道眼前的資助人很可怕──是好事──呢。」

雖然覺得被貶低，但別說是生氣了，羅茲瓦爾還成熟地含笑對應。是器量大呢？還是他就是那種要被人輕蔑才能感受到愉悅的個性？

「那麼，回到正題，羅茲親是愛蜜莉雅醬的資助人，這我知道了。從小地方處處都隱隱可見天然呆和土包子部分的可愛愛蜜莉雅醬，昨天會在王都單獨行動，不是非常罕見的事嗎？」

「那是第一次──吧，原本拉姆應該也在一起──的。」

羅茲瓦爾苦笑著將話題扔向拉姆。昴朝話題所指的方向看過去，拉姆把頭髮旁分的方向改成和身邊的雷姆一樣，然後露出什麼都不知道的樣子。髮色完全不同，有喬裝就跟沒喬裝一樣。

「那個自信滿滿覺得『好極了，蒙混過去了！』的臉，叫人看了就火大耶。」

不管當事人有沒有反省的意思，反正有取得口頭確認就成功了。然而，這時出現了舉起手、滿臉尷尬的愛蜜莉雅。

「那個不是拉姆的錯，昨天是我……該說是輸給了些微的好奇心嗎？總之就是糊裡糊塗地和拉姆走散了。」

「那個像萌角的理由是怎樣，這跟愛蜜莉雅醬的天然呆滿出來不同，僕人沒有遵守主人的命令是事實喲。你怎麼說──咧？」

昴雙手指著庇護拉姆的愛蜜莉雅，然後手指直接轉向羅茲瓦爾。

「確實也有一番道理，拉姆的監督不周，或許──我也要負責。不過，把事扯到這來，你究竟想說什麼──呢？」

「很簡單，沒有盯著身分重要的愛蜜莉雅醬是你那邊的疏失，而我就是針對這點攻擊的壞蛋。我的做法是只要被我找到可趁之機，能榨乾的我就盡量榨乾。」

昴說的話，讓室內所有人的表情為之一變。

愛蜜莉雅皺眉，雙胞胎用懷著歉意和敵意的眼神瞪昴，碧翠絲充滿熱情的眼神依舊向著帕克，帕克則是在雞蛋料理前滑倒，頭插進蛋黃裡頭。羅茲瓦爾浮現了然於心的微笑，點頭說道：

「原──來如此。確實，就私人財產而言，比起等同身無分文的愛蜜莉雅大人，我這個資助人更適合用來——要求獎賞呢。」

「對吧？而且羅茲親應該不會拒絕才是，畢竟我不但是愛蜜莉雅醬的救命恩人，還是防止她從王選之爭中落馬的救世主或啥的！」

從椅子上站起來，昴指著天空做出勝者姿勢。

「我不會——不認同，因為這是事實。那麼，以這為出發點，可以換我問你嗎？」

同樣站起來的羅茲瓦爾，以身高優勢俯瞰昴，愛蜜莉雅擔心地看著互瞪的兩人。

「你想要——什麼呢？就現狀來說，我不會拒絕，為了掩蓋遺失徽章的事實，我什麼都願意支付。來——你想要什麼？」

「嘿、嘿、嘿，不愧是貴族大人，很懂事理嘛。獎賞就如我所願，而且羅茲親不得拒絕，男子漢絕不食言！」

「很豪邁的發言——呢，確實如此，男人不該找藉口，我絕不食言。」

昴那儼然是小惡棍的態度，令身後發出好感度下降的聲音，但這一切全都是為了引出羅茲瓦爾承諾自己的伏筆。

羅茲瓦爾首肯後，昴會心一笑。

「我的願望就一個，雇用我在這豪宅工作。」

和前面落落長的開場白相反，昴的要求簡潔有力。

昴的要求讓身後的女性陣容都呆住了，缺乏表情變化的雙胞胎面容浮現困惑，碧翠絲露出真的很嫌惡的表情，而愛蜜莉雅……
「不、不是我要說，你那也太……」
與生俱來的美貌和神祕感，讓她即使翻白眼效果也減半。
「驚訝的表情也很可愛，不過妳就這麼反對我的提案？」
「不是那樣，而是你太無欲無求了！」
氣得好像是在說自己的事，愛蜜莉雅拍桌後逼近昴。
「你懂嗎？帕克那次就算了，剛剛你又……不對，說起來，你在王都時也只要求知道我的名字。」
愛蜜莉雅羅列出自己所知昴應該可以得到獎賞的場合，知道那些結果的愛蜜莉雅搖頭，因為她無法理解昴在想什麼。
「我的……你根本就不懂我感謝你的心情，那樣的要求……不管再多也完全無法回報你救我一命的恩情！」
語尾越來越弱，愛蜜莉雅手掌貼著昴的胸膛垂下頭。
聽到愛蜜莉雅的慟哭，昴深切感受到自己思慮不周。
愛蜜莉雅一直覺得欠自己人情，因為自己索求的回報和恩情完全不對等。
可是就這點來說，昴也一樣。
昴也一直覺得虧欠愛蜜莉雅。

而且，還是無法再向愛蜜莉雅求得答案的虧欠。

因為在這個世界，已經沒有可以回報的恩情。

愛蜜莉雅濕潤的藍紫色瞳孔正面仰望昴。

認真眼神透露出的懇切色彩，讓昴捨棄打馬虎眼蒙混現狀的選項。

然後極盡所能以真摯的態度，向她傳達自己的真心。

「愛蜜莉雅醬不瞭解吧，我每一次每一回，都是真心真意地說出打從心底想要的事物喲？」

「——咦？」

「那時候，我想知道妳的名字。明天無從預料，在新天地不安得叫人驚慌失措，或許冷靜下來思考就會有許許多多必需、想要的東西——可是，我是不對自己說謊的男人。」

死了三次，就為了得到那報酬。

只是為了眼前銀髮少女的笑容，還有想知道她的名字而豁出性命。

——在那瞬間，當然不可能去期望更多的獎賞。

「對羅茲親的要求也是一樣。我現在啊，是徹頭徹尾的窮光蛋，雖然要一大筆錢痛快地揮霍也是可以，可是能夠持續取得基本生活的資金也很不錯吧？」

「……那也用不著當佣人，當個食客不就得了？」

「還有這招啊！羅茲瓦爾先生，請務必讓我當食客……」

抓著一絲希望看向羅茲瓦爾，但他的雙手在頭上交叉。

「只有最初的要求有效，因為男子漢——絕不食言的嘛。」

「對——喔！說得沒錯，男子漢絕不食言！」

方才某人的發言被反彈回來，只能哭著嚥下。

「剛剛有一瞬間對你另眼相看……看來似乎是我想太多了。」

「再加上得到愛蜜莉雅醬的這個評價，倒楣事怎麼接踵而來啊！」

昴因自己的失言，失去了理想的異世界好吃懶做環境，再加上美少女對自己的好感度也跟著下降，實在是禍不單行。

「不管怎樣……就是這樣了。只靠拉姆和雷姆照料豪宅負擔也太大了，男僕已就定位，請多多差遣。」

「雖說的確是很迫切的問題——呢，不過就像愛蜜莉雅大人說的，我也認為——你太沒有欲望——囉？」

羅茲瓦爾第一次露出帶著苦澀的笑容，昴朝他豎起指頭左右晃動。

「我可是超級貪婪的男人喔。看就知道了吧？能夠合法地和超級可愛又超級符合我喜好的美少女生活在同一個屋簷下，只要距離縮短了那心靈的距離也會跟著縮短，機會變成無限大！」

「原——來如此，確實是那樣。和喜愛的女性身處在同個職場，可說是——難能可貴的機會，真——的是很棒的狀況。」

「對啊，而且——」

昴停下搖晃的手指，將手伸向頭部，然後抓亂自己的黑髮。

「像我這樣來歷不明的傢伙，與其不清不楚地放著，還是留在手邊比較好吧？這樣還能看出我對愛蜜莉雅醬是有用還是有害。」

昴非常清楚自身的立場有點糟，要是事態演變成沒有張開防護線就想離開宅邸，事情一定不會那麼簡單就結束吧。考慮到這點，他才會做出這種發言。

如果羅茲瓦爾沒有絲毫頭緒，這話鐵定會成為讓人說不出話的找碴。

但是，有別於昴這樣的尷尬心情。

「就這麼辦吧。你希望——能夠打好關係吧？」

立刻反擊的羅茲瓦爾閉上一隻眼，只留黃色瞳孔看著昴回答。

那妖異光彩裡頭的感情，昴完全無法讀取。

雖是題外話，但情不自禁順著現場氣氛做出類似告白的發言，昴因而內心嬌羞不已。

但是，畏畏縮縮地窺視愛蜜莉雅的表情後……

「真是的，昴實在是個拿你沒辦法的孩子……怎麼了？」

被這樣平淡的回應，昴也只能語塞。

是自己想太多嗎？還是這也是不習慣跟美少女相處，經驗值低下所導出的結果？

「喜歡的女生這麼不把自己當成對象，反而讓我燃起鬥志了，喝！」

儘管置身在格外緊迫的環境，昴卻朝完全偏離的方向提起幹勁。斜眼看他的愛蜜莉雅，小聲地自言自語。

「話說回來……拉姆和雷姆，哪個是昴喜歡的人呢？」

曲解方才的發言，愛蜜莉雅手指貼著嘴唇，任錯誤的想像在心中膨脹。

4

——拖得很長的早餐時光結束，雇用昴的事情也大致決定。

看出事態發展，最早離席的是卷髮少女——碧翠絲。

「事情好像定下來了，貝蒂也該跟葛格回去了。」

解決完自己的餐點，碧翠絲打算早早離去。對她連餐具都不收的無禮態度忍不住皺眉，昴豎起的手指朝旁揮向現在想要走人的少女。

「等一下，沒必要這麼趕吧……是說，也該不靠他人自己自我介紹才對。現在，就只有妳的身分我還不知道，妳是羅茲親的妹妹？」

「竟然被當成那個的親戚，看來你惹火貝蒂的功夫也很高明。」

相較於不爽爆表還嘆氣的碧翠絲，被人說得很慘的羅茲瓦爾只是開心地笑。在碧翠絲危險的視線中，昴縮起肩膀。

「貝蒂是羅茲瓦爾家禁書庫的圖書館員啦。」

「葛格!?」

不過，悠哉插嘴的灰色小貓的發言，打亂了即將開始吵鬧的氣氛。小貓正在啃咬灑上砂糖並經過油炸，像是脆餅的土司邊甜點。

「好甜，好吃，嗚喵！」

「因為甜味而失去理智，這樣不太好喔。是說，可以麻煩你講得詳細一點嗎？」

昴一邊催促沉浸在甜味中的帕克，一邊趁機摸牠耳朵享受至高無上的觸感。被撫摸的帕克從盤子裡抬起頭。

「羅茲瓦爾身為魔術師本事十分了得，而他們家門第顯赫，自然也會有代代相傳，不能讓人看到的書籍囉。貝蒂是遵照契約來守護那些書的，對吧？」

「嗯，就是這樣，葛格說的話不論何時都正確無誤。」

簡直是跟盲從沒兩樣的發言。碧翠絲的手伸向提心吊膽的昴沒摸的那隻耳朵，手指一碰到貓毛，少女俏麗的臉蛋就開始融化。

碧翠絲頭一次在昴面前展露出和外表相符的可愛表情，昴忍不住驚訝地屏息。結果，從旁看著兩人一貓的愛蜜莉雅微側著頭。

「這樣子，看起來就像感情很好的兩個人在撫摸小貓呢。」

「被說跟這傢伙感情好實在有點……」

「被說跟這傢伙感情好貝蒂敬謝不敏。」

聽到愛蜜莉雅的感想，昴和碧翠絲的回答重疊在一起。相較於隱藏了幾分羞澀的昴，碧翠絲的眼神認真無比。

「呵呵，將互看不順眼的兩人一同收為俘虜的我真是恐怖……喵喵喵！」

夾在兩人之間，忙著自誇的帕克被愛蜜莉雅伸過來的手拎起而拼命掙扎。等到牠不亂動，愛蜜莉雅才嘆了口氣。

「那個暫且不提，禁書庫的看守人，這職業強烈地撼動了我的男兒心呢。」

著迷地看著精疲力盡的帕克，碧翠絲的表情對昴的感想表現出顯著的降溫。儘管如此，她還是摸著自己的卷髮誠實回答。

「剛剛葛格幾乎都說明過了，你進去的那個房間就是禁書庫啦。」

「喔，那個滿是書的房間啊。」

想起讓人擔心地板會不會塌陷的藏書量，昴理解到那就是禁書庫。相反的，若那裡的藏書全都是禁書，光是這樣就覺得蕩漾著犯罪的感覺。

「說不定這個蘿莉，是在不知情的狀況下被迫幫忙的可悲蘿莉。」

「這單字不管聽幾次都叫人一肚子火呢，還有扔下回答完問題的貝蒂，去思考全世界最無聊的事，更是讓人氣得要死。」

「別繃得那麼緊，吃點小魚乾吧。攝取鈣質情緒會比較穩定，個頭也會長高喔。雖然我覺得我跟愛蜜莉雅醬的身高差距，在談戀愛方面是剛剛好啦……」

裝作給憤慨的碧翠絲建議，昴偷偷朝愛蜜莉雅使眼色，但是她卻置若罔聞，只是湊近碧翠絲。

「等一下，碧翠絲……妳該不會邀請昴進禁書庫吧？」

「……怎麼可能啊，貝蒂根本沒必要特意邀請那種來路不明的傢伙，是他擅自選中『機遇門』的正確答案啦。」

額上冒青筋的碧翠絲粗魯地站起，默默推開餐廳的門。

「奇怪？走廊呢？」

無法解釋的光景出現在面前，昴忍不住發出愚蠢的疑問。

眼前——理應是通往豪宅走廊的門，後方出現的卻是書架排列整齊的大房間。那是曾經看過一次的地方，對在那裡昏倒的事還記憶猶新呢。

「這就是『機遇門』，你就把這神祕感烙印在眼底，盡情顫抖吧。葛格，來這邊。」

踏入禁書庫後，自豪地望向昴的碧翠絲伸出手，帕克便從愛蜜莉雅腳邊跳上少女的手掌。

確認後碧翠絲就關上門，少女和小貓就這樣隱身在門後。

「喔喔，厲害。」

讓激動不已的昴更加驚訝的，是拉姆什麼也沒說便直接去打開關上的門的舉動。被粗暴關上的門後方，連接的是昴要靠自己的腳行走的走廊，前一秒的光景簡直就像是騙人的。

「原來如此，也就是用屋子裡的門連到自己房間的魔法。皇家認證家裡蹲，在有廁所解放危機時超方便的。」

「該說意外嗎？你不怎麼驚訝呢。剛剛說的家裡蹲是什麼？」

「為疲勞歸宅的家人著想，犧牲自我持續保護家庭的守護神。」

「是喔……是很厲害的人嗎？昴也是家裡蹲嗎？」

「嘎噗！」

本來是想哄騙愛蜜莉雅，沒想到卻被她反過來關心，昴感覺像是被砍了一刀。

「好──啦好啦，那麼接著自我介紹──吧，拉姆，雷姆。」

無視因自作自受而認輸的昴，和歪頭思索的愛蜜莉雅，羅茲瓦爾拍手聚集注意力。被叫到名字的雙胞胎安靜地走到前方，抓住裙子尾端一齊行禮。

「重新自我介紹，我是此宅邸的佣人領班雷姆。」

「再次介紹，我是羅茲瓦爾大人宅邸的普通佣人拉姆喲。」

「姊姊突然急速坦白起來了，不過，輪不到我來說啦。」

聽到昴雙手抱胸的發言，雙胞胎牽起彼此的手看向昴。

「因為客人……不對，昴（SUBARU）現在是同事了吧？」

「因為客人……不對，毛（BARUSU）一樣是下人了吧？」

「喂，大姊，我的名字怎麼變成讓人瞎眼的咒語啦。」

這是跟人初次見面時，自己的名字一定會被拿來說笑的梗，可是拉姆和雷姆應該不知道才對。強忍焦急，昴回過頭看羅茲瓦爾。

「我的立場是那個嗎？果然比起管家，我更像實習佣人？」

「就現狀來說，接受兩人的指示處理雜務，是你最——優先的工作。有何不滿嗎？」

「如果要說不滿，就只有剛剛搞錯要你雇用還是養我的自己而已。唉，後悔也沒用的事就不要後悔了。就是這樣，請多多指教，前輩們。我會全力以赴，粉身什麼去了啊。」

「碎骨。」

「就是那個啊。」

三人在瞬間指著對方道出說不出來的單字，接著昴伸手喊出「耶——」另外兩人就跟他擊掌回應。這已經不是合作無間，而是建立起法則來了。

「友好的情誼真美，彼此彷彿——毫無芥蒂，身為雇主也非常——高興。是吧？」

「真不可思議，我們的波長很合得來，跟那個蘿莉不一樣。毫無疑問的，我們超級投緣！比那個蘿莉還要投緣！」

「你就是討厭被人認為跟碧翠絲感情好啦……」

愛蜜莉雅憐憫地沉吟，為餐廳的齊聚劃下結局。

5

「那麼，毛，走吧。」

這麼說的拉姆，方才直接被羅茲瓦爾任命為昴的指導員。丟下俐落整理餐廳的妹妹雷姆，完全不幫忙的拉姆伸手打開餐廳的門。

「啊，感覺我的稱呼會就這樣定型下去了。」

「嗯，是啊，毛。因為羅茲瓦爾大人指示，所以先帶毛參觀宅邸，你可以做到跟著我的腳步不迷路吧？」

「我又不是愛蜜莉雅醬，才不會因為好奇就亂跑咧。」

「昴！」

在王都迷路的事被拿來調侃，愛蜜莉雅氣得鼓起腮幫子。

在這之後，昴要和身為國王候補必須完成各種職務和進修的愛蜜莉雅分開行動。在不久後的分別前，先將愛蜜莉雅的美貌烙印在眼裡吧。

「那麼，雖然依依不捨，不過走吧，前輩。」

「就這麼辦，毛。那麼愛蜜莉雅大人，稍後見。」

離開前，拉姆抓著裙子行禮，昴也跟在她的後頭。

「昴，我會努力……你也要加油喔。」

「在幫我打氣嗎？我超開心的，幹勁都源源不絕湧出了。」

昴學拉姆抓著運動服衣襬行禮，將愛蜜莉雅道別的表情當成珍奇之物猛看後退出房間，結果發現等在通道的拉姆皺著眉頭。

「別露出厭煩的表情嘛，大姊。人家只是稍微俏皮一下，我對女僕文化可沒有生疏到把女僕跟男傭搞混喔？對了，有沒有制服啊？」

穿著運動服開始佣人生活也太無趣了。

聽到昴的話，拉姆手貼著嘴，點頭說著：「對耶。」

「服裝很重要，有尺寸剛好的衣服嗎……嗯，記得是有。」

「太好了，那就先換好衣服再上工吧。感覺我會意外的適合正式服裝呢，一定很優雅又高尚。」

目測豎起拇指、牙齒閃耀光芒的昴的體格後，拉姆指向樓上。

「二樓是佣人的休息室，衣服就在那邊換。毛的尺寸，應該和上上個月辭職的法蘭黛莉卡一樣。」

「喔——在這剛剛好的時間點辭職的法蘭黛莉卡……是女的？」

「身材和昴大致上一樣啦。」

「可是性別不同吧？」

停下腳步的拉姆翻白眼看昴，然後狀似疲累地手摸額頭。

「是很優雅又高尚的正式服裝……你到底有什麼好不滿的？」

「全部啦！愛蜜莉雅醬穿的話，就算要花錢我也想看，可是我穿女僕裝有誰想看啊！到時要是我開啟了奇怪的癖好怎麼辦！我不想讓那萌芽啊！」

不但無能還在異世界中墮落喜歡上穿女裝，若演變成那樣，講得極端一點不如死了算了。可是，偏偏昴又有死後一切重來的恐怖能力，屆時真的會無藥可救。

就這樣，在拉姆的帶領下，他們來到了豪宅的西側。羅茲瓦爾宅邸分成正中央的本棟，還有分別以通道連接的東棟和西棟，總計三棟組成的建築物。餐廳和羅茲瓦爾的辦公室都在本棟，佣人的休息室則是位在西棟。

「二樓的休息室……對了，除了掛門牌的房間，看你要選哪一間都可以，就挑你喜歡的當個人房，替換的制服就放在裡頭。」

「好──了解。那麼，哪間好咧……」

被允許在豪宅內擁有私人房，昴站在通道口眺望候補房間。話雖如此，不過就是位置不同，內在應該都一樣，既然如此靠近樓梯的房間比較方便吧。

「好，就這個房間……」

「葛格好棒，這頂級的毛茸茸觸感，呼哇啊……」

沒有多想就打開門的瞬間，發現一個在書庫裡頭和小貓玩的蘿莉。

察覺到有人，卷髮蘿莉的視線慢慢對向昴。昴回頭看站在走廊的拉姆，確認她搖了搖頭，於是他豎起拇指。

「我不會跟別人說的，所以放心吧，任何人在那觸感之前都只是愚蠢之輩——」

「少說些很偉大的蠢話，還不快點關上門！」

「嘎呀噗嗯！」

被看不見的力量——八成是魔法之類的東西給撞飛，昴狠狠地撞上走廊牆壁。碧翠絲斜眼瞄了撞到後腦杓而眼睛打轉的昴後，發出劇烈聲響用力關閉門。

昴搖搖頭，想要抗議剛剛的暴行，但打開門裡頭是空蕩蕩的客房而撲了個空，因為「機遇門」的效果發動了。

「只要碧翠絲大人消除氣息，就沒人知道她在哪裡，除非每扇門都可以到，不然就只能等她自己出來。」

拉姆說得像是「你就爽快一點承認自己輸了吧」。

她從後方安慰似地拍了拍昴的肩膀，那觸感讓昴認知到自己的敗北——

「我整個火都上來了，像我一樣惡劣的那傢伙，態度太惡劣了！」

才不認輸呢。

揮開拉姆的手，昴回過頭在走廊上全力衝刺。在瞪大雙眼的拉姆面前，他衝到走廊最盡頭的門。

「在這裡！」

「——呀啊!?」

「好厲害喔，昴。」

少女的慘叫和灰色貓咪的稱讚。

才剛看到「機遇門」再度被解開，碧翠絲的臉龐出現動搖的一幕，就因為這次沒被撞飛而直接跌進書庫裡。

在書庫裡不被允許的大動作，讓碧翠絲橫眉豎目暴跳如雷。

「灰塵都跑起來啦！」

「這都要怪妳沒有好好打掃工作場所吧！而且書庫哪能帶貓進來啊！是要用厚書皮給牠磨爪子嗎！」

「我的指甲被莉雅剪得很短，所以不用擔心啦。」

站在互相叫囂的昴和碧翠絲身旁，帕克悠哉的嘀咕沒能傳給爭論的兩人。他們就這樣對罵，聲音響徹整間屋子。

緩緩走到連接禁書庫門扉的拉姆，看著吵架的兩人小聲地說：

「姑且不論感情，投緣這點似乎是真的。」

「——才沒有好嗎!!」

6

早晨的羅茲瓦爾宅邸，在雙重奏的叫喊下用力晃動。

昴的佣人生活，就這樣以怒濤之勢點燃戰火。

結束和碧翠絲的不期而遇後，昴在服裝間穿上拉姆給的佣人服。白色襯衫搭配黑色外套和褲子，和昴心目中的管家打扮完全吻合，但是問題在於……

「喂——拉姆親，我是先穿上了啦，不過……」

「我對那個稱呼很有意見。哪裡不合身……」

在房外等他換好衣服的拉姆回應呼喚，邊抱怨邊進入房間。在看到換好衣服的昴後，她的話語突然中斷，手碰著下巴說：

「好像不對勁，問題在肩膀和腿短吧。」

「可以改說『褲長』嗎!?襯衫基本上沒問題，可是外套的肩膀周圍很緊，因為有在無意義地鍛鍊身體，所以上半身比較有肌肉。」

如拉姆所見，肩膀的鬆緊和褲管的長度就是不合身的原因。特別是肩膀，腋下甚至無法貼在軀幹上。因為是別人用過的二手衣，所以出現這樣的問題是很正常的。

「褲管捲起來就行，但上面就沒辦法了，如果要把褲管改短我是可以自己來啦。」

「毛意外的有才能呢……不管怎樣，可不能讓你用那種寒酸樣工作，不然會被人懷疑這間宅邸甚至是羅茲瓦爾大人的品味。」

「他本人都那副樣子了，還有品味可言啊？」

雖然沒有表情，但昴也知道自己的話讓拉姆不高興了，所以他乖乖閉上嘴巴。看到昴做出闔上嘴巴的手勢，拉姆嘆了口氣。

「就算沒有內在，要是連外表都不整齊就沒有可看之處了。總而言之，褲管之後再改，就算只有外套也要修改一下吧。」

「就算妳這麼說，可是這邊的修改難度很高吧？我又沒什麼這方面的經驗。」

這不是做或不做的問題吧。以為要挑戰自己裁縫技能極限的昴，拉姆對他說了「不用擔心。」的開場白。

「雷姆會來。」

「會來……就算叫她她也不見得有空……」

「叫我嗎？姊姊。」

「呼喔喔喔喔！」

原本想吐槽她那輕鬆的呼喚，結果雷姆卻立刻從旁現身，叫人打心底感到害怕。

昴驚訝過度整個人僵住，雙胞胎用同樣的動作歪著脖子思索。

「為什麼這麼訝異呢？」

「為什麼那麼害怕呢？」

「才才才、才沒有害怕咧！我只是有點嚇到而已，雙胞胎力量真絕！」

這就是所謂的雙胞胎共感，即使分離也能互通意念啊。在感動的昴面前，拉姆用鼻子哼了一聲。

「才不是那樣呢，只是看到她經過所以才叫她罷了，真是可喜可賀。」

「有沒有最後一句話，大幅關係到我內心裂痕的尺寸耶？」

「所以，有什麼事嗎？如果是跟昴有關，那雷姆就沒空喔。」

「妳也是，不用要那種毫無破綻的感覺傷害我！我是新來的耶！對我溫柔一點啦！」

話雖如此，事實上雷姆的力量在維護這間豪宅上是不可或缺的，太過麻煩她確實不好，可是姊姊卻指著昴對如此重要的妹妹說：

「雷姆，看到昴這麼難看的樣子，有發現什麼嗎？」

「肩膀怪怪的，腳短短的，還有眼神很恐怖吧？」

「生來無力可回天的部分就不要加進來了！容貌偏差值和普通的偏差值不同，是分類在本人怎麼努力也徒勞無功的領域啊！」

不在乎昴的控訴，姊妹繼續對話。明明是當事人卻被撇在圈圈外，昴只好快樂地進行捲起長褲的作業，然後……

「毛，把外套給雷姆，明天早上以前就能改好了。」

「那真是得救了，可是……這樣好嗎？工作都堆積如山吧。」

「當然忙到團團轉，所以要是別發奇怪的牢騷直接交出來，那就是幫了大忙。」

「啊——知道了，麻煩妳了。」

在正確言論的吩咐下，昴脫下外套交給雷姆。接過外套，這次換雷姆指著服裝間，用下巴示意昴進去。

「得量尺寸，你自己做不來吧？」

「……什麼事都麻煩妳，真是過意不去。」

「沒關係啦，反正這個恩情，總有一天要你十倍回報。」

「這樣說不對吧，而且看起來不像是說謊或開玩笑，很恐怖耶！」

留下把自己講得像是現場眾人之中最偉大的拉姆，昴和雷姆進入服裝間。

服裝間裡頭不只有佣人的制服，還保管了許多羅茲瓦爾的替換服裝，全都是奇特無比、色彩鮮豔的衣服，搞得整個房間像是馬戲團的戲服更衣室。

穿過主人品味怪異的服裝區後，看見幾件保守但華麗的衣裳，其中有陳列曾在王都看過的服裝，那裡恐怕是愛蜜莉雅的服裝區。

「真想全部都看一遍呢，在看過著裝的樣子之前真想保存起來……」

「你在那邊碎碎念什麼？請到裡頭來。」

被有點凶狠的聲音呼喚，即使是昴也無法打哈哈，只能乖乖遵照指示。服裝間裡頭不是試衣間，但有個區隔開來的空間，雷姆就站在那裡拿著一條細繩等他。等距離做記號的繩子，是代替量尺的道具吧。

「請挺直背脊站在那裡，雙手平舉跟肩膀同高。」

「是是，了解，麻煩妳了。」

背對雷姆，昴按照指示舉起雙手站得直挺挺。小小的身體從背後探過來，在昴的手臂和背部周圍拉繩測量。突然感覺到柔軟觸感和呼吸的昴，忍不住發出「嗚咿。」的聲音顫抖著肩膀。

「昴，請不要發出那麼奇怪的聲音，讓人很不愉快。」

「剛剛是不可抗力！這樣到處搔人癢，男生很難過耶！」

可能是心理作用吧，雷姆的話聽來很冷淡，昴在回應後，為了掩飾尷尬拼命找話題。

「話說回來，有看到像是羅茲親和愛蜜莉雅醬的衣服，可是都沒看到雷姆妳們還有那個蘿莉的禮服耶，是放在其他房間嗎？」

「碧翠絲大人換穿的服裝放在她的個人房，雷姆和姊姊除了制服沒有其他服裝，所以都是在自己房間換衣服。」

雷姆理所當然地回答，令昴皺起眉頭。就在這空檔，量好尺寸的雷姆在手邊的紙上寫了些東西。昴雙手環胸，對著雷姆說：

「妳說除了制服沒有其他服裝，所以妳們房間只有女僕裝囉？那外出和假日的時候穿什麼？」

「和羅茲瓦爾大人一同外出處理公務的時候，還有在宅邸工作時都不成問題，畢竟在彰顯身分的意義上，是不需要對他人說明的合理服裝。」

「不是合理不合理的問題……我主張像妳這樣的美少女，擁有必須打扮可愛讓人賞心悅目的義務。」

「姑且不論姊姊，雷姆就算打扮也沒人會高興。」

「誰說的，我就會高興啊？」

「讓昴高興，有什麼好處嗎？」

「在佣人生活中增添活力，可能會提升作業效率，這不是很合理的追求嗎？」

昴嘴硬的態度，令雷姆的表情微露驚訝。能夠瓦解少女的撲克臉，叫昴開心到揚起嘴角。

「是什麼讓昴說到這種地步？雷姆不太明白。」

「即使髮型和制服都相同，可是性格不同這點是可以用服裝表現出來的啊！我很期待這個喔。不過女僕裝很適合妳，還有雙胞胎這設定也很讚。」

現在的打扮也是可愛到爆表，不過髮型和服裝都一樣，雖說是雙胞胎的潛設定，可是想在裡頭添加「個性」這種精髓也是人之常情。

基於這種感覺，昴才會有這個提議，不過……

「──事。」

「什麼？」

「多管閒事。雷姆和姊姊一樣，有什麼不好嗎？」

雷姆用比之前更加感情凍結的表情，對著雙眼圓睜的昴這麼說。

和方才輕鬆交談的氣氛不同，昴忍不住口拙。

「……不要說些奇怪的話，回去吧，別讓姊姊等太久，而且還有很多事得讓昴記住。」

用不容分說的態度說完，雷姆就背對昴走向房間出口。抱著無法釋懷的心情，昴跟在她後頭說道：

「妳太喜歡姊姊了吧，那樣子……」

不過這只是在口中嘟囔，和少女的應對用普通方法行不通，對未來的不安只能嘆息以對。

7

量完尺寸，在服裝間外頭和拉姆會合，然後又要和雷姆分開行動。

「雷姆晚上會修改外套，明天早上前就能改好給你。」

應該累積了很多工作的雷姆這麼說完，朝拉姆使了個意義深遠的眼色後就轉身離開。看到兩人用眼神互通有無的態度，昴戳戳拉姆的肩膀。

「我說，剛剛雷姆用眼神跟妳說什麼？」

「似乎是兩人獨處時要小心昴的下流目光，你這禽獸。」

「那樣一瞥就有這種含意……喂，妳離我距離有點遠耶，傷到我了！」

抱著肩膀，傷心拉姆遠離自己的同時，昴身為豪宅佣人的時光正式開始。

西棟有佣人休息室、備用品倉庫，和不是禁書庫的普通書庫。東棟剛好相反，有迎接來賓的貴賓室，和提供客人住宿用的客房等，與集屋子機能於一身的本棟相比可看處不多。

「屋子整體的配置大致就是這樣，再來就是建築物外頭有庭園，屋子和大門之間有前庭。那邊之後再去看，到這邊有問題嗎？」

「參觀事件裡，感覺沒有愛蜜莉雅醬應該做的事件呢？」

「似乎沒有，所以移動到實際的工作場所吧。」

參觀的過程，拉姆屢次停下腳步配合昴偏離本題的話語，結果沒想到她本人的氣質也很相合，所以很習慣順著昴的發言聊天。

在這幾個小時距離縮短了嗎？鴻溝還很深嗎？現在還難以判斷。

「今天拉姆的工作，剛好是修整前庭和庭園，以及檢查周圍。幫忙準備午餐之後，從陽日八時開始得擦拭銀餐具……毛也能幫忙。」

「那些我都會做，不過可以問一下跟陽日有關的問題嗎？」

今天早上醒來的時候也聽到了這個用語，按照推測，陽日可能是指天亮的時間。

「陽日八時表達的是時間嘛……有沒有時鐘呢？」

「時鐘……？如果是魔刻結晶，宅邸內部都有吧，那邊也有。」

朝拉姆指的方向看去，昴發現一個釋放微光的結晶。走廊牆壁的上半部——如果在原本的世界會是擺放壁鐘的位置，安裝著一顆結晶。

結晶發出淡綠色光芒，昴瞇起眼睛。

「我是有注意到啦，那個就是時鐘的代替品嗎？要怎麼判斷時間？」

「陽日零時到六時是風之刻，之後的六個小時刻度為火之刻。冥日零時開始是水之刻和地之刻——連這都不知道，毛你是哪來的未開化蠻族啊？」

「被真正的未開化蠻族說成這樣，能不回答YES嗎？」

儘管被說得很慘，但對欠缺常識的昴來說卻是再正經不過的評價了。

回想起來，昴醒過來的客房也有設置魔刻結晶，跟那時候相比，結晶的綠色似乎變得比較深。

「該不會，顏色的濃淡會隨時間經過而改變吧？」

「……風之刻是綠色，火是紅色，水是藍色，地是黃色。還有需要說明的事嗎？」

「時間方面的事我懂了。陽日和冥日，就是早上和晚上的稱呼而已。」

將異世界和自己世界的常識揉合，在遭逢其他齟齬之前就先觀望著吧。

昴抱著胸膛點頭，拉姆手貼額頭，一臉疲累的樣子。

「從零開始灌輸工作就很費心了，你卻連一般常識都缺乏……什麼時候開始，拉姆成了不支薪的調教師了。」

「又是灌輸又是調教的，可以不要選那種聽了就很恐怖的字眼嗎？前輩。」

聽到「前輩」這個暱稱，拉姆的眉毛動了一下。是多心嗎？她感覺並不排斥，於是昴就用了「話說回來」當開場白。

「雖然屋裡現在只有兩個女僕，不過也不是一直這樣吧？剛剛妳也說過，有辭職的女僕之類的。」

「……因為別邸住著羅茲瓦爾大人的親戚，之前的同事幾乎都是從那裡來的。拉姆和雷姆單純是為了侍奉羅茲瓦爾大人，所以一直在主宅工作。」

「主宅和別邸……竟然不是反過來，這邊才是主宅啊？」

「梅札斯家的當家，羅茲瓦爾大人的住處當然是本宅吧？雖說是親戚，其他人都是梅札斯家分出去的血脈，其實關係並不深。」

會有這麼複雜的家族環境，果然是因為羅茲瓦爾是貴族世家吧。

自己只是被雇用，跟這些完全沾不上邊，所以最好先繃緊神經。在那之前，自己也不過是近距離接觸到女王候補人選愛蜜莉雅的陌生人。

「就算侍奉的對象只有羅茲親一人，但規模這麼大的宅邸只靠兩人維護是不可能的吧？這方面不能再更積極處理嗎？」

「——現在是不可能的，因為有隱情。不說這些了，閒聊到此結束。」

拉姆拍手，為這看不見終點的對話打上休止符，然後悠哉地邁開步伐。

想問的事還多如山高，但揉合常識可以邊工作邊進行。為了不要鬧得不愉快，就先全力做好分配的工作吧。

「毫無勤勞經驗的我，充滿了謎樣的積極。果然，有美少女在就是不一樣。」

「就算稱讚拉姆也不會得到好處的，我指導的時候不會放水也沒有溫情。」
「大姊學學妹妹，稍微謙虛一點比較好喔！」
反芻在服裝間與雷姆的對話，昴忍不住如此吐槽。

8

「好痛——！」
紅色的血液從新傷口滴出，昴忍著眼淚發出哀嚎。
看到昴揮舞流血的左手，身旁從事同樣工作的拉姆瞇起眼睛。
「都沒反省呢，毛，你不知道進步這個字彙嗎？」
「可是前輩，我沒摸過筷子以外的調理器具，就直接跳到高級階段啊。」
昴嘟起嘴巴，邊解釋邊含住受傷的手指，品嚐口腔內的鐵鏽味。
地點在廚房，時間是接近中午時分。和拉姆一同修整完庭園後，回到屋子的兩人就來幫忙雷姆準備午餐，不過……
「我就算了，連大姊都負責削皮是怎樣，大姊的威嚴到哪去了？」
「負責擅長的領域，活用專長來工作，這裡還輪不到拉姆出場。」
「事前就知道妳們有各自的擅長領域，可是聽起來妳在能力值上就輸了呀!?」

事先得到的情報是，在打掃、洗滌、料理、裁縫方面，拉姆根本所有家事技能全都低於雷姆。不過拉姆削蔬果皮的動作，確實可歸類在十分熟練的領域中。

「姊姊、昴，差不多都弄好了嗎？」

雷姆嘴上一邊這麼說，一邊用讓負責削皮的昴和拉姆嚇到瞪大眼珠的氣勢快速推進烹調速度，相較之下兩人只顯得狼狽。雷姆本領之高超乎尋常，洗鍊到令烹飪作業本身昇華成一場精彩演出。

和在角落互相競爭，被低等雜務追趕的兩人大不相同。

將食材倒進大鍋裡攪拌的雷姆回過頭，然後看著默默削皮的姊姊和流血的昴，若無其事地點頭說：

「不愧是姊姊，削皮的姿態就像是一幅畫。」

「偏袒親人到神清氣爽的地步啦！也對我的工作模樣給點評價嘛！」

「種出那些蔬果的農夫真是可憐。」

「我的心好痛！別說了！」

雷姆的視線前方，散落著被昴無情摧殘的蔬果殘骸。外觀像馬鈴薯的蔬菜尺寸只剩下原先的一半，而且上頭還有皮殘留，再加上因為手指被割得很深，血都滴在砧板上了。

「毛根本不會用刀子，削皮的時候不是動蔬菜而是動刀子才會切到手。刀子要固定，旋轉蔬菜就好。」

斜眼瞄了血流不止的昴，拉姆邊給予建言邊俐落地削完馬鈴薯。皮沒有中斷，從頭到尾都連在一起，是很完美的一刀削皮法。

「事實上，拉姆的擅長料理是蒸蕃薯。」

「一臉得意洋洋地說出什麼話來呀！可惡，看著吧，我的愛刀『流星』會讓妳刮目相看的！」

在不服輸的心情下拿起刀，握緊木製刀柄鼓起幹勁。沒什麼特別就只是把普通的水果刀，但從今天開始，對昴來說它就是愛刀「流星」。

「嗚喔喔——！」

邊叫邊縮著身體，按照拉姆的建議刀子固定只轉動馬鈴薯。一開始除了皮還削下大塊的果肉，不過之後皮就順暢地隨刀而落，昴的內心著實震驚不已。

只要看向旁邊，就能看到拉姆因昴按照自己的指示做而一臉驕傲，可是老實道謝只會叫自己不高興，於是昴默默地集中精神削皮，結果——

「被那樣熱情地注視我會害羞的……什麼事？」

察覺到雷姆盯著自己看的視線後，昴抬起頭。大致準備完畢的雷姆依舊挺著背脊，默默地凝視削馬鈴薯皮的昴，被這樣指明，她才微露驚訝地試圖解釋。

「——是因為毛的醜態太引人注目了吧？尤其是腦袋，特別沒品。」

不過，在雷姆開口之前拉姆搶先一步插嘴。聽了這番話，昴歪頭說道：

「這個，我覺得自己做起來格外順手啦……」

「至少，以身為佣人這點來看毫無疑問是不合格。對吧？雷姆。」

「……呃，嗯，就是啊。細微的小地方確實是有一點點、稍稍、略微叫人在意。」

「好像讓妳非常在意，真是抱歉哪！」

委婉的說法反而清楚揭示評價，對自己的工作頗為自負的昴低調地認輸。看他這樣，拉姆哼了一聲。

「順帶一提，宅邸所有人的頭髮都是雷姆在保養的喔。拉姆的髮型和早上的穿著打扮也都是雷姆經手的，很棒吧？」

「原來如此，雙胞胎互相打理彼此的話就會像在照鏡子……這說法不奇怪嗎？」

照方才拉姆的說法，聽起來簡直就是雷姆單方面在侍奉所有人。可是拉姆卻雙手抱胸，傲立在反問的昴面前。

「就跟毛你想的一樣。」

「多替自己妹妹貢獻一點吧，大姊！」

毫不保留盡情揮灑廢柴姊姊成分的拉姆，對昴的叫喊佯裝不懂。接著拉姆輕輕撫摸由雷姆整理的粉紅色頭髮，盯著雷姆說。

「有空的話，雷姆，毛的頭髮也稍微修整一下比較好喔。」

「喂喂，被女生玩頭髮，會讓我心跳加速雙手不受控制喔。」

「姊姊？」

拉姆唐突的提議，令昴和雷姆面露困惑。拉姆紅色的瞳孔望向用表情發問的妹妹，音調稍微降低。

「──妳是因為在意頭髮，才會盯著毛看的吧？」

「……是的，沒錯。我覺得只要稍微梳理，修剪髮尾後就會很好看。」

「就是說嘛，你就別客氣了，在雷姆的巧手下，可是能上天國的。」

「可以拜託妳不要用那種聽起來很下流的說話方式嗎？」

看起來提不起勁的雷姆，根本就是被姊姊的態度給逼迫，叫人過意不去。

是性格的問題嗎？和對待昴的時候絲毫沒有任何顧慮的拉姆不同，雷姆似乎還難以決定對昴要擺出什麼樣的態度。雖然昴本身也贊成縮短距離這點，但是……

「如果討厭直接說討厭就好啦，雖然我並不希望被討厭啦！」

「不，沒那回事。雷姆有一點，稍微有一點，確實有一點在意是事實。」

知道被人萬分在意，昴變得更加喪失自信。本以為在個人方面一定是──就在東想西想注意力不集中時……

「──啊。」

三人的聲音重疊，愛刀「流星」的刀刃從馬鈴薯移動到昴的手指上，手指的皮被淺淺地削下一層，昴發出哀嚎。

「嗚喔哇——！搞砸了——！非常乾脆地削下手指皮了——！」

「愛刀聽到了會很厭惡這層關係啦，既然是單方面的愛，改叫偏愛刀如何？」

「姊姊，水差不多要滾了，切好的蔬菜放到這裡……」

「妳們，稍微對新人的舉止有點興趣吧！」

以工作為優先的姿態十分出色，但昂根本沒力氣這樣誇讚了。

9

——過了半天左右。

「累、斃、了——啊！」

昂邊說邊倒在床上，整個人完全虛脫。

地點是在一間分配給他的佣人房，從今天開始，這裡就成了昂就寢的個人房。只有睡床、簡單桌椅的樸素房間，跟原先因傷休養的客房比起來格調差了許多。

「算了，花大錢裝飾的房間待了也只會讓人呼吸困難，還是這種的比較好……」

將臉埋進枕頭裡，這觸感和香味也是比自家的高級許多。正在休息的昂，制服早已換成運動服，他打算今後讓穿慣的衣服以睡衣的身分活躍。

「啊——根本是被當成畜生使喚，勤勞的人真了不起，我現在切身了解到舉世努力工作的父親們的偉大了。一整天都這樣，很了不起呢。」

鬆弛緊繃的身體，回顧一整天的工作內容後，昴老實吐露感想。

雖然也有不得要領的部分，但對自己的笨拙失望透頂也是事實。唯一可稱得上是救贖的，就是教育員拉姆的態度吧。

「很意外的，雖然很斯巴達卻還是很熱心仔細地為我說明……喔？」

被突然的敲門聲喚起，一抬頭，門後傳來說話的聲音。

「我是雷姆。昴，你現在有空嗎？」

「啊，有空有空。我沒在做奇怪的事，進來吧──」

「這樣的許可反而弱化了可信度，打擾了。」

打開門進入房間的雷姆依舊穿著制服，有那麼一下子，雷姆的造訪令昴皺眉，不過在看到她手中抱著的黑色外套後，他就明白理由了。

「該不會已經改好了吧？妳工作真的快到不像話耶。」

「修改而已，沒什麼大不了的。如果這是羅茲瓦爾大人的服裝，就會以細心為優先，不過既然是昴的就不用。」

「妳剛剛在言外之意做出偷工減料的宣言？」

從沉默不回答的雷姆手中接過外套，輕輕攤開來穿上身。修改前腋下根本無法貼緊，肩膀周圍只能用悲慘來形容。

「雖、雖然生氣，不過改得很完美，手臂也能自由旋轉……怎麼樣，適合嗎？」

「搭配那件罕見的灰色衣服，做些稀奇打扮的話就無人能出其右了。」

「很——好，沒在誇獎，這種程度我還是知道的！」

因為管家風外套底下是運動服，所以雷姆的評價很正常。更何況自己刻意做出搞笑動作，能面無表情回應的人忍功堪稱一流，不過……

「還有，下襬怎麼樣了？」

「下襬……喔，妳說褲管啊。糟糕，我都忘了，有針線的話我就能自己來。」

「我帶來了，現在弄吧。」

不只是盛情提議，雷姆身上不帶惡意或負面情緒。單純來看是這樣，但不排除撲克臉底下有藏什麼陰謀，不過那是演技層面，就先不管。

「好，針和線給我，就用裁縫技能改寫我一整天的評價。」

「你是要人期待今天準備午餐時，在和蔬菜皮苦戰的人的靈巧度嗎？」

「哼哼哼，要輕視我也只能趁現在了，先準備好大吃一驚的反應吧。」

放棄跟自信滿滿的昴爭辯，雷姆從懷中取出異世界風格的裁縫用具遞給他。收下後，先確認針線都跟原本的世界大同小異，接著熟練地穿針引線，興高采烈地將制服褲子放在膝蓋上，然後捲起褲管。

「哼嗯哼嗯哼哼——嗯。」

「……真驚人，你真的很熟練呢。」

看到用鼻子哼著歌，在布料上穿針的昴，雷姆感嘆地嘆息。

在堪稱靈巧的動作下，針快速往返，在哼唱的副歌結束之前——

「好，這邊結束了。來，看看吧，我縫得很棒吧？」

拉直褲管展現自己的成果，雷姆也縮起下巴老實認同。

這樣的回應讓昴心情大好，繼續著手下一個褲管。這時雷姆對他說：

「那個……昴，白天的時候，那件事……」

「嗯——白天？白天怎麼了嗎？」

「啊……沒事，忘了就算了吧。」

在沒有抬起頭的昴面前，雷姆輕輕搖頭。她的反應讓昴瞇起眼睛，然後想起準備午餐時聊到的理髮話題。

「妳是說頭髮那件事嗎？唉喲，我以為那時只是在開玩笑，妳不會真的要剪吧？」

「不，我只是認為太多管閒事了。雖說是同事，昴畢竟是愛蜜莉雅大人的恩人，立場跟我們不同。」

「被妳用那樣謙虛的態度對待我很傷腦筋……不這麼認為嗎？」

無法當同事對待，彼此之間存有隔閡的發言還留在耳際。

看到雷姆對這發問皺眉，昴粗暴地搔著自己的頭。

「老實說，我對自己難以定位的立場欠缺自覺，抱歉讓妳這麼顧慮。」

「不，我才是說了無可奈何的話，請忘了。」

「無法這麼簡單應對就是人類的麻煩之處啊，那麼……」

手抵著下巴，昴看向低垂眼簾的雷姆。她的動作像在後悔自己的失言，又像在等待昴叮嚀般溫馴，看她這樣，昴決定要說些什麼。

「那我來開個條件吧，要是能接受，我就忘了剛剛的事。」

「條件……是嗎？明白了，請問是什麼，雷姆洗耳恭聽。」

面對豎起一根手指提議的昴，雷姆先閉上眼睛，再用有所覺悟的表情點頭。

並不打算列舉誇張內容的昴露出苦笑，然後說：

「修剪我的頭髮，剪過髮尾後輕輕梳理，我就原諒妳。」

「……」

「選擇沉默讓人感覺特別痛心耶。」

聽到昴的提議，雷姆沉默不語。馬上就承受不住這份沉默的昴提高音量，雷姆的淺藍色瞳孔映照出昴，接著小聲嘆氣。

「雖然愛蜜莉雅大人也說過，不過昴真的是無欲無求的人呢。」

「好奇怪喔~比起吃驚，應該會上演重新迷戀上我的場景才對啊……」

「聽姊姊說一旦兩人獨處就會被下流的眼神看，所以老實說在你說出內容之前，雷姆有稍微做好心理準備。」

「我的風評也太慘了吧！」

光是想到拉姆說長道短的流言蜚語，也會很快延燒到愛蜜莉雅身上就覺得可怕。在變成那樣之前，必須要對愛蜜莉雅直接先拉出防護線。

就在昴於內心演練對抗拉姆的策略時，雷姆拎起裙子的兩端。

「雷姆接受條件——就上你的當吧。」

說完，她禮貌的一鞠躬，接受和好的提議。

戲劇化的舉止讓昴笑了，接著視線落到手邊。

「看，在說這些的期間褲管也縫好了。縫得不賴吧？」

「……是，確實如此。裁縫方面是滿分，只不過就跟昴本身一樣不太有用。」

「唉呀!?我還以為我們剛和好耶!?」

手持改好褲管的褲子，贊同的雷姆繞個彎挖苦他。昴接著吐槽，方才的尷尬氣氛頓時煙消雲散。

將裁縫用具還給雷姆後，昴摸摸自己的頭。

「那修剪頭髮……幾時要弄？現在已經很晚，今天是沒辦法了吧。」

「是啊，可以的話是想趁早處理，不過這幾天晚上工作都排滿了……很遺憾。」

「那就要製造機會囉，真的是好久沒有讓人剪我這頭亂髮囉！」

大概從國中念到一半開始，整整將近五年都是自己剪頭髮，熟練到只要用手摸，不用看鏡子也能剪的地步。

「那麼，時間也很晚了，我就先告辭了。明天早上也有工作，你起得來嗎？」

「老實說我不太有自信耶，要是有鬧鐘的話我有自信起得來，不過這裡大概沒有那麼方便的道具。有沒有雞在早上叫的系統？」

「……似乎很難，早上就由雷姆或姊姊來叫你起床。」

聽到昴這番不可靠的發言，雷姆狀似無奈地提議。

「真的？不過把前輩拿來當鬧鐘感覺過意不去……」

「你要是因此起不來睡到傍晚的話，那才叫人傷腦筋。」

「我到底被想成多會睡懶覺啊!?」

「至少睡一整天不會醒吧。」

這是雷姆式笑話，昴到很後面才察覺到這點。

對話就到這裡，最後朝接受鬧鐘提案的昴鞠躬後，雷姆離開房間。

朝著被門遮住快要看不見的少女揮手，昴心想。

「嘴巴上雖然說這說那的，不過那兩人果然是姊妹。」

貌似恭敬實則輕蔑的雷姆，以及傲慢不馴的拉姆。儘管如此，她們還是體貼昴到過頭的地步，以同事來說這兩人還是很討喜的，昴如此心想。

10

之後——

「那——麼，之後昴是什麼樣子？」

時間是晚上——太陽已沉入西方天空，欠缺上半部的月亮掛在夜空的時候，屋內正在進行祕密報告。

寬敞的房間，中央放置迎接客人的接待用長椅和桌子，更裡頭則是配置房間的主人用來辦公的桌椅。黑檀辦公桌上躺著文件和羽毛筆，緊貼在旁的是還冒著熱氣的茶杯，散發著些微的柔和香氣。

羅茲瓦爾宅邸本宅的最頂樓，就是主人羅茲瓦爾‧L‧梅札斯的辦公室。

一開始發問的，就是坐在椅子上的羅茲瓦爾。

雖然像在私語，但聲音毫無疑問有傳達給對方。這也是當然，因為羅茲瓦爾說話的對象，正縮著身體側身跪坐在他的大腿上。

「自那次機智對談後快要五天——差不多——也該是看得出端倪的時候了。」

「說得也是——他是沒用到極點的廢柴。」

聽著主人的聲音，拉姆順從地被撫摸粉紅色頭髮。房間裡只有羅茲瓦爾和拉姆兩人，對拉姆來說堪稱另一半的雙胞胎妹妹並不在場。

這是因為今天的報告主題就只有昴，而拉姆是負責教育昴的人。

教育員做出如此明確的廢物結論，羅茲瓦爾先是愣住，然後噗嗤笑出來。

「啊哈——這樣啊，沒用的廢柴嗎？」

「毛真的什麼都不會，烹飪不行，打掃也很拙劣，一要他洗衣服他就呼吸急促，只有裁縫莫名的拿手，不過除此之外沒有一樣行。」

「住在女生多的地方，包含那點在內可是很重大的事態——呢。」

那種年紀沒辦法啊。仰望苦笑著這麼說的主人，拉姆回顧昴被雇用後這四天來的表現，每次認真回想起那短暫又濃密的時光，拉姆端正面容的撲克臉面具便會扭曲剝落，這點即使是旁人也看得出來。

「妳竟然會有這種表情，真——難得呢，他這麼廢嗎？」

「廢到極點。不是不拿手，而是完全不懂，他一定是生在富貴人家，不過如果是的話又有欠教養。」

「好嚴厲——喔。」

羅茲瓦爾忍著笑意。拉姆小聲嘆氣，然後在主人懷中改變姿勢，讓側坐的身軀更往裡頭靠。大手掌溫柔地撫摸她的粉紅色頭髮。

「那麼拉姆，說說關鍵的事——是間諜的可能性有多少？」

音調不改，羅茲瓦爾維持笑容發問。雖然問題沒有主語，但還是知道他索求的答案。拉姆閉上眼睛，稍微想了一下後開口。

「不能否定，但可能性極低。」

「呼——嗯，那內在呢？」

「不好不壞……說是這樣，在惡劣層面來說太過醒目，加入宅邸的手段還有之後都是……不如說毛本身就是。」

支支吾吾的同時又不留情面地回答。

雖然發問得到了否定的答案，但羅茲瓦爾微笑，似乎對這答案相當滿意，是「如我所料」的笑容。儘管不是直接對自己微笑，但拉姆知道自己的臉頰熱了起來。

「原來如此，我懂了。看樣子，他真的是善意的第三者。」

他邊說邊改變身體的方向，椅子吱嘎作響。原本朝向辦公桌的身體整個一百八十度轉向——剛好就是朝向月光照進來的大窗戶。

瞇起左右不同色的瞳孔，羅茲瓦爾為眼前的光景揚起嘴角。

「不——過，他也是不屈不撓的人——呢。」

從辦公室可以俯瞰豪宅的庭園，在庭園一角，銀髮少女和黑髮少年正在談笑風生。雖然一樣是少年單方面在說話，但少女並不討厭。

「笑了呢——那樣的熱情，如今我已經沒有了。」

「被那樣子追求，女生會很高興的。」
回應那像獨白的話語，拉姆在極近距離下凝視羅茲瓦爾，和他的雙眸互看。但是，羅茲瓦爾淘氣地瞇眼，翻轉了曖昧的氣氛。
「怎麼突然提高對昴的評價啦？」
「……儘管是個大廢物，但他不壞。工作方面他是真的不知道，不過他記性不差，所以教得很有成就感。」
拉姆眼中寄宿著不滿，用冷淡的聲音回應。羅茲瓦爾用原本梳理拉姆頭髮的手輕輕摩擦她的臉，拉姆陶醉地沉默，羅茲瓦爾則思考著方才的答案。
拉姆會這樣評價他人十分罕見。
她的言外之意，是有機會認識的話就多了解昴，看來黑髮少年很得兩名女僕的緣啊。拼命的樣子真美，羅茲瓦爾也點了點頭。
「就我的立場而言，是應該——要妨礙——啦。」
只有黃色的瞳孔俯視庭院，羅茲瓦爾對可愛的夜間幽會這麼發牢騷。
「兩邊都是小孩子，放著不管也不會發生什麼事的。」
「妳說得對。」
微弱的笑聲在辦公室重疊，可以俯瞰少年少女的窗戶拉起了窗簾。
——在那之後，辦公室的樣貌連月亮都看不見。

11

月亮唯我獨尊地待在天空正中央的時候，昴正士氣高昂。

撫平身上管家服裝的皺褶，靠著窗中的倒影再次確認自己的打扮。這套衣服穿了四天，也是穿習慣的時候了，他想。

「不壞，我看起來還不賴嘛。沒問題，可以的，用鏡子看剛洗好澡的我，帥氣值增加了五成。這種現象，代表我現在很迷人。」

如何客觀地判斷帥氣值增加了五成仍是個謎，不過自我暗示也是非常重要的。

就算只有氣氛，也要帶著帥哥氣質前往。昴輕輕深呼吸後踏出步伐，踩上庭園剪短的草坪，朝向綠色一角——被許多大樹包圍，特別受到月亮恩惠的地方。

那裡坐著滿頭銀髮因月光而閃耀，身邊盪漾著淡淡光芒的少女。

銀白光輝——恰似螢光的現象本體其實是精靈，現在的昴已經了然於心。在知曉這件事實後，看起來宛如幻想才有的光景，具備了惡魔般的魅力擄獲旁觀者的心。昴不禁停下腳步，屏息以待。

大概是察覺到他的氣息了吧，原本閉著眼睛低語的少女，突然張開雙眸。

兩枚紫水晶將走近的昴正面捕捉進視野裡。

「喔，竟、竟然在這種地方相遇，不覺得是奇遇嗎？」
「明明每天早上都會介入我的例行工作，而且說什麼奇遇……我們住在同個屋簷下耶？」
在出聲前就被人發現的動搖，在第一句話中表露無遺。愛蜜莉雅已經不覺得稀奇，吐氣後便直接進入對話。被抓到語病而搞砸的昴毫不氣餒，對著愛蜜莉雅笑道：
「住在同個屋簷下，聽起來讓人心癢癢的呢。」
「那個心癢癢的話，聽起來讓人背脊打顫，討厭死了。」
愛蜜莉雅用受不了的眼神仰望自己，昴抓了抓臉，像是理所當然似地坐在她身旁，距離大約有三個拳頭遠。微妙的距離感正是膽小的證明。
已經習慣昴跑到自己身旁坐下的愛蜜莉雅，如今也不會刻意指責。每天早上執行例行工作，還有吃飯的時候他都膩在旁邊的話，也難怪會覺得這很正常了。
無言的容許究竟是放棄還是接受？雖然不清楚是哪一邊，但不管答案是什麼，這段距離都叫昴開心。
「欸，欸，妳在幹什麼？」
「嗯？就延長早上的工作啊。大部分的孩子能在早上見面，不過也有只能在冥日見面的孩子。」
聽到愛蜜莉雅的回答，昴點頭回應表達理解。
陽日和冥日，是這個世界的獨特表現法，這幾天總算是習慣了。

附帶一提，一天的時間幾乎是二十四小時，人類的活動時間也幾乎一樣。雖然覺得太方便，但是體內時鐘不會錯亂這點，不得不說叫人放心許多。

諸如此類的異世界常識，也都在這四天的管家進修期跟著一併進步。不過比起勤學用功，更要以學習佣人工作為優先，在這方面也的確接受了斯巴達教育。

「身為週休二日的寬鬆教育世代，真希望她能用看得更遠的目光來看待我……」

他開始抱怨起這四天的斯巴達教官，不過就連昴在這樣自言自語的期間，愛蜜莉雅都和只能於冥日見到面的朋友繼續對話。

為這奇幻光景深深著迷，昴默然凝視愛蜜莉雅的側臉。

「就算看了也沒什麼有趣的吧？」

是昴沉默不語的情況很稀奇吧，愛蜜莉雅突然這麼說。

面對貌似尷尬的愛蜜莉雅，昴撐起身體搖頭說：

「不會，跟愛蜜莉雅醬在一起，我從來不覺得無聊喔？」

「什麼！」

太過直接的發言，令愛蜜莉雅不禁屏住呼吸紅了臉。雖然冷不防聽到直言的愛蜜莉雅因此臉紅，但其實昴的臉也紅到耳根子。

如果是意有所圖才說出口就算了，但剛剛講的全都是再坦白不過的話。

「啊、啊——因為妳看，我們這幾天都沒有機會好好聊天嘛？」

昴為了掩飾害臊，說話變得很快，愛蜜莉雅也被影響點頭說道：

「就、就是說啊，昴要記住宅邸裡的工作很辛苦吧。嗯，你很努力……嗯，你真的很努力呢。」

「妳為我說話的心情，讓我高興又可悲到快哭出來了。」

為了揮別尷尬氣氛而扯出的話題竟是自掘墳墓，讓他忍不住低吐悲嘆。

這四天來，昴工作狀態的評價，即使再怎麼偏心、委婉的表達，就算贈上大量好處賄賂高層，得到的評價也只會是「一無是處」吧。

沒有任何家事技能的昴，首先被迫學習豪宅佣人的必備技能：烹飪、洗衣、打掃。

就現狀來說，這三個技能每一項都是「C」判定。

「只有在改自己的褲管和縫圍裙鈕釦時得到了『S』判定。」

「真的是只有一部分突出優異耶。」

「比起那些又圓又平的無趣傢伙，成為有稜有角的男人還比較有型，我是這樣被教育的。」

雖說要歸功於雙親的教育方針，但因此只提升裁縫技能的昴和雙親都很不正常。

「是嗎？這樣啊，太好了，昴也有可以拿來誇耀的優點。」

絲毫不覺昴是在內省，愛蜜莉雅老實地讚賞他自傲的技能。像在高興自身事的反應，讓內心五味雜陳的昴笑容僵硬。

「而且，毫不畏怯地做其他工作不是很偉大嗎？拉姆和雷姆雖然都沒說，但其實她們都很稱讚你喔。」

「真的假的，還以為前輩私底下也在進行可惡模式，所以就算我刀子割到手，整籃衣服都打翻，洗衣失敗也還是有在累積好感度囉！」

「我認為你還是稍微反省一點比較好喔。」

家事失敗得很徹底的昴，這次的發言讓愛蜜莉雅苦笑。接著，她瞇起藍紫色的眼睛，像窺探似地看著身旁的昴。

「不過，每天都很辛苦吧？」

「超級霹靂無敵辛苦，要是能夠借用愛蜜莉雅醬的手臂、胸部、大腿來滾滾的話，就能治癒我。」

「好好好，能像這樣打哈哈的話應該是沒事吧。」

愛蜜莉雅伸出手指，輕按昴的額頭。按壓的力道雖弱，可是昴沒有違抗那股力道，誇張地朝背後的草皮倒下。

草葉的觸感冰涼，仰望滿天星空，讓人忍不住感嘆。在沒有路燈等光源的世界，浮現星星及月亮的夜空之美，和昴所認識的天空極為不同。

「——月亮真美呀。」

「因為在手碰不到地方啊。」

「我並不是有意那樣說的，但妳回的話卻大力敲響我的心扉喔!?」

「咦，我說了什麼不好的話嗎？」

將宛如羅曼蒂克代名詞的台詞打落，夏目漱石（註1）的道理在異世界不通用真叫人戰慄。

昴按著胸口向文豪表達謝罪之意，結果卻讓愛蜜莉雅嚇到。

「啊……」

「喔，糟糕，遜斃了，努力是要私底下做的。」

為了掩飾害臊，昴邊笑邊把愛蜜莉雅凝視的手藏到背後。

——工作持續失敗，結果落得貼滿ＯＫ繃的左手。

昴吐舌打算帶過這件事，但愛蜜莉雅卻表情認真地低垂眼簾。

「大家，果然都很辛苦呢。」

像在告誡自己，愛蜜莉雅這麼低喃。

聽見她的獨白，昴覺得她是想到了什麼，於是便靜靜地接受了。

現在，在這個羅茲瓦爾宅邸內從頭開始學習的人，不是只有昴，愛蜜莉雅也是，以女王候補的身分努力吸收各種必須學習的事情。

昴和愛蜜莉雅在被要求的等級和範圍都天差地遠，身上重擔的差距更是連拿來比較都嫌失

※註1：夏目漱石認為東方人較含蓄，且愛的份量太重不應輕易說出口，因此I love you在翻成日文時應為「月亮真美」。

禮的地步吧。要是一直扛著沉重的壓力也是會累的，說不定愛蜜莉雅也有不能對人傾訴的這類煩惱。

「……我可以幫你施展治癒魔法嗎？」

愛蜜莉雅小聲地問。

ＯＫ繃底下的新生傷口不斷在哭嚎，才剛意識到存在就在哭訴刺痲的熱度，可是……

「不、不用了，不用治療，就放著不管吧。」

「為什麼？」

「嗯──用講的很難表達……對了，因為這是我努力過的證明。」

別說這種不像自己風格的話啦。雖然這麼想，不過昴用力握緊滿是傷口的手。

「很意外的，我並不討厭努力呢。努力去做辦不到的事，該怎麼說呢……還不賴呀。是很辛苦難受沒錯，不過也很快樂。拉姆和雷姆意外的很斯巴達，那個蘿莉叫人火大，羅茲親意外地難遇到，所以存在感很低。」

「你要是對羅茲瓦爾那麼說，他一定會勃然大怒呢。」

「好久沒聽到『勃然大怒』這種話了……」

昴用彎腰的動作表現話說到一半被打斷，接著像發條娃娃一樣動作僵硬地起身，用右手碰額頭朝愛蜜莉雅做出漂亮的敬禮。

「總之就像這樣，把問題一個一個解決就行了。在這裡我不這麼做的話就無法生存……反正就是快樂一點就對了。」

在原本的世界，只要「輕鬆」過活就好，可是在這個世界裡，昴不期望那樣安穩的生活，可以的話他想要「樂趣」。

這也可以說是昴對把自己莫名其妙丟入這個世界的命運，所做的堅持己見。

昴表明決心的舉動，讓愛蜜莉雅表情僵住到彷彿時間停止，只有眼皮不斷開開闔闔，然後突然發笑。

「說得也是。嗯，我覺得不錯。啊啊，討厭，昴是笨蛋。」

「唉呀呀呀，反應很奇怪喲!?這邊重新迷戀上我就行啦!?」

「原本就沒迷戀上你啦，實在是大笨蛋……我也是。」

用誇張反應來表達意外的昴，沒聽到愛蜜莉雅最後的低喃。

愛蜜莉雅加深笑意，微笑裡頭有彷彿從先前的重擔中獲得解放的柔和，簡直就像是施展了讓昴忍不住看傻眼的魔法。

她所展露的姿態，用漂亮和可愛的詞彙已經無從表現。

「E・M・M（愛蜜莉雅醬・真的是・女神）。」

「感謝稱讚，不過你又這樣打哈哈了。」

微慍地嘟起嘴唇，愛蜜莉雅再次伸指戳昴的額頭。

有時候會覺得，像這樣被碰觸的時候，被碰到的地方好像格外的燙，那一定不是自己想太多。

「就算如此……我知道你很努力，不過是怎麼做到滿手是傷的？」

「喔，這很簡單。今天傍晚，我陪雷姆到附近的村莊採買時，被一隻遭小鬼頭戲弄，像狗的小動物給咬傷了。」

「不是努力的成果嗎!?」

「不，努力的痕跡被更大的傷痕蓋過所以看不到了……我不覺得自己是被動物討厭到這種地步的人啊。」

在原本的世界，昴受到小孩子和小動物的喜愛，或者可以說是容易被舔的體質。所以今天的結果十分奇怪，不過對小孩的效果還健在。

「村裡的小鬼頭……毫不留情地對我又打又踢，還把鼻水擦在我身上，有夠惡劣的，可惡。」

「原來你很會照顧小孩子啊，昴。」

「妳誤會了，愛蜜莉雅醬。我的盤算是從現在開始先將之乖乖收服，等到長大後再採收，這就是我的光源氏計劃。」

「好好好，不用那麼堅持，老實承認就好了。」

習慣了昴的蠢話，隨便帶過後愛蜜莉雅邊仰望天空邊伸懶腰。

「我差不多要回房了，你呢？」

「我也得陪愛蜜莉雅醬睡覺，所以當然要回去囉。」

「等你先把現在的工作實力提升到更高再說吧。」

「妳說的喔。看著吧，從現在開始我要創造佣人傳說……嗯哼！」

把愛蜜莉雅的話當真，昴燃燒起幹勁。接著他回頭看苦笑的愛蜜莉雅，豎起一根手指說：

「對了，可以的話找個時間，例如明天，陪我一起到村子裡找那些小鬼頭報復……或者來個熱情恩愛的約會……或者去看看可愛的小動物？」

「為什麼要一直改口啊？而且我，嗯──」

支支吾吾、面露躊躇的愛蜜莉雅垂下眼。

「我不討厭和昴一起去，也喜歡小動物……」

「那就去吧！」

「可是和我在一起的話，可能會給昴添麻煩……」

「好，知道了，走吧！」

「……你有在聽我說話嗎？」

「有啊！我是不會聽漏愛蜜莉雅醬說的每一字每一句的！」

「昴最討厭了。」

「啊──啊──！怎麼突然這樣!?我什麼都──聽──不──到!!」

昴塞住耳朵，立刻撤銷前言的拚命模樣，讓愛蜜莉雅愕然失聲然後大笑出來，接著用手指拭去眼角的淚水，看著他說：

「真是的……我學習告一段落，昴也好好完成工作的話就可以。」

「萬歲！收到！超快速就給他解決的啦！」

取得約會的約定，昴緊握拳頭擺出勝利之姿。

看到他現實的模樣，愛蜜莉雅微笑著小聲吐氣。

「一看到昴，就覺得自己的煩惱好渺小喔。」

「有這回事!?如果是可能會成為女王陛下這種等級的煩惱，在壓力社會可算是蜂巢胃囉！」

愛蜜莉雅忍不住噴笑，昴也跟著笑出來。

兩人笑了一陣子，這天的相會就劃下句點。

「話說回來，為何工作都結束了還穿這樣？」

「沒有啦，我想知道愛蜜莉雅醬對我這身打扮的感想咩。怎樣？很帥氣喔？」

「嗯，是啊，看起來像是工作很能幹。」

「評語加進期待，我快被壓垮了！」

請先記住，這些就是他們最後的對話。

12

「嘿——有沒有乖乖睡覺呀，蘿莉女孩。太晚起床的話，生長激素會減少分泌，到時就會變成矮個子大人喲。」

「……已經變得理所當然地打破『機遇門』了呢。」

選了個適當的門，看過裡頭後昴出聲打招呼，得到了碧翠絲怨恨的答覆。她坐在書庫裡頭的木製梯凳上瞪著昴。

「找碧翠絲有什麼事？」

「嗯喵，沒有啊？就只是睡前打招呼而已。本來想說開三個門都沒碰到的話就放棄，不過才開第一扇就找到了呢。」

「你的直覺到底是長什麼樣子啊……」

碧翠絲好像很疲累，拉了拉自己的卷髮，手指一放開，伸長的卷髮就在反作用力下反彈。看著那模樣，昴的童心稍微被刺激到。

「我也可以拉拉看嗎？」

「可以碰貝蒂的人就只有葛格……說夠了沒，快點消失。」

「只有妳自己玩得開心真奸詐。唉，算了，我現在心情好，就原諒妳。」

在書庫留下得到約會保證的得意洋洋，又在碧翠絲臉上刻下苦澀後，他準備離開房間。

但是，就在門要關上的瞬間。

「——跟貝蒂沒有關係。」

聽到這麼寂寞的聲音，讓人覺得有點掛意。

「是說，我想反問那是啥意思就開門了。」

打開的門後方已經不是禁書庫，而是恢復成一間單純的客房。

就這樣重複開關眼前的門，嘗試看看能不能偶然和禁書庫連結。

「……你從剛剛就在做什麼？在確認門關得順不順嗎？」

「對啊對啊，最近半夜走廊都會有嘰嘰嘎嘎的聲音，想說是不是這裡發出來的……是雷姆啊。」

目擊到昴把門開開關關的現場，眼神帶著吃驚的人是雷姆。她一手拿著什麼也沒有的銀色托盤，凝視昴碰著的門。

「你是不是有什麼在意的事？」

「沒有啦，剛剛蘿莉的禁書庫還在這裡，不過已經消失了。」

「你找碧翠絲大人有什麼事嗎？不嫌棄的話雷姆可以幫忙。」

「只是睡前打招呼罷了，沒什麼……特別的事。」

雖然在門關上前碧翠絲說的那句話很叫人在意，但昴搖頭，認為沒必要現在就探問。

「雷姆才是，還在工作嗎？明天也要早起，先睡吧。」

「把托盤收拾完我就去休息，我剛剛去送茶給羅茲瓦爾大人和姊姊。」

「他們兩個這麼晚了在幹嘛……啊啊，算了。」

已經到了日期要變換的時間，質問羅茲瓦爾和拉姆在這個時間點密會的意義，似乎會成為很嶄新的話題，這樣很討厭。

反省自己太多嘴的昴，突然發現雷姆在看著自己，淺藍色的瞳孔正盯著昴的頭看。

「實現約定的機會一直都不來呢，雷姆妳似乎也在意得不得了。」

「……不會，雷姆完全、一丁點、根本都不在意。」

「完全不在意的心情傳達過來，害得我歉意加速啊！」

正經八百的雷姆，視線裡頭增加了銳利和集中力，到了讓人說話產生錯亂的地步。昴的工作速度慢，雷姆又很忙，所以一直都沒有理髮的機會。怎麼辦好呢？昴皺眉心想，雷姆這時微微舉起手。

「如果方便的話，現在剪怎麼樣？」

「現在……妳是說立刻嗎？可是，都這麼晚了耶？」

「只要把髮尾對齊，快速剪好沖洗的話一下子就好了。不這樣的話，昴只會耍嘴皮子不讓雷姆完成夙願。」

「明明不在意卻說是夙願！」

看著面無表情的臉龐裡，只有雙眸充滿幹勁的雷姆，昴抓抓臉心想，這四天來她想必相當焦急難耐吧。

可以的話，很想讓她一償夙願，但——

「抱歉，雷姆，明天我跟愛蜜莉雅有約，所以必須早起盡快完成工作。所以，熬夜實在有點……」

「這樣啊……沒關係，是雷姆做了無理要求，對不起。」

以才剛約好的約會為理由，駁退先和雷姆約好的提案，良心實在過意不去。但是，懂事的雷姆收回主張，體諒昴的狀況。

對雷姆這樣的態度感到罪惡感，還浮現出難以述說的感情，昴立刻說：

「所以說，明天晚上如何？」

「……明晚嗎？」

「以和愛蜜莉雅的約定為前提，我會好好完成工作，後天也沒有特別安排活動，接下來就看雷姆怎麼想了。」

邊說邊對自己在同一天和兩名女孩訂下約定的積極性感到驚訝，不過對愛蜜莉雅的感情和對雷姆的感情是不一樣的。

對雷姆的是友好的同伴意識，對愛蜜莉雅則是連自己也不甚清楚。

面對昴的提議，雷姆闔眼然後輕輕點頭。

「明白了，那麼就約明天晚上——這次約好了喔。」

「不知道是什麼讓妳振奮到這樣，不過約好了，明天晚上見。」

想要勾勾小指頭，不過在這個世界有這種習慣嗎？猶豫的期間，雷姆禮貌地在昴面前行禮，轉過身背對他離去。

就這樣目送踩著安靜地彷彿在滑行的腳步離去的小小身影，昴思考明天擁擠的行程，忍著不打呵欠，回到自己房間。

「明天約會去到村莊，得找些適當的理由甩掉那些小鬼。對了，在那之前要先找視野不錯的地方，或是有花田的場所……」

張大鼻孔深吸一口氣，將對明天的期待脹滿胸口，昴走進房裡，脫下穿著的管家服，換成運動服後跳到床上。

就這樣蓋著棉被讓思緒馳騁到明天，但整個人卻興奮到了無睡意。

眼前是內心背叛身體的事態，不過昴立刻切換想法發動隱藏技能，那就是……

「一隻帕克，兩隻帕克……」

腦內浮現灰色小貓到處跑來跑去的田園風情，那是每數一隻數量就增加的妄想。假想帕克逐漸開始侵蝕現實，毛茸茸的觸感記憶將昴導入忘我的境界。慢慢的，意識像沉入水中一樣被吸進夢裡。

「一百隻……帕克……呼嚕。」

想像著桃花源，意識被溫暖之物給包圍——接著，消失。

13

意識清醒的感覺，就像從水面探出頭來，每次睡醒昴都這麼覺得。

突然自呼吸困難的感覺獲得解放，離睜開眼皮認識世界尚有數秒。唯有這段期間，活在介於清醒和睡著的知覺之中。

眼睛有被陽光燒灼的感覺，撐起還有點慵懶的身體，昴看向旁邊。

腦袋有些沉，不習慣的生活才開始沒多久，或許是累積了疲勞也說不定。

不過，今天可不是說那種軟弱話的時候。

沒有起床氣的昴，細細反芻昨晚和愛蜜莉雅的約定。

「沒錯，菜月・昴——今天要迎接飛躍的時刻！」

描繪今天一整天的幸福未來，清醒時神清氣爽，毫無疑問會是勝利的一天，但……

「——」

以吃驚表情看著露出勝利笑容的昴的，是粉紅頭髮和藍色頭髮的雙胞胎姊妹花。

雙手掩面，臉紅到耳根的昴將整顆腦袋按在棉被上。

「幹嘛啦，妳們在喔！丟臉死了，很丟臉耶！不會出個聲啊！嗚——哇！」

在沒有鬧鐘叫自己起床後，前天終於從被姊妹倆搖醒的事件中畢業，所以就疏忽大意了。沒想到偏偏在今天早上，還是兩人一起跑來自己房間。

面對在棉被上痛苦掙扎的昴，雙胞胎的表情還是一樣缺乏變化，要是被她們指著嘲笑倒也罷了，可現在這冷場的反應叫人忍不住火大。

「不對，等一下啦妳們，這種反應就算是我也會受傷的。接觸到他人纖細的部分，應該要更稍微……這樣吧!?」

至少像平常那樣酸言冷語或是翻白眼破口大罵呀，他原本期待兩人會這樣回應。

雖然謾罵也非常過分就是了。就在昴這麼想的時候——

「姊姊、姊姊，總覺得被客人親暱地打招呼了。」

「雷姆、雷姆，總覺得被客人裝熟地打招呼了。」

不協調感掠過昴的腦袋，這怪怪的感覺來自於兩人的耳語。

「我說妳們這樣很奇怪耶?怎麼了呀，前輩們。刻意一大早來迎接我就算了，還配合我演出，這種惡作劇太過頭囉——」

冷淡確實是她們一貫的態度——但總覺得哪裡不對勁。

昴邊說邊開始察覺到，從兩人身上傳達給自己不協調感的原因。

——眼睛。

兩人看著昴的視線，失去了昨晚的親密，變得像是在對待外人那樣。接著，還說出決定性發言。

「姊姊、姊姊，客人似乎有點陷入混亂的樣子。」

「雷姆、雷姆，客人腦袋似乎變得怪怪的樣子。」

——被叫做「客人」，令昴不禁愕然。

與這稱呼裡頭的敬意相反，極度尖銳的鋒利掏挖著昴的心臟內側。

實際上真的有痛楚的錯覺，昴按住胸口。

搞不懂，她們的反應簡直是——

「妳們兩個……哈哈，這笑話不好笑喲，這種……笑話……」

想遮住她們那根本是在看陌生人的目光，昴立刻舉起左手擋住自己的視野，然而就在這瞬間，目睹印入眼簾的東西後，昴為自己的行為感到後悔。

——自己的左手上完全沒有OK繃。

因洗滌工作而粗糙的手指，不習慣拿菜刀而被切到的手背，和小孩子玩耍時被小動物咬到的痕跡，全都不見了。

——遠處傳來像是敲鐘的聲響。

鐘聲劇烈狂撲而來，宛如海浪重複退去又回拍。伴隨著痛楚的鐘聲其實是耳鳴，但拉長尾音痛哭的昴沒有發覺。

太陽穴一帶疼痛欲裂，感覺鼻子深處有滾燙的東西往上衝，可是昴用力咬唇，用品嚐血味讓意識集中在銳利的痛覺上。

眼前先用血味來抹去胸腔內彷彿被掏空的喪失感。

事已至此，昴也只能認清現實。

感覺眼睛深處有熱度湧出，昴用跟方才不一樣的理由，把臉按在棉被上。

——現在的表情，絕對不想被任何人看見。

被這些喜歡的人。

被快要喜歡上的這些人。

被應該喜歡上的這些人。

即使被她們用陌生人的目光看待，也不想在她們面前流淚。

「為什麼……回來了!?」

讓昴不斷苦惱的迴圈，再度將他拉進漩渦中。

在羅茲瓦爾宅邸的第一天，再度開始——

第三章　『鎖鏈的聲響』

1

「客人、客人，您很不舒服的樣子，請問不要緊吧？」

「客人、客人，好像肚子痛的樣子，不會是失禁吧？」

姊妹擔心的聲音投向低頭的昴。

雖然時間短暫，聲音卻很熟悉。時而嘮叨、時而讓人安心，可以寄予信賴的聲音。

——如今，卻披上完全不同的意義，殘酷地晃動昴的耳膜。

「讓妳們擔心真的很抱歉，我只是剛醒來，可能有點睡迷糊了。」

邊承受視線邊回應，昴調整過呼吸後才抬頭。

湧上的激情，在臉抵著棉被的期間總算消失在浪潮裡。脫離最初的衝擊後，彷彿軟綿勒人的喪失感如今還在胸腔內啜泣。

——這些都是羅茲瓦爾的惡作劇，他只是想要騙我而已。這種想法多美好、多叫人氣憤，又多讓人感到救贖啊。

從自己的內心藉口獲得些許救贖後，昴睜開眼看向前方。

「──啊啊，是這樣啊。」

然而卻被從朦朧之間瞬間擴展開來的世界給推回現實。

站在床鋪兩側，手撐著床看著昂的雙胞胎──拉姆和雷姆這兩位看慣的人，還是一樣面無表情地凝視昂。

兩人的眼裡，對昂沒有絲毫感情。這四天的生活，和她們之間雖少但確實有累積的某種事物，就像雲霧一樣消失無蹤。

「客人──？」

困惑的聲音自兩人的嘴唇同時發出。

她們的視線追著從床上起來的昂，不過當事人卻感覺像是置身冰寒，順從被催逼的焦躁感，和雙胞胎姊妹拉開距離。

「客人，不可以突然亂動，您還要安靜休養。」

「客人，突然亂動很危險，您還要好好休息。」

面對兩人擔心自己的聲音和手指，昂反射性地轉身逃避。冷淡的反應令兩人痛心地瞇起眼睛，不過昂根本無法從容到去注意這些變化。

被自己認識的人當作陌生人對待，那種難以忍受的感覺。

前些日子，昂才剛在大街上、在巷弄裡、在廢屋中品嚐過相同的感覺。

但是，現在跟那時有決定性的不同。狀況不同、時間不同、經驗不同。

當時不用和幾乎不認識彼此的愛蜜莉雅和菲魯特重新培養感情。

現在卻要單方面和曾經締結信賴的人重新培養感情。在認識的人變得像陌生人的生疏下，離奇的恐怖感緊抓著昴不放。

看到昴畏怯的眼神，雙胞胎女僕也開始察覺到異狀。

沉默籠罩室內，彼此都在互相窺探等對方出招，沒人有動作，於是……

「抱歉——我待不下去了。」

昴抓住門把，連滾帶爬衝出走廊的行動，比意圖制止的雙胞胎動作還要快了一點。

赤裸的腳底感受著走廊地板的冰冷，昴一邊大口吐氣一邊衝刺。既突然又沒有目的地，只是胡亂奔跑。

逃跑，快點逃，可是卻不知道自己在逃離什麼。

他只知道一件事，就是自己無法繼續留在現場。

奔馳在相似的門並列的走廊上，昴還是用快要跌倒的狼狽樣亂竄。

然後喘口氣，像被引導似地推開其中一扇門。

——大量書架並排的禁書庫，迎接滾進來的昴。

2

只要關上門，禁書庫就與外界完全隔絕。
一旦如此，要想踏入這個房間，就得打開宅邸內的所有門。
不用擔心被追了。垂下肩膀，昴背靠著門癱坐在地。
即使坐下來，雙腿依舊在顫抖，連想要止住顫抖而伸出的手指也一樣。
「如果是在玩紙相撲，我說不定會大活躍喲，哈哈。」
連自嘲的話都失去力道，乾笑聲只是凸顯了虛無感。
靜謐書庫的空氣蕩漾著老舊紙張的氣味，朝昴的心情稍微注入了平穩和緩。明知只是一時心安，但現在的昴也只能倚賴它。
重複，不斷重複，一直重複深呼吸。
「——沒敲門就闖進來，真是無禮至極的傢伙。」
昴像上了岸的魚大口喘氣，嘲弄的聲音從書架深處傳到他的耳中。
昏暗的房間深處，入口正面的盡頭放著一張梯凳，少女就坐在那。
是和平常一樣毫不動搖，持續和昴保持距離的禁書庫看守人碧翠絲。
碧翠絲用力闔上對嬌小身軀來說過大的書本，瞪視著昴。
「你是怎麼打破『機遇門』的？……剛剛就算了，現在又來。」
「不好意思，一下子就好，先讓我這樣，拜託。」
雙手合十膜拜，但沒聽到對方的回答，昴閉上眼睛。

——必須在安靜又不會被打擾的地方，好好重新面對現實和自己。

自己的名字，這裡是哪裡，剛剛的雙胞胎是誰，眼前少女的名字和存在，不可思議的房間。

四天，說好的約定，明天，要和誰，一同到哪去——

「對啊，愛蜜莉雅……」

想起在月光下閃閃發光的銀髮，還有含羞帶怯的微笑。

讓月亮甚至滿天星斗都黯然失色的閃耀少女愛蜜莉雅，以及與她的約定。

「碧翠絲。」

「……竟敢直呼我的名字。」

「妳說我剛剛打破了『機遇門』對吧？」

不但直呼名字，還沒禮貌地丟出問題，碧翠絲的表情變得相當不悅。不過儘管如此，規矩有禮的碧翠絲退避衝突，聳聳肩說：

「就在三、四個小時之前，沒神經的你才剛被我戲弄。」

「就是無視妳的計劃，所以妳在鬧彆扭的時候吧，我懂了我懂了。」

即使無力，只有挖苦碧翠絲這件事不會忘記，少女再度鬧彆扭。

——三、四個小時前，昴剛和碧翠絲相遇。

剛剛的話，意味著那是自己第一次在羅茲瓦爾宅邸醒過來的時候，也就是昴什麼都沒想，第一次開門就中大獎，打破無限走廊的時候。

之後，昴就在這個禁書庫被碧翠絲親手弄昏。

第二次醒來是在早晨，床前有拉姆和雷姆。

「也就是說，現在的我是在……宅邸第二次醒來的時候囉。」

收集線索和記憶比對後，昴大致推斷出自己置身的時空位置。

雙胞胎會一同來叫昴起床，只有在這天早上，之後都是單人輪流，而且可以躺在客房的床上也只有在第一天。

「所以說，我從五天後又回到了四天前，是這樣囉……？」

跟在王都時一樣，昴再度回溯到過去的時空裡，現在的狀態就是要如此定義。

不過，理解現狀跟接受是兩回事。

昴抱住頭，思考會這樣回到過去的原因為何。

在王都，昴會回溯到過去，都是以死為契機的「死亡回歸」造成的。以三次的死亡為糧食，拯救了愛蜜莉雅脫離輪迴，是至今以來的判斷。

事實上，在羅茲瓦爾宅邸的這五天，應該是平安無事、萬事太平地度過。

然而到了第五天，卻突然回到過去——而且事前毫無預兆。

「跟上次的條件不一樣嗎？自以為死了就會回去，但其實是一個禮拜左右就會自動回去……不對，如果是那樣……」

這樣一來，就無法說明為何會回溯至來到羅茲瓦爾宅邸第一天的早晨。

時間回溯的原理不明，但在王都的回溯應該存有某種程度的規則。

其一，就是復活地點的問題。如果昴沒有脫離那個迴圈，照理說醒過來時應該會和水果店的傷疤老闆打照面才對。

「不過，現實卻是刀疤中年男變成外表是天使的女僕二人組，落差太大啦。」

接納現狀的心境，就跟天國與地獄一樣是正反對照。

摸遍自己全身，確認身體狀況良好。什麼事都沒有，昴這麼想。

如果按照之前的條件，昴會回到過去的理由很明確，亦即——他死了。

「就算會死好了，為什麼會死？睡著之前的一切都很普通啊，睡著後也完全沒有會讓人感受到『死亡』的狀況。」

當場死亡。假若如此，就不會有令人意識到「死亡」的瞬間。

雖然也有猜想是因中毒或瓦斯而在睡著的情況下被殺的可能性，但那意味著暗殺。昴沒有理由被人那樣做，前提條件根本不成立。

「這樣一來，搞不好是沒達到破關條件所以被強制送回過去。」

以遊戲來比擬，就是沒有完成必要的事項導致Game Over。可是，根本不知道是誰策劃了哪些事件，連觸發方式都不清楚，這根本是款爛遊戲。

「我原本就是馬上放棄，直接上攻略網站找破關方式的隨性玩家……」

「還想說在碎碎念些什麼，結果是那麼無聊的事。」

望著沉浸在思索之海的昴，碧翠絲貌似無趣地說完，臉龐浮現嘲笑。

「死啊活的，人類的尺度就是這麼無聊透頂，結果就是些無稽妄語之類的謊言。」冷漠，在某種意義上是厭棄到殘酷的話語，但是碧翠絲不變的態度反而讓昴安心。他站起來，拍拍屁股重新面向門。

「要走了？」

「我有事想確認，要沮喪等那之後再說，多謝啦。」

「貝蒂啥都沒做……快點滾出去，貝蒂要重新移動門了。」

與溫柔無緣的聲音，不知為何卻讓現在的昴感到舒適。

碧翠絲本身沒有那種意圖吧，但昴卻覺得被那番話給推了一把。扭轉門把，朝吹來涼風的外頭踏出一步。

短瀏海被風吹動，眼睛有點痛所以伸手遮臉。

然後風停了，光溜溜的腳底傳來草皮的觸感——而在視野裡……

「唉呀，果然是閃閃發亮啊。」

看到在庭院前輕聲嘆息的銀髮少女，昴的內心雀躍不已。

還真是漂亮的處理法。他在內心這麼罵傲慢自大的書庫看守人。

「——昴！」

察覺到昴的少女瞪大藍紫色雙眼，慌張地跑過來。嘴唇所吐出的銀鈴聲響，僅是發音就譜出最高級的曲調。

昴也自然地走向衝過來的少女。兩人相對，看過昴全身後，少女的眼角透露出安心。不過，像是要重振精神，她馬上就端正姿勢和眼神。

「我可不是擔心你，是因為你醒來後馬上就不見，害得拉姆和雷姆慌張地在屋子裡頭跑來跑去。」

「那兩人會慌張反而很稀奇。還有抱歉啦，我剛剛去找了一下碧翠絲。」

「又來？醒來之前就去過一次了，我聽說你被她戲弄……」

擔心地湊近自己的美貌——愛蜜莉雅毫無防備的臉蛋，令昴差點忍不住想伸手倚靠，但他連忙自律自己軟弱的內心。

在這時候這麼做的話就太急性子了，在禁書庫得到讓自己冷靜的時間也就失去了意義，讓碧翠絲背黑鍋可不是自己的目的。

面對一臉擔憂的愛蜜莉雅，昴只能表情含糊地回應。看到他那不像自己的態度，愛蜜莉雅反而冷淡地沒有深入追問。

這是當然，對相遇後一同度過的時間未超過一小時的愛蜜莉雅來說，不可能會知道現在的昴「不像他自己」。

昴和愛蜜莉雅之間，有著無法彌補的四天鴻溝。

只有昴知道，愛蜜莉雅不知道的那四天，確實存在過。

「怎麼了？我臉上有什麼嗎？」
「有可愛的眼睛、鼻子、耳朵和嘴巴啊。那個……妳沒事就好。」
一開始說的話讓愛蜜莉雅面紅耳赤，但她對緊接著的話點頭回應。
「嗯，我沒事，因為昴保護了我。昴才是，身體還好嗎？」
「喔，好得不得了，只不過有點缺血。瑪那被拿得一乾二淨，又因為起床的衝擊而削減體力，感覺精神像是被球棒痛毆一頓，不過我沒事喔！」
「是嗎？那就……咦？怎麼聽起來像是滿身瘡痍……」
「唉喲，就妳看到的，沒事啦。」
伸展雙手，為了展示健在的樣貌給愛蜜莉雅看，他在原地轉一圈。
儘管不舒服，但身體狀況正慢慢恢復正常。上緊發條，用舌頭濕潤嘴唇，現在必須開始扮演菜月・昴這個人。
「有精神就好……你要不要回屋裡？我還有點事。」
「喔，跟精靈的TALK TIME對吧？我不會妨礙妳，可以待在妳旁邊嗎？還有帕克借我一下。」
「是沒關係，不過真的不能妨礙我喔，因為我可不是在玩。」
歪著頭，愛蜜莉雅的說話方式像在對小孩說話，這樣的大姊姊姿態可愛得無以復加——決心之火點燃了昴的心。

「好啦，走吧走吧，時間有限而世界宏偉，我和愛蜜莉雅醬的故事才剛開始。」

「是啊……咦？你剛剛說什麼？『醬』是哪來的？」

「沒關係沒關係。」

推著對暱稱感到驚訝的愛蜜莉雅的背，兩人移動到庭園的既定位置。

暱稱也是，昴知道在持續呼喚暱稱的期間，愛蜜莉雅就會完全喪失訂正的力氣，一點一點地認同，這也是在失去的四天時間裡所構築的羈絆之一。

「——我會拿回來的。」

愛蜜莉雅露出無法認同的表情，昴走在她身後小聲地說。

停下腳步，望著遠去的銀髮，然後視線移向天空。

——看到東方天空的低處，可恨的太陽正冉冉升起。

再五次，重複這樣的光景，就能迎來約定時刻。

要是可以看到太陽迎接自己與月亮相配的少女說好的約定就好了。

——還有時間，而且他已經知道答案。

「我是不知道惹到誰，不過我會全部拿回來，讓對方哭喪著臉的。不要瞧不起打心底迷上那一晚笑容的我的貪戀。」

朝著天空握拳，不知是對誰下達宣戰公告。

那是昴來到這個世界後，頭一次向對自己施以「召喚」和「輪迴」的存在給予極為明確的叛逆宣言。

和第二次輪迴的戰爭，即將開始。

為了知曉羅茲瓦爾家一個禮拜後的後續。

為了守護那一晚的約定，和她們說好的約定——

3

痛罵升起的太陽，第二次的羅茲瓦爾豪宅頭一天拉開序幕。

這五天，若能看到太陽平凡升起又落下就好了。

度過這段期間的方式，昴的方針是「盡可能按照上一次的劇情流程」。

在庭園下定決心，昴最終的目的，就是完成在最後一天和愛蜜莉雅講好的約定。為此，就必須通過那一天的月夜，再度訂下約定。

而且按照輪迴的約定俗成，可以確立某種程度的結論。

那就是「走相同的路，故事就會歸結在同樣的地方」。

因為走的路和上次相同，當然會有這種結果。相關人物的想法和行動重疊，就會通往同樣的結果吧。對昴來說，重要的是只改變重複發生的死亡結局，全面回收過程中所發生的回憶。

亦即，終極目標為利用輪迴只擷取好的部分。

使用SAVE&LOAD大法，將結局誘導向自己的喜好，這就是昴崇高又邪惡的決心。

「雖然這樣想，可是為什麼這麼難呢？」

在冒著水蒸氣的浴室，呈大字形浮在浴池中，昴邊吐泡泡邊回顧第一天。

從下定決心的早晨開始，便以破竹之勢迎向大失敗戲碼。

首先和愛蜜莉雅結束早上的例行工作，等羅茲瓦爾回來在餐廳高談闊論。

老實說，沒有自信可以趁勢講得連細處都一樣，不過大致的對話走向應該都是承襲上一次。帕克的讚美，愛蜜莉雅的暱稱，推選國王的概要和愛蜜莉雅的關係，然後是確立昴在羅茲瓦爾家的地位。

揮別被豢養的魅力，昴跟上次一樣以實習佣人的身分成為宅邸的一份子。之後和教育指導員拉姆一同行動，從認識宅邸接續到第一天的勞動工作，可是從這邊開始就怪怪的。

「為什麼跟上次完全不一樣呢？簡直就像是準備了完美的小抄，結果看到考卷時卻發現科目錯了那種徒勞無功感……我是為了什麼重來的啊。」

從浴池中只探出臉來的昴，下巴放在浴池邊緣不高興地說道。

按照方針，原本事件走向應該跟上一次一樣，可是擔任指導員的拉姆給予的工作內容卻跟以前完全不一樣，從雜事等級一竄升到等級四了。

「雖然還是一樣盡幹些雜事……不過內容難度比起上次根本是三級跳啊。」

單純來說，就是交付的工作不論在質還是量的方面都增加了。

「上次雖然也是做得筋疲力盡，不過這次的難度卻不容小覷……可惡，本來還想說工作一樣的話就能輕鬆完成。」

與預料相去甚遠的殘酷現實令昴發牢騷，不過另一方面，他判斷目前的狀況稱不上良好。

努力模仿上一次的過程，結果就是這樣。要是第一天的內容就變得如此之多，那第二天以後搞不好也無法和上一輪一樣。

無視微小差異，就會有接踵而來的大問題，這樣的落差可能性好可怕。

「特別是這一次，不知道回到過去的理由……」

像平常一樣睡覺，醒來就回到過去了。這次的模式就是這樣，和上次以死亡作為時間回溯的條件不同，無法預料生命終點的這一次，光是思考對應方法就煞費苦心。

「差這麼多的話，記憶會變得不可靠呀……？」

和愛蜜莉雅在王都邂逅的第一天——回想那充實的一天。

儘管細節部分每次都走到不同的路，但大抵上每次發生的事情都有共通點。還不知道遺漏重大事件的話會怎麼樣，但說到這次在羅茲瓦爾宅邸的日子裡，唯一在昴的腦中有留下印象的事件，除卻第一天的話就只有和愛蜜莉雅的約定。

如果能抵達那裡，之後只要改變結果就能夠跨越這次的輪迴。

把整個身體浸泡在浴池中，在缺氧的情況下集中思緒沉思，然後，就在昴的臉探出浴池時……

「——喲——可以一起洗——嗎？」
手插腰的全裸貴族就在眼前，昴後悔自己幹嘛呼吸。
全裸站在伸手就能觸及的距離，胯下聖劍被浴室暖風晃動的他，正低頭俯視著昴。
「浴室被我包了，我拒絕。」
「這是我的宅邸設施，是我的所有物喔——？我可以自由——使用的。」
「那就不要問啊，隨便就跑來跟人搶浴室。」
「唉——呀，好嚴厲，而且我又不知道有人在用。雖說這個浴室確實是我的所有物……」
羅茲瓦爾單膝跪地，伸手輕輕抬起沒有抵抗的昴的下顎。
「身為佣人的你，不也可以說是——我的所有物嗎？」
「我咬！」
「毫不猶豫就咬啊——！」
咬了抓自己下巴的討厭手指後就遠遠退開，昴以仰式遠離羅茲瓦爾。
浴室大到很誇張，浴池的寬敞可以比擬日本古代澡堂的木製浴池。過度浪費空間的做法，赤裸裸地呈現出貴族的癖好，不過獨佔的滿足感也絕非一般。
所以，工作結束後的泡澡時間就跟上次一樣，成了昴的休息時間，但是……
「又是預料之外的展開啊……」
——上次的四天裡，從來不曾跟羅茲瓦爾一同洗澡過。

不僅如此，在前一個輪迴裡頭羅茲瓦爾忙到不行，幾乎沒有跟他打過照面。他都是和照料自己的雙胞胎接觸吧，和昴的接觸就只有在第一天的早餐時間而已。

「沒想到，一切都朝我預料之外的方向攻過來……」

「我是不知道你在煩惱什──麼啦，不過世上滿滿都是──不順心的事。」

邊講些日子不好過的話，邊泡進浴池裡的羅茲瓦爾走到昴身邊。背靠著浴池壁，吐出一口長氣的姿態，怎麼看都是處處皆有的普通男性，看來泡澡的快感是世界共通的。

「現在我才發現，就算是你，到了浴室也是會卸妝的呢。」

「嗯？啊──啊，對呀。唉呀，這可能是我第一次在昴面前──露出素顏喔。」

「是啊，搞什麼，這個普通的帥氣感是怎樣啊，根本沒必要隱藏吧。」

「我臉上的妝是興趣，並不是用來遮住臉──的喲。我又沒有嘴巴裂開鼻子扭曲，眼神也沒有可怕到叫人絕望……唉喲。」

「不要看著我說，如果我是內心軟弱的三角眼早就死了。」

生來就一副凶惡眼神，在第一次見面時給人強烈的負分印象，即使很想對生給自己這種面容的雙親抱怨，但母親的眼神跟昴一模一樣，所以也不好說什麼。

看到昴因為想起雙親而表情複雜，羅茲瓦爾轉換話題。

「和拉姆跟雷姆有沒有好好相處──呢？那兩人在這宅邸工作很久了，應該懂得和後輩來往的方法吧。」

「雷姆還不太有接觸，和拉姆倒是打好關係了。不如說，拉姆有點過分親暱了。在分前、後輩之前，她的態度從我還是客人的時候就沒變呢，那女生。」

「唉——呀，不足的部分會由雷姆彌補，因為是姊妹，所以都會互相幫忙。在這層意義上，那兩人其——實幹得不錯。」

「在我聽到和看到的範圍內，都只有雷姆在彌補，拉姆根本就是妹妹的劣化版。」

單看姊妹雙方，就能直接斷言她們在家事技能的優劣程度。姊姊拉姆在所有技能上，等級都不如妹妹雷姆，而且相差還不是一、兩等而已。一般來說，應該會有姊姊被劣等感折磨的設定才對。

「可是結果卻是『因為是姊姊所以拉姆比較偉大』，她神經粗到把我嚇到了。」

「要說神經粗的話，我覺得——你也不輸她——喲。不過，原來是這樣啊，你會這樣回答呀。嗟嗟嗟地踩在人的痛處上，表達起來也毫不客氣，其實很不——錯呢。」

「你話中太多擬態詞，感覺不出你在稱讚人。」

不懂得看氣氛的昴，在批評他人缺點上是沒有猶豫的。光是這一點就成了讓他容易被孤立的高傲性格，這也可以說是喜歡觸怒他人的壞習慣。

昴的回答令羅茲瓦爾閉上一隻眼，只留下左邊的黃色瞳孔仰望天花板。

「我不是在諷刺，我是真的覺得不——錯。因為女孩們有點太過要求只靠她們自己了結一切——啦，這方面，要稍——微靠其他人從外面拉一把……這樣子，一定會有所——改變的。」

「是這樣嗎？」

「是這樣——喔。」

兩人將頭部以下的身體泡進浴池，讓全身感受溫暖並交互發出感嘆。然後，昴突然想起什麼而抬起眉毛。

「對了，羅茲親，我有點事想問你，可以問一下嗎？」

「好——啊，只要是見識淵博的我可以答得出來的就可——以。」

「我還是第一次看到用這麼拐彎抹角的說法，來表達自己博學多聞的傢伙呢。先不說這個，這間浴室的熱水是用什麼原理湧出的？」

敲敲浴池底部，昴道出一直懷抱在心的疑問。

兩人浸泡的浴池是以石材製成，觸感舒服感覺像是大理石。浴室位在宅邸地下室的一角，而且男女都可使用，不過每個泡澡的人使用後都會奢侈地放掉熱水重新加水，所以就算在愛蜜莉雅洗完之後進來也毫無充實感。

「我沒有特別要喝啦，不過想在喝到之前先知道。」

「你的冒險心真的經常叫我驚訝——呢。這就是年輕人……不，我年輕時就有你那種構思了吧。」

昴的莽撞在羅茲瓦爾看來十分耀眼，接著他點頭。

「總之，答案很簡單——喔，因為浴池底下鋪設了火屬性的——魔礦石。洗澡的時候推動瑪那煮沸熱水，廚房應該也有在用。」

「原來加熱鍋子的原理是這樣，我才想說沒有瓦斯是怎麼加熱的咧。」

雷姆俐落地生火備料入鍋，在後頭邊削蔬果皮邊切到手是昴的職責。不過，在搞不懂那個講得理所當然的「推動瑪那」的意思下，主廚‧昴還離誕生甚遠。

「總覺得瑪那這種東西，不是魔法使者就拿它沒輒呢？」

「沒——那回事喲，所有的生命都具有門，不論動植物都——毫無例外。不然的話，就無法成立現今利用魔礦石發展的——社會了嘛。」

新單字的出現令昴歪起脖子思考。是看不下去昴那個樣子吧，羅茲瓦爾豎起一根手指咳嗽清嗓。

「要不，就在這邊給你——上門課吧。教導有點愚昧無知的你，何謂魔法使者——如何？」

「我就無視想要一一頂嘴的心情，在這邊先乖乖上課囉。」

面對羅茲瓦爾提出教授知識的建議，昴在浴池裡頭端坐，重新面向他。只不過，雙方全裸這一點沒有任何改變。

「那麼——就從初級開始，昴當然知道『門』是什麼吧？」

「不，就算你講得理所當然應該要知道，不知道的人還是霧煞煞……」

「你的音調突然降下來了呢。還有，連門的事都不知道嗎……就像謙虛地說完後，接著說『咦，真的嗎？』這種感覺。有用對嗎？」

羅茲瓦爾向昴確認「真的嗎」的使用法。發源於昴的國度，在原本世界經常被輸入的措辭中，又以「真的嗎」的使用頻率特高，所以熟悉得很快。

給羅茲瓦爾的使用法評價滿分，雙方擊掌後又回到課堂。

「欸、欸，坦白說門是什麼？有和沒有會有什麼變化？」

「簡單來說，門就是讓瑪那進出自己身體的——出入口。透過門，可以吸取瑪那，也可以釋放瑪那，是我們的生命線——喲。」

「了——解，就是MP專用的水龍頭嘛……」

在羅茲瓦爾的簡潔說明下，昴能夠理解了。

「剛剛說所有人都有門，那我也有嗎？」

「真——是，當然有——啦，如果自認是人類的話。你是人類吧？」

「我這種直接被放生到異世界的純人類男子真不走運，既是真正的平凡人，又是真正的路人甲。」

毫無戰鬥的力量也沒有打破狀況的智慧，學力偏中下，身體能力稍高但沒有持久力，習得的技能只有裁縫和BAD ENDING製造者，完全是路人中的路人。

但是，這可能是來到異世界後第二值得高興的情報，讓昴管不了那麼多。魔法這誘人的單字令心頭高聲呼喊，瞳孔因希望而閃閃發亮。

「第一值得高興的當然就是遇見了愛蜜莉雅，不過這個也很夭壽讚啊！終於，我也要成為夢想中的魔法使者……不對，這正是我所期盼的機會！」

「魔法的話題能讓你這麼高興——呀，真是魔法使者暗中保佑——呢。不過，就算有門，素質問題可是佔了很大的要素。因為值得自豪所以我很自豪，像我這樣受才能眷顧實在很糟糕——喲？」

羅茲瓦爾的開場白，讓昴聽到了觸發劇情的輕微聲響。

自信滿滿的羅茲瓦爾不知道，眼前全裸飄在浴池裡的昴，是來自異世界的「被召喚之人」這件事。

自古以來，從異世界被召喚而來的人都有特殊能力，可是自己武力不行，知識不行，運氣說零還算高估，根本就是負數。然而現在，有魔法，沒錯，魔法。

「來了呀，羅茲親，我的嶄新希望！魔法、魔法，來談談魔法吧。現在，魔法浪潮正在襲來。我光輝的未來，就飄盪在浪潮間！」

「是——嗎？那就繼續囉。魔法基本上分為四——個屬性，你知道——嗎？」

「不知——道！」

「啊哈——啊，無意義、無目的、無知到天真的絕佳地步。看在我心情好的份上，就跟你說明吧。瑪那分為火、水、風、土四種屬性，懂了——嗎？」

「喔，很基本呢，已經理解吸收了，繼續繼續！」

昴的要求令羅茲瓦爾心情大好，他邊點頭邊繼續講解。

「與熱量有關的火屬性，掌管生命與治癒的水屬性，在生物體外活動的風屬性，在體內活動的土屬性。主要的屬性大致分為這四類，一般人都會有其中一種屬性的──資質。順帶一提，我是四種屬性的資質都有──喔？」

「哇喔！雖然驕傲得令人厭煩，不過還是形式上誇獎一下。好厲害！屬性是怎麼調查出來的？」

「當──然，像我這樣的魔法使者，只要碰到就能知道。」

「真的嗎？來了，這就是我在等著的劇情。快幫我看，然後告訴我！」

昴像沒有管教過的狗一樣歡欣雀躍，用溫情的目光看著他，羅茲瓦爾同時將手掌貼在昴的額頭上。這是一幕全裸的兩個男人，眼睛閃耀著光彩互相看著對方的光景。

「好，那麼──失禮一下了。繆──繆──妙──妙──」

「嗚喔喔！好有魔法氣氛的效果音！現在，就是見證奇幻的時刻！」

唯有現在，忘卻了所有的不安，昴任思緒馳騁在眼前的浪漫中。

──魔法，那一定會成為被召喚至異世界的自己的獠牙。

確信的希望讓瞳孔閃耀發亮，昴一味地等待診察結果。

「好──知道了。」

「來了，就等這句話。是什麼呢？我的屬性是哪個？果然是反應我熾烈燃燒的熱情個性的火？還是其實是比任何人都冷靜沉著的硬派冷男部分比較突出的水？又或者是吹過草原清涼颯爽的天性才是我的本質的風？不對不對，這邊應該是會出現我那從容值得依靠的NICE GUY大哥素養的土才對！」

「嗯，是『陰』呢。」

「ALL駁回!?」

出現令自己懷疑耳朵的診斷結果，昴的反應簡直就像被告知身染惡疾。而且，實際上羅茲瓦爾就是用宣告絕症的感覺，沉重地開金口。

「毫無疑問——是徹徹底底的『陰』呢。和其他四種屬性的連結非——常的微弱，相反的卻只特化一點到這種地步，實屬罕見——咧。」

「什麼啊，陰是啥啦！不是四種分類而已嗎！是分類錯誤吧。」

「我剛剛沒說——到，除了四種基本屬性外，還有『陰』與『陽』這兩種屬性。只——不——過，幾乎沒有相符者，所以就省略了說明——啦。」

意思是，極端罕見的例外囉。

聽了羅茲瓦爾的闡明後，昴空轉的心情這才平復下來。

沒錯，就是非常稀少的屬性，這意味著特別的能力。

「其實這是非常厲害的屬性吧？就像五千年才出現一個，比其他屬性都還要超級強的那種！」

「這個嘛，說到有名的『陰』屬性魔法……遮蔽對手的視野，阻隔聲音，讓動作變遲緩，可以用的就是這些吧。」

「DEBUFF專門化!?」

DEBUFF，給敵方負面狀態效果的技能總稱，具備朝輔助職業突飛猛進的特化性能。

原本期待可以使用傳說級的破壞魔法，或是強大無比到可以引起天地變異的魔法，但卻是令羅茲瓦爾難以啟齒的妨礙・降低能力系效果魔法。

因為是真心覺得遺憾，所以是事實吧。

「被召喚到異世界，沒有武力、沒有智慧、也沒有作弊技……連魔法屬性都是DEBUFF專門化……」

「順──帶一提，你毫無魔法的才能，如果我是十，你到三就是極限了喲。」

「又是不想聽到的事實啊！這世界根本就沒有神明佛祖啦！」

嘩啦一聲，整個身體沉浸在浴池裡，以大字形浮上來的昴苦悶不已。感覺方才還對用途抱持的希望開始委靡，但一度萌生的期待卻沒那麼容易消除。

「只要能用就好的想法……不對，我可是DEBUFF專門化啊，聽起來帥氣嗎……？」

「若重視帥氣度的話就另當別論，反正記住也沒──損失呀。如果想要用魔法的話可以學喔，很幸運的，我家就有一個──『陰』系統的專家。」

「是嗎？太好了！這時候不是魔法本身，而是能得到他人親手教導魔法真傳就該感到滿足。好，出浴室後馬上開課！」

若能讓愛蜜莉雅帶領自己踏入魔法領域，就能加深親密度了。昴為此激動非凡，甚至忘了最初的目的是要走上個輪迴的劇情。

「你好像搞錯──了呢，『陰』屬性的專家可不是愛蜜莉雅大人──喲？」

「你、說、什、麼！從剛剛就那樣，玩弄人心很快樂嗎！那個專家是誰呀，你嗎！因為你是擁有全屬性的菁英魔法使者咩！我心灰意冷了啦！」

「是碧翠絲喲。」

「我的心都沉到海溝裡了啦!!」

啪唰──！掀起莫大的水花，今晚最大的叫喊聲炸裂開來。

4

「可惡，泡過頭了。羅茲瓦爾那傢伙，重複把我捧高又摔下，他以為他是如來神掌嗎？」

穿上配給的服裝，在更衣室的昴依舊滿面通紅不停發牢騷。

在浴池結束叫人灰心的屬性診斷後，昴就先行離開浴室。

一方面是跟羅茲瓦爾的對話讓自己亢奮，再來就是長時間泡在熱水中導致頭昏腦脹。仔細想想，一開始的傷勢才治好沒多久，目前還在貧血時期。

「再加上身體僵硬，明天八成會肌肉酸痛。可惡，拉姆那個王八蛋，給我記住。就因為我比上次手更巧而拼命使喚我……」

「如你所願，拉姆記住了。」

「呼哇啊喔喔喔嗚！」

拿著裝待洗衣物的籃子離開更衣室時，被零時差的回覆給嚇到跳起來。從飛起來的籃子裡掉出來的內褲，就落在站在更衣室門口的拉姆腳邊。

「唉──真是的。」

拉姆彎腰拈起昂的內褲，然後立刻扔進旁邊的垃圾桶。

「妳眼前站著一個拿著籃子要去洗衣服的男生耶!?」

「對不起，撿起來的瞬間，生理上的嫌惡感讓拉姆忍不住想要快點放手，就變那樣了。」

「這樣講在形式上比較漂亮就是了！」

哭著從垃圾桶裡回收內褲，塞進籃子後重新面向拉姆。昂看著在安靜走廊上待機的她，推測她的目的。拉姆似乎察覺到他的疑問。

「很遺憾，拉姆已經洗過澡了，你再怎麼等拉姆也不會進去換衣服。」

「根本沒察覺到嘛!?身為女僕這可是很要命的喔!?」

「開玩笑的，只是在等著幫羅茲瓦爾大人更衣。」

「會不會太寵他了，穿衣服自己就能辦到吧。」

這個世界似乎也有要佣人幫忙穿襪子，自己卻不曾親自穿過襪子的人，羅茲瓦爾也是那一種人吧。」

「該不會連那奇怪的化妝也是交給妳們兩個來化，這樣我少許的信賴又減得更少了。」

「在拉姆面前不許對羅茲瓦爾大人不敬，敢有下次拉姆就會行使實力。」

雖然覺得是溫情的忠告但卻是事實，因此要先銘記在心。

其實，宅邸的工作只有在第一次執行時拉姆會親切細心地教導，之後若再問同樣的事，她就會毫不留情地用彷彿在看豬圈的豬的眼神注視昴。

「再多說就是自找麻煩……那麼前輩，告辭了，明天見。」

「昴，你之後要幹嘛？」

「什麼都不做，睡覺而已啦。明天也要早起，當然是早點睡吧？可惡。前輩，早起真的很難過。」

聽了昴交雜反抗精神和洩氣話的回答，拉姆輕輕點頭，閉上眼睛。

沉默的她是想說什麼呢？就在焦急的昴準備開口之前，她睜開了眼睛。

「那麼，等一下去找你，在房裡等著。」

「——啥？」

昴吐出愚蠢的聲音。

5

不知宣告了多少次，菜月・昴對愛蜜莉雅是專情無比。

自從來到異世界，有機會就會出現在原本世界遇不到的美形人物，但愛蜜莉雅的存在可說是鶴立雞群。

單純就容貌來看已是美若天仙，不過該怎麼說呢？她的言行舉止在在都對上昴的喜好。因此，不論多麼貌美如花的女子，都無法像愛蜜莉雅那樣打動昴的心。

「所以說，這張處於完美狀態的床也只是為了讓我安穩入眠，沒有其他理由。」

手指以銳不可擋的氣勢戳向床鋪，還朝著沒人的地方做出氣魄十足的斷言。

洗好澡回到房間的昴，眼前是一回來就花費所有時間弄平整的床。連衣服都沒洗，就先埋頭整理床鋪，明明剛洗好澡現在卻又滿頭大汗。

「沒什麼特別的意思，沒什麼特別的意思。滅卻心頭火自涼，滅卻心頭火自涼。冷靜、冷靜，一個愛蜜莉雅醬，兩個愛蜜莉雅醬，三個愛蜜莉雅醬……天堂啊！」

「吵死了，昴。已經入夜了，安靜。」

「喔喲咿！」

跳太用力撞到牆壁，站在房間入口的拉姆悄然無聲地打開門。

「都說安靜了還製造噪音，真沒用。」

「什麼啦，妳自己訂的規則！我是聽了妳的話之後常識被動搖才會心神不寧啦！妳到底是為了什麼想對我怎樣！」

「哼！」相較於破口大罵的昴，拉姆則是用鼻子小聲噴氣。被懶得化為語言的輕蔑給撞擊，昴也只能舉起雙手靜默下來。

拉姆接著穿過昴的面前，走向房間深處——寫字用的桌子。

雖是每間房間都有的設備，不過對無法讀寫這世界文字的昴來說，就只是多餘的家具，至今他還不曾坐在寫字桌前。

「發什麼呆。昴，過來這邊。」

像管教狗一樣的粗魯說法令昴不高興，不過他已下定決心不要被拉姆的步調牽著走。話說，原本這樣的做法是昴的專精領域才對。

不管她說出多嚇人的話都絕對不可以動搖。將自己的心化為鋼鐵後面對她，懷著就像是要上戰場的覺悟，昴在叉開雙腿傲立的拉姆面前抬頭挺胸。

「幹嘛？這次是什麼樣的不講理要求？」

「你在說什麼？是要教你認字，都說快點坐下了吧。」

「我剛剛才第一次聽到啊!?」

鋼鐵之心頓時崩壞。

固化的心靈瞬間挫敗，昴無法掩飾動搖。桌上放著純白紙張製成的筆記本、羽毛筆、紅褐色書皮的書，昴倒吞一口氣。

不是玩笑話也不是惡作劇，她似乎是真的要教自己唸書寫字。

「不過，為什麼突然……」

「昴不識字，看今天的動作就知道了，所以才要教你。要是無法認字就沒辦法幫忙採買，也沒辦法為要事留言。」

困惑的昴問出的問題，拉姆都給予認真至極的回答。

昴驚訝到像魚一樣嘴巴一開一闔，拉姆拿起紅褐色書皮的書給他看。

「先從簡單的開始，這是小孩看的童話集，接下來，每天晚上拉姆或雷姆都會陪你唸書。」

毫無疑問是值得感謝的提議，但現在昴的心情是困惑大於感謝。

這個劇情走向就跟方才在浴室一樣，都是上一次沒有碰到過的狀況。而且就昴自身的感覺來看，和上次的四天相比，跟雙胞胎的親密度還不夠。

「為什麼要對我這麼親切？」

「那還用說，拉姆是……不對，是為了享樂。」

「重說一遍跟沒說一樣啦，妳真的不對勁耶。」

「這是當然的吧，昴能做的事情越多，拉姆的工作就越少，拉姆的工作減少，雷姆的工作也必然減少，所以這麼做只有好處。」

「而我卻要取而代之，被超多工作追著跑!?」

「……？」

似乎不懂他話中的含意，拉姆歪頭思索，她那反應連昴頂撞的力氣都給剝奪了。

不過，在驚訝到極點的另一方面，拉姆的貼心叫人開心也是事實。

「ＯＫ，了解了，不就是唸書而已嘛。」

「昴的情況是會話的文法沒問題，所以不會有多難，但用字遣詞很沒品這點，事到如今也無從矯正了。」

「裝作補充其實是在痛罵我吧？」

邊說邊坐在桌前，拿起羽毛筆就算準備結束。羽毛筆輕盈地在筆記本上書寫出文字，這是在異世界值得紀念的第一次下筆。

「菜月・昴駕到……好了。」

「沒有閒工夫給你塗鴉作畫來玩了，明天也要早起，所以時間很有限。」

「不，這是我的母語啦……果然看不懂吧。」

由於可以對話，原本期待寫下文字後會自動翻譯，不過事情沒那麼順利，就跟昴看不懂這世界的文字一樣。

「先從最基本的I文字開始，RO文字和HA文字要在I文字都學完後再學。」

「三種類型的文字啊，光聽就覺得挫敗了。」

在學會新語言之前，早一步快要夭折的心煎熬無比。現在深切體會到學習平假名、片假名、漢字的外國人的心情，以及學習障壁有多高了。

「學會I文字後就能看懂童話，時間方面最晚到冥日一時吧。明天有工作，拉姆也要睡覺的。」

「在最後讓真心話走光的行為，我不討厭喲，前輩。」

「拉姆也認為拉姆的老實是美德。」

毫不猶豫就如此回覆，都分不清是真心話還是玩笑話了，感覺有很高的機率是真心話。昴開始上認字的課程。

學習新語言的基本，就在於反覆背誦和默寫。

模仿拉姆寫的基本文字，將之填滿一整張紙。當務之急，唯有以書寫到快產生「字形飽和」的勤勉，來除盡必要的辛勞。

在疲勞和睡意的侵襲下，感覺眼皮越來越重，但為了陪自己用功的拉姆，昴絕不容許自己打瞌睡。說起來，像這樣在第二次輪迴的第一天就得到友好對待，可是寶貴的機會，說是天賜良機也不為過。

「怎麼說呢——雖然妳說是為了享樂，不過我還是很高興。」

按捺住害臊的心情，昴老實地將內心話傳達給後方的拉姆。

羽毛筆在筆記本上奔走發出微弱聲響，趁著重複書寫相同文字的間隔，昴回想上一次的四天傭人生活。

仔細想想，如果有時間每天都是追著愛蜜莉雅跑，不過在那四天裡，相處時間最長的就是拉姆了吧。

要教育對宅邸所有工作完全陌生的昴，應該是煞費苦心。當然拉姆的工作不只這樣，同時還要做平常的業務和兼職，辛勞應該是倍增。

說到負擔，當然也要提到雷姆囉。也因此，上一次的四天裡沒什麼時間和雷姆接觸。聽聞優秀的雷姆將拉姆份內的部分工作一肩扛起，等於負擔間接加重，叫昴感到內疚。

「老實說，我不認為自己有討喜到哪去。」

本來就很繁忙的生活，還得教育像昴這樣沒用的新人，當然會很痛苦。不過就算會被對方這麼想，對昴來說也是一種習慣的親密感。

所以說，像這樣沒被否定的現在，令昴感到欣喜。

「我想從今以後也會給妳添麻煩，不過我會盡快成為戰力的，拜託妳了。」

椅子發出吱嘎聲，昴只轉動脖子，朝後方默默守望自己的拉姆說道。

對於昴打從心底的感謝和今後的熱情展望，拉姆平靜地回以——

「呼嚕。」

躺在整理得乾乾淨淨的床鋪上，發出可愛的鼻息。

啪嘰一聲，羽毛筆折斷了。

6

輸給突然湧上來的衝動，昴張開大口打呵欠。

用袖子粗暴地擦去化做眼角淚水而浮現的睡意，然後伸個懶腰。傍晚的天空在沉沒的太陽餞別下染成橘色，流動的雲朵緩緩地慰勞一天的結束。

昴一邊目送浮雲，一邊轉動手腳和脖子確認身體狀況。重度勞動的影響還在，但已經沒有第一天晚上那樣的疲勞感。

「身體強度沒有變，所以是有稍微學到不讓身體疲勞的活動法嗎？」

不是肉體習慣操勞，而是熟練作業改善了做事效率，才減輕了疲勞感吧。

「死亡回歸」不會讓強化的肉體一併回到過去，因此熟習經驗是必備的要素。

「昴，久等了——沒事吧？」

「嗯，喔——沒事沒事，雷姆也買完東西了？」

「是，順利買完了，昴相當受歡迎呢。」

舉起裝了採買物的手提籃，慰勞昴的是藍髮少女——雷姆。

穿著合身女僕裝的雷姆，按住隨風搖曳的頭髮，用帶了些微柔和的表情看著昴。被泥土塵埃和鼻水眼淚弄髒管家服的昴，開口說道：

「打從以前不知道為什麼我就有這種受小鬼頭喜愛的體質，果然是那個吧——我體內無法完全壓抑的母性或什麼不斷招惹了童心。」

「小孩子就跟動物一樣會在心中給人排地位，所以會靠本能得知對方是不是可以欺負的。」

「妳根本不是要讚美我啊!?」

面對口說毒辣評語的雷姆，讓昴深切感受到她這一點跟拉姆一樣，兩人不愧是姊妹。

直來直往的拉姆和拐彎抹角的雷姆，要和兩人來往，若是精神上不夠堅強就撐不下去。當然，體力方面要是不夠堅強，工作本身就會做不下去。

現在，昴和雷姆位在離宅邸最近，名叫阿拉姆的村落。

即使怪裡怪氣，但身為邊境伯的羅茲瓦爾，可是擁有數筆土地作為領土的一介貴族。離宅邸很近的阿拉姆村也不例外，居民像是理所當然地認識昴他們，還親切地打招呼。

因為採買等工作而有很多接觸機會的雙胞胎當然不用說，可是昴才第一次來大家卻似乎都知道他的存在。在驚訝鄉下的流言蜚語傳播速度之餘，受到歡迎這點令人不自在卻又高興。

「話雖如此，那群小鬼嘻皮笑臉就黏過來是怎樣……一點都不理解我的硬派男氣質，不小心碰到可是會燙傷的。」

「一下說母性一下又裝大人，昴一個人很忙呢。」

「那個『一個人』聽起來有點帶刺，不過忙碌的人不會跟著瞎攪和這點也讓人覺得平穩，果然陪雷姆出來買東西是好事。」

無法區別食材的昴根本幫不上忙，只能在雷姆購物的期間在村子裡殺時間，結果被一群小孩發現自己很閒，落得被綁架的地步。

「對妳不夠尊敬啦，所以妳才不會被那些死小鬼喜歡。」

「那昴有讓那些孩子們見識到值得尊敬的事嗎？」

「妳的話正確至極！雖然一開始我就覺得和被瞧不起不太一樣……這方面，拉姆似乎做得很棒。」

「因為姊姊非常優秀。」

對話莫名無法吻合。以姊姊自豪的雷姆洋洋得意的樣子，看不出裡頭包含異樣態度，只能推測那是她的真心話吧。

「坦白說，拉姆的性格感覺會很頻繁地跟人摩擦。」

「無所畏懼也是姊姊的魅力，對雷姆來說根本不可能辦到。」

補充的話聽來很悲哀，昴皺起眉頭但沒有追問。

「話說回來，昴的認字進度怎麼樣了？」

昴突然閉口不語，雷姆為了振奮他的精神而改變話題。

「逐步順利進行……是很想這樣回答，可是沒那麼簡單。果然萬事都要花時間慢慢培育，跟愛情一起！」

「不要在中途枯萎就好了。」

「剛剛雷姆的評語讓我的愛乾枯了啦！」

大聲吶喊，看到雷姆的表情浮現一絲絲微笑，昴也安心地笑了。

——自拉姆提出夜間個人教學後，已經過了四天。雖然一開始說要輪班擔任昴的學字小老師，但目前雷姆還沒來上過課。

光是平常就忙到極點的雷姆，似乎覺得自己虧欠昴。

面對難得猶豫不決的雷姆，昴笑臉迎人揮了揮手。

「都說不用擔心了。又不是被扔著不管，我對拉姆也沒有不滿。不，她每次都在上課期間躺在床上睡覺，害得我幹勁跟著消退，真希望她能別這樣。」

「姊姊是為了激發昴的幹勁，才會刻意用那種方式。」

「搞什麼，妳對姊姊的絕對崇拜已經超乎尋常啦，簡直就是鬼上身。」

「鬼上身……？」

這是自創語彙，昴自己流行的話讓雷姆不解地歪著頭。

「原本都說神靈上身，我改成鬼的版本啦。鬼上身，不覺得很順嗎？」

「你喜歡鬼嗎？」

「可能比神明還喜歡，畢竟神明基本上什麼都不做，可是鬼的話，聊未來的展望似乎可以一起談笑風生呢。」

一講到明年的話題就特別熱絡，勾肩搭背的紅鬼和藍鬼互相大爆笑。想像那幅光景的昴，突然瞥見雷姆的表情確實刻劃出笑容。

「喔……」

至今看過好幾次她微笑的模樣，可是看到這麼清晰的笑臉還是第一次。儘管不知道是什麼打開了雷姆的心扉，不過昴彈指說道：

「妳那笑容，可以匹敵百萬伏特的夜景喲。」

「去對愛蜜莉雅大人說啦。」

「這跟情話可不一樣喔!?」

昴端正姿勢老實乞求原諒。結果，面對這樣的昴，雷姆輕輕抬眉。

「你那手是怎麼了？」

「嗯？喔，被小鬼頭帶的狗畜生給用力咬了。」

浮現清晰齒痕的左手已經停止流血，不過還是滲出一點血水。順帶一提，管家服的背後被鼻水給弄髒，等昴發現時已經是回到宅邸的事。

「幫你治療吧？」

「咦？怎麼，雷姆也能使用回復魔法？」

「不過是簡單法術，充其量只是應急治療，還是給愛蜜莉雅大人治療比較好？」

「嗯，不能否認是很有魅力的提議，不過……我兩邊都不要。」

望著左手背上的狗咬痕跡，昴辭謝那個提議。

傷痕在某種意義上，是絕佳的判斷印記，昴能意識到自己踏上第二次輪迴，也是因為在上一次路線所受的傷消失不見。

有無傷口就是「死亡回歸」的有效判斷點，若不是偶然被狗咬傷，就得用小型刀械或羽毛筆弄傷自己。

「唉呀，這是名為榮譽負傷的玩意，每個人都不可能用與生俱來的乾淨姿態活下去咩。」

「傷痕確實是被稱為男人的勳章，但那只有在戰場遭遇失敗的時候。」

「或許是真實的一部分，但無情的發言就免了！」

雷姆說話直爽又毒辣，但看她疑惑的模樣似乎對此沒有自覺，這樣反而可怕。

「雖然妳這麼說，但之前也常常在雷姆面前切到手，不過為什麼都不曾像剛剛那樣說要幫我治療呢？不如說，為何至今都不曾開口呢？」

「不痛就記不住，雷姆認為教訓要留著比較好。」

「真是乾脆的斯巴達教育方針……那剛剛提議治療的理由是？」

撇開之前視而不見的理由，他想知道這次沒有置之不理的理由。

聽到昴的疑問，雷姆沉默半晌。

看著她默默不語的側臉，昴心想會不會跟剛才的微笑有關。

於是……

「棉被被吹走，貓咪躺著睡，說俏皮話的是誰呀！」

「你腦袋突然出問題了嗎？」

「結論太早下啦。不是啦，我只是想確認剛剛雷姆笑的理由。」

想說似乎是對鬼上身的自創語有反應，所以就講些類似的冷笑話看看。

「還以為妳喜歡大叔式冷笑話，想說是不是因為這樣心情大好，所以才對我溫柔的。」

「請想成雷姆治療昴傷口的機會再也不會來了。」

「那麼生氣啊!?」

「會這麼生氣，是在昴偷偷講姊姊壞話之後頭一次呢。」

「那不就最近！太頻繁啦！」

因為講了一句多餘的話，雷姆看昴的視線增加了銳利。

雖然打哆嗦，但昴放棄辯解，閉上嘴巴仰望天空。夜色慢慢自暮色後頭逼近，這讓他感覺到手腳緊張僵硬。

——畢竟，第二輪的世界也將在今天迎接第四天結束。

「能否平安無事迎向明天的朝陽就是勝負關鍵，在那之前……」

是否能和愛蜜莉雅訂下之前的約定，也是很重要的勝負。

7

菜月・昴第二次在羅茲瓦爾宅邸待了一個禮拜，而現在的局面正迎向最大的危機。

在劇情沒有按照自己預習的前一次路線走的時間點，就難以說是一帆風順，不過都來到這了卻發生最嚴重危機。

「所以，拉姆和雷姆今晚都沒辦法來昴房間，就由我來監督你用功。雖然這不是什麼大不了的事。」

說完，愛蜜莉雅伸出舌頭露出可愛的害臊表情。她坐在床上，看著昴面向寫字桌，而這讓昴的忍耐度被劇烈地削減。

——大半夜，在青春期的男生房間，和可愛的女孩子單獨相處。

誰能責備失去集中力，費心對抗獸性本能的昴呢？

「嘿，昴比我想像得還要專心學習呢。」

儘管拼命地在腦裡持續背誦文字，卻還是完全無法專心。這時愛蜜莉雅站起來，佩服地稱讚昴。似乎是剛洗好澡，飄過來的微弱溫香和愛蜜莉雅本身的香氣結合，痛打昴的理性。

面對用眼神詢問學習進度的愛蜜莉雅，昴慌張地打開筆記本。

「我、我現在在練習寫基本的I文字。這本童話集幾乎都是以I文字寫成的，所以我今天的目標是看能不能閱讀這本兒童書籍。」

「喔——以童話集為目標——啊。」

「怎麼，有讓妳在意的事？」

愛蜜莉雅停止翻閱充作課本的童話集，昴好奇地看她。

「嗯——沒到那種地步，雖然有一點啦。昴要是也能看懂的話，嗯。」

啪的一聲闔上書，愛蜜莉雅重新坐回床上。站姿就很有格調，不過格外無防備的愛蜜莉雅著實叫昴無從隱藏內心的慌亂。

「其實我今天是想去跟只能在冥日見面的孩子們聊天，不過今天就先以昴為優先。你要感謝我，然後努力喔。」

「當然，只有感謝愛蜜莉雅醬還不夠，要不要我替妳按摩作為感謝的證明呢？我會帶著平日的感謝，親自仔細為妳治癒疲勞讓妳融化的，咿嘿嘿。」

「總覺得你的手勢很可疑，我不要。而且那樣不就中斷你的學習了嗎？繼續繼續。」

被愛蜜莉雅拍手責備，昴繼續與煩惱戰鬥，再度面向寫字桌。

邊默唸要專心邊不斷在筆記本上寫出文字，不知不覺雜念從昴集中精神的腦內脫離。

「果然，只要認真起來就不會分心了，真是。」

「我這個人只要一頭栽進去就會看不見周圍，所以對喜歡的人也是直線猛衝！」

「呼嗯——這樣啊，要是對方也能早點注意到昴的專情就好了。」

昴那要說輕薄就有多輕薄的話，被愛蜜莉雅講得像是跟自己毫無關係。由於昴本人不認為自己對愛蜜莉雅的好感是清晰的男女之情，所以也不打算追究。

「欸，昴……你為什麼不能像唸書一樣認真工作呢？」

「認真地執行不認真是我的理念……好像不是說這種話的氣氛呢。怎麼了？」

「是啊，跟你講認真的——因為拉姆也有稍微發牢騷，說感覺昴在工作的空檔都在摸魚。」

是因為變成像在打小報告吧，斟酌字詞的愛蜜莉雅表情也很苦澀。但是，聽到這番話的昴被命中要害，痛苦得只能皺起臉。

昴在工作時摸魚，拉姆的見解是對的。

事實上，昴沒有認真在工作。

原因在於為了讓結果和上次相同，而企圖調整劇情。

跟上次還沒習得任何佣人技能的時候相比，雖然只有一點，但現在的昴手腳確實變靈巧了。而明明會卻裝不會的裝傻功夫，沒能逃過女僕前輩的法眼。

「……你好像不是沒有罪惡感呢。昴，我感覺你在奇怪的地方有所堅持，希望你不要在唸書方面摸魚。」

「只是有點事情……這個連藉口都稱不上。明天開始我會轉換心情好好做，所以請原諒我，女王陛下。」

「嗯，聽起來感覺不差……好像有點怪怪的？」

對擺架子的自己感覺怪不好意思的，愛蜜莉雅歪起她那可愛的腦袋。

昴對愛蜜莉雅態度軟化感到安心，同時對現在的她發誓明天開始要認真面對工作。

至少，按照上次劇情發展的必要性，已在今晚消失。

這四天來從拉姆和雷姆那裡接受的恩情，要盡可能努力回報。

只不過，就算不打混偷懶，也無法立刻成為戰力就是了。

「這種事心情很重要，希望我的努力，能讓她們兩人買帳。」

「又在不錯的地方糟蹋了好氣氛……你寫完啦？」

「今天的份算是結束了！對了，我有個願望，可以請愛蜜莉雅醬聽聽看嗎？為了讓我明天有動力好好努力工作，可以給我獎勵嗎──」

「獎勵？事先聲明，我可以動用的金錢只有一點點喔。」

「怎麼好像是我在強行逼妳包養我。算了算了，妳就聽聽看。就是，我明天開始會盡心盡力工作……所以跟我約會吧！」

豎起拇指，牙齒閃耀光芒，昴擺出決勝姿勢邀請愛蜜莉雅。

面對昴豁出決心的表情，愛蜜莉雅的大眼睛給了他一個大白眼。

「約會，是要幹什麼？」

「哼哼，孤男寡女一同外出就叫做約會。在這期間會發生什麼事，就只有戀愛女神會知道。」

「這麼說的話，昴今天就是和雷姆約會囉。」

「唔喔喔，出乎意料的反擊！不算！拜託不算分！」

雖說的確是和美少女一道外出，但不希望是做採買食物這種帶有生活感的活動，而是彼此特地梳妝打扮後再一起出門。

「我明白你是想一起外出了，可是要去哪？」

「其實宅邸旁邊的村莊有隻超級LOVELY的狗畜生還有花田，請務必讓我的『流星』留下愛蜜莉雅醬和飛舞的花朵一同演出的場景。」

放在昴個人房角落的塑膠袋，裡頭是他從原本世界帶來的少數財產。跨越贓物庫激鬥的手機和杯麵，也都還在袋子裡。

「若是可以充電，用愛蜜莉雅醬的照片塞滿記憶體可是我個人的野心。」

「嗯……村莊啊。」

在妄想愛蜜莉雅會在日期更迭時才下定決心的昴面前，愛蜜莉雅手支著臉頰沉思。這麼說來，上次她對約會邀請也是猶豫不決。

上次是怎麼讓她同意的呢？為了重現記憶，昴讓牙齒反射出光芒。

「狗畜生超可愛的，去吧！」

「可是，可能會給昴添麻煩，還有村民……」

「小鬼頭們全都是天真無邪的天使陣容，走吧！」

「……真是的，我知道了。沒辦法，就一起去吧。」

「花田也是色彩繽紛美麗絕倫……真的嗎？」

跟上次相比，愛蜜莉雅的抵抗似乎少了一點，所以他不禁大吃一驚。

看到昴一臉意外的反應，愛蜜莉雅嘟起嘴唇，聳聳纖細的肩膀。

「既然約會能讓昴從明天開始有幹勁的話，那陪你無妨。真是的，太過優柔寡斷是不行的。」

「沒有、沒有、絕對沒有！我已經在為要怎樣才能完美地完成工作而徹底燃燒靈魂了！」

「為了這種事而燃燒靈魂？」

看到昴燃起鬥志，愛蜜莉雅重複吃驚，接著兩人笑了出來。

一個勁地笑了一陣子後，愛蜜莉雅輕輕點頭站起來離開床鋪。她走過昴的身旁，仰望窗外的天空淺淺微笑。

「嗯，今晚的星星也很漂亮，明天會是好天氣。」

「──是啊，而且會成為難忘的日子。」

「昴又來了……」

愛蜜莉雅背靠著窗框回過頭，叮嚀昴的油嘴滑舌。不過，她嘴唇的動作在看到昴的表情後停住。

──因為昴的表情看起來是前所未有的認真。

「太過悠哉的話，睏了的我就會把愛蜜莉雅醬錯認成抱枕到天亮喲。」

「剛剛昴你……沒有，沒事。」

「像這樣被女孩子中斷對話，我的男兒心深感不安。」

雖然想追究那別具深意的態度，但愛蜜莉雅離開窗邊說：「什麼事都沒──有。」然後翩然地通過昴的身旁，就這樣握住門把轉過頭來。

「那麼，管家昴先生，明天開始請好好工作，因為獎勵只有給認真的孩子，才能叫做獎勵。」

輕輕舉起手做出像是敬禮的動作後，她留下微笑銀髮飄揚地離去。

沒有等昴回答，銀色身影就消失在門外。

就算伸手也碰不到，房內只蕩漾著可愛少女的殘香。

可是——

「喂喂喂，真的假的啊？實在是，我現在幹勁滿滿了啦，是真的。」

再度定下約定，然後，昴要再度挑戰這一晚。

為了越過第四天的夜晚，迎向第五天的約定之晨。離天亮還有六個鐘頭。

「好，來一決勝負吧，命運大人——」

8

坐在地上背靠著床，昴分分秒秒衷心盼望天色轉亮。

連冰冷的地板觸感，在坐了超過兩小時的現在也幾乎感覺不到了。昴只是身體清醒到極致，到了不需要地板冰冷的地步。理由很簡單。

「有誰能在心臟小鹿亂撞到這麼大聲的情況下睡著啦。」

心跳聲既快又高，大聲銳利到彷彿在耳邊不斷敲響的地步。血液流過全身的感覺敏銳無比，手指不斷傾訴像是麻痺般的痛楚。

「殷切盼望跟愛蜜莉雅的約定，結果就是這樣嗎？喂喂，我這樣子簡直就跟遠足前一天睡不著的小孩一樣啊，不要想起修學旅行時睡過頭的事啦。」

邊用回憶排遣心情，昴邊抬頭瞪著看了好幾個小時也不嫌膩的天空。

——仔細想想，還真久啊。

離早上還有四個鐘頭，儘管了無睡意，但持續警戒會發生什麼事只是耗損精神。想到被襲擊的可能性，打發時間的行為除了擾亂集中力之外別無其他。

因此，持續思考成了昴唯一能做的事。

重新回顧這四天，第二輪的這四天。

開頭的失衡，多個與第一輪不同的差異，這些都給予來到今晚的路程莫大影響。不過，留在昴記憶中的事件大多已經通過。

只是，對於輪迴的原因和避開方法還是沒有頭緒，這都拖長了不安要素。

與愛蜜莉雅的關係良好，和拉姆與雷姆的關係也漸入佳境。

「再來，要說遺憾的話……」

就是今晚沒遇到碧翠絲這點。

上次的最後一晚，雖然時間短暫但昴曾和碧翠絲接觸，而這一次卻沒有。即使略過這次不談，在第二輪裡與碧翠絲接觸的時間一樣很少。在被嚴格的時間管理追趕下，這四天來幾乎沒和她交談。

「是說，上次就算打照面也只是在互嗆而已……我們真的合不來。」

不記得跟碧翠絲說過什麼值得一提的話，但在這個第二輪世界的頭一天，昴被輪迴事實給擊潰的心靈，毫無疑問是由碧翠絲的存在所拯救。

正因為她那拒人於千里之外的平常態度，才讓昴得到安心重新站起來。

「或許至少也該道聲謝。」

雖說對這個世界的碧翠絲道謝也只是讓她莫名其妙，露出嫌惡的表情給昴看，但一想到她，昴的嘴唇就向上彎起。

和碧翠絲之間毫無變化的鬥嘴，也成了回想起來就好笑的記憶。

要是可以迎來明天，迎接早晨，就可以去做最想做的事。

不只是對碧翠絲，也有話想對拉姆、雷姆還有羅茲瓦爾說。

當然，是在對愛蜜莉雅道盡千言萬語後，這點還要請他們多擔待。

回顧的話會笑出來。上次和這次，合計八天的時間，內心的輕鬆能否表現出來，端看天亮之前的三個多小時，不過眼皮卻覺得越來越重。

「在這邊睡著的話可就真的笑不出來了，跟玩線上遊戲的時候不一樣……」

揉著眼皮逃離突然湧出的睡意，但是睡魔連寒意都帶來，昴忍不住發抖然後苦笑。抱著雙肩，為了提高體溫而摩擦身體，可是不管怎麼做就是無法驅散寒意。不僅如此，睡意還越來越重。

——樂觀地掌握現狀，昴也察覺到了變化。

看就知道，運動服袖子底下的肌膚起了雞皮疙瘩，來自體內的寒意讓身體止不住顫抖。太異常了，異世界現在的氣候很接近原本世界的春末，有時會有非得捲起袖子度過的大熱天，可是為什麼現在，卻冷到兩排牙齒直打顫呢？

「糟糕，該不會這是……呃！」

會顫抖不是因為寒意，而是感受到了恐懼，昴連忙以手撐地。

但是，顫抖已經傳至全身，手臂無法支撐身體。昴強迫現在也搖搖欲墜的膝蓋站起，毛骨悚然的倦怠感令人想吐。

「誰、誰來……」

方才喧鬧至極的心跳聲減弱，呼吸越來越急促的同時，昴走到房間外頭。

儘管張口求救，喉嚨卻像堵住一樣只能發出嘶啞的聲音。

陰暗的走廊飄盪著乾燥空氣，肺部像是抗拒氧氣般痙攣，腳步也因此遲滯。

大事不妙，這個想法支配了昴的腦海。

自己身上發生了什麼事？具體的情況他一無所知。

只知道一件事，現在，自己有生命危險。

呻吟，踩著蹣跚步伐往前走。目標是樓梯，要上樓。

每一步都像在削減靈魂一樣，拉著痛苦邁進，走過習慣的通道。

「哈啊……哈啊……！」

抵達樓梯後，每一階都要手腳並用才爬得上去。在抵達樓上之前不知道花了多少時間，連去思考這個問題的力氣都被省下來用在攀爬，目標是走廊盡頭。

體內的內臟彷彿慢慢融化，有著全都攪拌在一塊的不快感。湧出來的嘔吐物從嘴角流淌到走廊，眼淚逐漸污染昴的臉龐。

儘管會暴露這樣的醜態，爬行的昴腦海中就只有一個人。

——愛蜜莉雅、愛蜜莉雅，一定要去愛蜜莉雅那裡。

使命感，義務，無法言說的感情不斷推動昴。

現在的昴，沒有要愛惜自己性命，理所當然要保護自己的念頭。

朝著愛蜜莉雅房間爬去的昴，已近油盡燈枯。

用手臂拖拉身體的力氣不夠，於是他將身體靠在牆上，用滑行前進。失去站立行走的能力，喪失身為人類的尊嚴，這姿態讓觀者抱持了超越憐憫的嫌惡感。

「——」

全身倦懶，呼吸紊亂，高亢的耳鳴一直嗡嗡作響。

所以，昴會注意到那詭異的聲音，沒有任何理由，單純只是偶然。

——簡直就像是有人在拖動鐵鍊的聲音。

身體的動作因異樣感而停止。靠在牆上的肩膀下滑，頭顱就這樣落到地面。

「——嗚？」

下一秒，衝擊將昴撞飛出去。

全身大幅晃動，原本倒在地上的身體被刮飛出去，在地面反彈好幾次。臉部在地面滑行後，昴察覺到自己受到某種龐大的衝擊。

不覺得痛。

只有從手腳末端到腹部內臟全都被晃動的不適感。

「發生……了……」

什麼事？說完，他手貼地面試圖抬起身體，然而顫抖的手臂只是抓著地面無法使力。好奇怪，力氣無法取得平衡，只有右手在用力，左手幹嘛去了？跑哪去了？在不明所以的焦慮下，昴瞪向沒有發揮作用的左手。

——自己的左半身，從肩膀以下全都飛了出去。

「——啊？」

橫躺在地，凝視缺損的左半身，昴愣住了。

左手自肩膀以下都飛出去，大量鮮血從被挖開的傷口噴出，染紅了走廊。

注意到傷口的存在後，痛楚緊接著像雷電一樣竄過全身。

昴像是到了陸地的魚一樣跳動，喉嚨被已經無法用痛和滾燙來形容的感覺堵住，連慘叫的餘地都不留，只能折騰打滾。

視野忽明忽滅，紅色和黃色光芒交替閃耀，昴的意識自宅邸飛離遠去。

好想死、好想死、讓我死，好想死、好想死、好想死，讓我死、讓我死、讓我死。這根本不算活著，只是還沒死而已。馬上就要死了，死定了。不知道發生什麼事，一切都好遙遠，什麼都想不起來。一切都無所謂了，怎樣都好，快讓我死。

而昴這樣全心全意的願望——

「鐵鍊的……聲音……」

以再次聽到的微弱聲響收尾，在頭蓋骨碎裂下獲得實現。

9

「——!!」

在自己的慘叫下醒過來，這樣的經驗對心臟的惡劣影響可說是前所未有。

掀開棉被清醒的昴，呼吸混亂的同時也品嚐到了那股衝動。

「左、左手……在，還在。」

像要抓取什麼似的，左手朝空中伸展。

被扯掉、飛出去的左半身還健在。以右臂環抱似地確認左半身的存在，在短時間內嚐到的壯烈喪失感，和嘔吐感一同震撼了昴空蕩蕩的胃袋。

內臟暴露在像抽筋一樣的感覺中，昴同時看著復活的左手。

手背上當然沒有傷口，沒有被打飛出去的痕跡，也沒有被狗咬的齒痕。

「又回來了……不對，應該說還好能回來……」

傷痕消失，意味著昴輸給了命運。

時間倒流，或者可以說是被賦予復仇的機會。

抬起頭，昴意識到自己現在置身於何時何處。

根據「死亡回歸」的經驗法則，若是時光倒流，就會回到自己假設的「羅茲瓦爾宅邸第一天」這個儲存點，不過他其實沒有自信，也有可能會跑到別的時間軸。

總而言之，先確認時間。一思及此——

「啊，對不起，兩位早。」

總算是注意到縮在房間角落抱在一起，看著昴的雙胞胎。

意識不清的男子邊慘叫邊醒過來，當然會被嚇到囉。

面對昴不看氣氛的招呼語，跟小動物一樣互相緊靠的兩人沒有回應。昴抓抓頭，煩惱該如何是好。

拉姆和雷姆兩人不記得昴了吧？這給昴的胸口帶來輕微的疼痛，不過他無視那痛楚，硬是擠出笑容。

帶著友好、灌注自己誠意的笑容。

因為即使她們忘記一切，昴還是記得。

「給妳們添麻煩了，菜月・昴，再度起動！」

從床上用力跳到地板，昴手指天花板擺出POSE。

毫不在意突然做出的異常之舉嚇到雙胞胎，昴維持著姿勢說：

「對了，現在是何時何日啊？」

——在羅茲瓦爾宅邸，第三次的第一天，拉開序幕。

第四章 『薄暮之時的捉迷藏』

1

——重新回想記憶中的第四天，昴下結論。

「第一次的死因，可能是睡著的期間衰弱而死……」

襲擊等待朝陽的昴的，是突如其來、難以忍受的睡意和寒意。那種從全身剝奪體力與精力的感覺，發揮了十足的力量，能在短時間內讓昴衰弱而亡。

要是睡著就等於陷入毫無防備的狀態，所以根本不可能自那永遠的睡眠中醒過來。

「只不過……鐵鍊的聲音啊。」

儘管可以成立關於衰弱的推測，但對鐵鍊的聲音卻只能舉雙手投降。

那是長長鐵鍊互相交疊而成的特殊金屬聲響，恐怕那就是挖去昴左半身的凶器。光是回想傷口，曾經失去的半個身子就像麻痺一樣抽痛。肉體應該不記得那體驗才對，可是靈魂卻拒絕那個記憶。

「有人攻擊我……應該錯不了。不過讓我衰弱的人和鐵鍊的主人，不知道是不是同一個。」

說到這次的收穫，就只有兇手確有其人而已。

在第四天的晚上，羅茲瓦爾宅邸遇襲。在可憐的犧牲者清單中，昴的名字也被添加在內，屋裡其他人的名字有無在榜上就不得而知。

「如果有我的話，應該就包括所有人了吧。八成跟贓物庫一樣，與愛蜜莉雅是國王候補有關，可是……」

昴想到這裡便抱住頭。有人襲擊，目標是愛蜜莉雅他們這點還看得出來，到這邊的推論還堪稱順利。

「可是，就算知道了，我手中不但沒有可以說明的證據，也沒有能夠防範於未然的手段。」

「死亡回歸」的麻煩之處，在於無法說明死前世界的情報。

更何況這次是預見兇手入屋襲擊。雖然可以叫羅茲瓦爾擬定對策，但要是犯人改變策略，就無法應付之後的變化。

雖然有擊退犯人這一手，但昴的戰鬥力低落而且敵方戰力不明，因此被排除在選項之外。

邊吐邊流淚然後被擊殺，就是上一輪的簡單概要。

「就連我都覺得太慘烈了，而且連對方的臉和武器都沒看到，根本就是死得毫無價值……」

因為沒能瞧見對方的底細，所以也無法擬定退敵計劃。

雙手抱胸、歪著脖子，昴繞著房間打轉。結果，有人對這樣的他說道：

「——既然鬱悶消沉得要死，看是要快點放棄或是被打飛出去，選一個吧。」

處在房間中央，被昴當成繞圈運動中心的碧翠絲，打心底不開心地這麼說。

昴回頭看表情尖酸刻薄的她，然後用不帶惡意的神情吐舌頭。

「抱歉抱歉，不過像這樣讓腦袋以外的地方轉一轉，很不可思議的腦袋也會跟著運作喲。所以看在我跟妳交情的份上，就睜一隻眼閉一隻眼咩。」

「貝蒂跟你哪有關係，不過才見過兩次面而已。」

「嘴巴這麼說，內心卻很老實呢，明明就很爽快地讓我進房間。」

「那是你擅自打破『機遇門』才會這樣，真是不敢置信。」

碧翠絲還是一樣，毫不掩飾對昴的敵意。懷著還會被少女敵視態度拯救的心情，昴在醒過來的早晨踏入禁書庫。

即使試圖切割，但被拉姆與雷姆兩人當成陌生人對待，果然很難過。

跟上次不一樣，先知會她們後昴才離開房間，不過能夠倚靠的地方除了這裡不作他想。

「唉喲，又不會給妳添麻煩，至少端杯茶出來讓我悠哉一下。」

「哪可能端出那種東西。啊啊，討厭，鬱悶死了。」

摸著自己的卷髮，碧翠絲嘴角扭曲像是感到著急。

看著碧翠絲那樣，昴突然想到一件事。

「話說回來，妳雖然長這樣但好歹是個魔法使者吧？」

「真叫人不愉快的說法，要是被拿來跟哪裡的二流人士相提並論，貝蒂可就困擾了。」

「……妳的朋友很少吧？」

「為什麼會從剛剛說的跳到這種話題！」

「沒啦，因為我的朋友也很少所以知道，不過妳那樣不好喔。要是在這個年紀就扮演盛氣凌人的角色，之後就有得受了，趁可以矯正的時候快點改過吧。」

邊煽動紅著臉的碧翠絲，昴邊用咳嗽轉換現場氣氛。他懇切地想要請教一臉不能理解的魔法使者碧翠絲，就是……

「有沒有哪種魔法……可以讓人衰弱而死，死得就像睡著一樣？」

昴想讓她確認自己的衰弱狀態——是中毒或疾病造成，亦或是魔法使然。

那一晚，侵襲全身的恐懼和倦怠感的真面目，在現階段懷疑是魔法所為。

猜想不到感染突發性傳染病的契機，還得要是發作後幾小時內就能讓患者衰弱致死的疾病。

雖說這裡是異世界，但昴不認為有這麼剛好。

另外也有考慮過使用毒物暗殺的可能性，不過那太欠缺可行性。將昴是被人用凶器打死這一點算在內，毒殺和直接攻擊重疊在一起，很明顯不自然。

這個問題令碧翠絲皺眉，不過看在昴的態度上，她輕輕聳肩回答。

「單論有沒有的話，是有的喔。」

「真的有啊？」

「比起魔法更接近詛咒吧，咒術師擅長的法術裡頭，有很多那種玩意，畢竟那就是陰險咒術師的做法嘛。」

咒術師，這個新職業讓昴困惑，碧翠絲豎起一根手指開始上課。

「巫師——也就是咒術師，發源自北方國家古斯提克的魔法和精靈術的亞種職業，只不過全都是半吊子廢柴，所以沒人當他們是回事。」

「可是，他們是真的有能力咒殺人類吧？哪裡半吊子了？」

「就是那裡半吊子啊——用途就侷限在殺害他人而已。身為和瑪那面對面的人，那種叫人火大的術師根本就是邪魔歪道。」

這個世界對咒術的忌諱似乎是根深蒂固，碧翠絲毫不掩飾嫌惡，昴也沒有理由替詛咒說話。現在要先得到更多情報，於是他探出身子催促她繼續說。

「所以，如果用那種咒術，也能做出我剛剛說的那種情況囉？」

「貝蒂認為可以，不過比起下咒，還有更簡單的方法。」

「更簡單？」

「你應該已經親身體會過囉。」

看到昴歪頭思索，碧翠絲將手掌朝向他，誇耀又冷酷地笑。不適合她的不祥笑容和話中本意，讓昴找到了答案。

「該不會，妳是指……那個強制抽取瑪那的招式，有可能致人於死!?」

「瑪那就是所謂的生命力，若是持續強行吸出，就能讓人衰弱而死。比起仰賴咒術師那種玩意，這樣還比較輕鬆確實。」

「一開始……不，在第一天和剛剛！要是一個弄不好，我剛剛就會被妳殺了耶！」
「要是讓你死在這裡還得收拾你的屍骸，所以貝蒂下手有分寸啦。」
「不要說屍骸啦，聽起來就像在講蟲子一樣！」
你本來就跟蟲沒兩樣。被她用那種眼神注視，昴開始問自己為何會認為這裡是安適之所。
「該不會，殺了我的人就是妳吧……」
「要是你死了就不會有這些囉哩叭唆的對話，貝蒂也樂得輕鬆。很遺憾，貝蒂現在很忙，連殺了你都嫌浪費功夫。」
雙手放到身後，碧翠絲通過昴的身旁站到書架前。晃著哥德蘿莉裝的裙襬，伸懶腰的少女指向比自己稍微高的地方。
「這本嗎？」
「……旁邊那本啦，快點拿過來。」
「好啦好啦。」
將意外厚重的書本抽離書架，交給鼓著腮幫子的碧翠絲。碧翠絲收下後還是一臉不滿，連道謝都沒有就坐到房間深處的梯凳上。
那比椅子更好用吧？每次都在禁書庫看到她坐在上面。
「妳在看什麼書？」
「描寫如何驅趕跑進房間蟲子的書。」

「有蟲跑進書庫啦……這真是太糟糕了，是怎樣的蟲？」

「又黑又大眼神和嘴巴都很壞的蟲。還有，態度也很傲慢。」

「特徵很醒目呢，那種蟲……」

環顧周圍，可以的話想叫她快點把蟲趕走。

看到昂轉動脖子，視線釘在書上的碧翠絲嘆了口氣。

「你還有什麼事嗎？沒事的話麻煩你出去。」

「喔，這個嘛……對了，剛剛提到把瑪那咻咻吸走的那招，每個人都辦得到嗎？」

「那種描述叫人意外至極……在這屋子裡，辦得到的只有貝蒂和葛格吧，羅茲瓦爾是辦不到的。」

「嘿，他本人講得自己無所不能呢。」

羅茲瓦爾也是虛榮心旺盛啊，還是說，與效果的樸實性相反，其實他會使用令人意外的稀有技能呢？像是瑪那抽吸術。

「總而言之，不要一直咻咻吸個不停啦。特別是我，現在是真的血液不夠，一吸走就會痛快地衰弱而死的。」

「哼，你的東西全都還回去了，不過血就沒辦法了。算了，反正貝蒂也沒有做到那種地步的義務。」

對於貝蒂聳肩說的話，昂「嗯？」了一聲歪頭不解。

照剛剛的文法，耐人尋味的事實正浮出檯面。

「妳剛剛的講法聽起來，堵住我傷口的人好像是妳似的。妳性格惡劣到搶愛蜜莉雅的功勞啊？」

「那個沒用的小姑娘，還沒有治癒致命傷的能力，是葛格和小姑娘將傷口恢復到平穩狀態，再由貝蒂治療……怎樣啦。」

「沒有，真的超複雜。」

在意想不到的地方闡明昴生還的內幕。

就跟在小巷裡頭治癒傷口時一樣，昴一直深信治好自己致命傷的人一定是愛蜜莉雅。

懷疑地瞇起眼睛，但表情複雜的碧翠絲沒有動搖。除非她膽大包天到撒這種謊，不然就當她說的是事實好了。

也就是說，碧翠絲是……

「好大的狗膽，竟敢撒漫天大謊，性格真的惡劣到極點了妳！」

「無法老實接受他人好意的你，也好不到哪去啦！」

昴失禮的言論讓碧翠絲氣得怒吼，離扭打成一團只欠臨門一腳。

不過，最後是以被魔力彈飛的昴頭下腳上撞擊牆壁作結。

站在靠著牆壁倒反過來的昴面前，碧翠絲撫摸著長卷髮。

「差不多好滾了吧，手不抖了，可怕的東西也能打混過去了吧。」

「……曝光啦？」

「你有在隱瞞嗎？貝蒂那麼好找真遺憾喔。」

倍感無聊的碧翠絲用鼻音冷哼一聲，朝昴揮手像在趕蟲。

聽了少女的話，昴把手舉到面前——手指忘記顫抖了。

死亡次數總計五次，但根本無法習慣。不如說隨著次數增加累積死亡經驗後，光是想像又要再度嚐到死亡的恐怖，雙腿就會戰慄。

更何況這次的死法是慘死，回來之後昴的心被絕望擠壓，勇氣無法通到手指和雙腳，誰又忍心責備他呢？

「那藉口TIME也結束啦，有夠不溫柔，真是的。」

最後嘆個氣，站起來的昴手碰禁書庫的門。

回過頭，他朝沒在看自己的碧翠絲苦笑。

「抱歉，不過得救了，下次再麻煩囉。」

「下次會把瑪那抽得一乾二淨，所以別再來了。」

碧翠絲的視線依舊在書上，口氣冷淡地扔了這句話過來。感覺她那姿勢推了自己的背一把，昴扭轉門把準備穿過「機遇門」，然後——

「在那之前，妳剛剛說的蟲子該不會是我吧!?」

「夠了，快點滾，還是你想用飛的!?」

最後是被擊飛出「機遇門」。

2

「那個，你沒事吧？」

「這份溫柔正是我的痊癒之源。這是真的，毫無虛假。」

在庭園被銀髮少女俯視，昴說完後垂下肩膀。

被碧翠絲的魔力彈飛，因為「機遇門」被強制轉移的昴，從庭園二樓露台窗戶噴射出來掉進花圃，差點就變成死因為口角的結局。

「殺了我的人是那傢伙的說法變得越來越有力了……」

「那個花圃，昨天雷姆才用動物糞便施肥過喔……」

「嗚喔喔喔哇啊啊，三秒法則——!!」

哪來的三秒鐘，根本是頹然喪志三十秒後才跳出原本插進去的花圃。站在保持微妙距離的愛蜜莉雅面前，昴拚命拍打被泥土和泥土以外的東西弄髒的衣服。

「不算，不算啦！施肥是昨天的事，肥料正在被淨化喲!?」

「我說，你可以說是『走狗屎運』，這樣不論是講法還是想法都比較好聽。」

「愛蜜莉雅醬切換到安慰模式了！」

是覺得昴快哭出來揮動袖子的樣子很可憐吧，愛蜜莉雅標緻的臉蛋上刻劃出苦笑，接著輕輕用手指觸碰胸前的墜子。

「——帕克，起來囉。」

綠色結晶在愛蜜莉雅的呼喚下，綻放出淡淡的光輝。光芒逐漸化為小小的輪廓，沒多久就變成小貓的樣貌，出現在愛蜜莉雅的手掌上。

小貓用力伸展小小的身體，做出像是在伸懶腰的動作。

「嗯——早安，莉雅。喔，昴也起來啦。」

「早安，帕克。雖然你才剛起來又很突然，不過可以洗一下昴的身體嗎？」

眨眼央求的愛蜜莉雅讓昴忍不住看傻了。在女兒的請求下帕克回過頭，看到昴渾身泥土的樣子後點頭表示理解。

「那就來洗吧——接招！」

「就來洗吧——就算你講得那麼輕鬆……嗚耶咦!?」

以帕克伸出的兩隻手為起點，綻放出銀白色光輝——接著，光芒化為大量的水，以迅猛之勢直擊昴的半邊身體，一口氣沖去這世間的不淨。

「這是洪水吧——！」

「唉喲喲，都沒沖到另一邊。」

動了多餘念頭的帕克調整水柱角度，結果原本只被水沖到一邊而不斷旋轉的身子朝反方向旋轉，昴無法抵抗只能任其一下往右轉一下又往左轉。

「好啦，變乾淨了，太好了呢。」

「我、我這顆被玩弄的……心靈……濕答答、濕淋淋、濕漉漉了啦。」

眼睛轉圈圈，站在泡水草皮上搖擺的昴，邊用濕透的袖子擦臉，邊在疲累的狀態下勉強站起。

「力道大到快把手臂給扯下來了……喂，老實說該不會你們才是犯人吧？」

「不知道你在懷疑什麼，但很遺憾不是，真遺憾啊。哼哼……嗚喵！」

在空中漂浮的小貓做出憤怒之舉，彈了他狹窄的額頭讓他慘叫後，昴重新面向愛蜜莉雅。

總覺得成了至今以來感謝心情最薄弱的再會。原本應該是從慘死狀態復活的昴，獲得愛蜜莉雅含淚迎接的感動場面才對。

為了打破這種狀況，一開始要先說什麼好咧——

「噗！」

「呼耶？」

「啊哈哈！討厭，對不起，不行。啊哈，呼呼呼呼！討厭，你們兩人在幹嘛……啊啊，肚子好痛，討厭，要笑死了啦！」

面前的愛蜜莉雅突然忍不住大笑，吹跑了不安。

指著變成落湯雞的昴，愛蜜莉雅美麗的臉蛋上刻劃出滿滿喜色，笑得合不攏嘴。預料之外的反應，令昴和飄在腦袋旁邊的帕克面面相覷。

「總而言之，為一開始的壞印象扳回一成了！感激您的助攻，岳父大人！」

「誰是岳父大人，才不那麼簡單就把女兒交給你咧！」

昴厚顏無恥的發言，讓挺起胸膛的帕克傲慢地這麼宣布。

聽到這對話，愛蜜莉雅的大笑聲又炸裂在庭園裡頭。

3

「我聽拉姆她們說你要來庭園，不過怎麼那麼慢。」

笑完之後，愛蜜莉雅在庭園一端凝視著昴這麼說道。

她的瞳孔還留有笑意的殘渣，她邊拭淚邊與之對話。讓人爆笑的昴，則是靈巧地玩弄手中的帕克說：

「嘿——覺得我很慢到啊，那我可以想成妳是在等我嗎？」

「這個嘛，不對喲？我確實認為有必要道謝，也想過我要是來了卻沒見到人會很討厭，不過我會留在這裡只是偶然。」

「沒錯，是偶然喔，昴。找各種理由拖延我的舔毛時間，和微精靈講相同的話好幾次讓他們筋疲力盡……這些全部都只是偶然。」

還是一樣不擅長騙人的愛蜜莉雅先是自爆，接著由帕克引爆更多內幕。

「討厭！帕克？」

「老實說出來不就得了，不過這正是莉雅的可愛之處……昴也這麼認為吧？」

「超級這麼認為的！愛蜜莉雅醬的所有一切，對我來說都是閃亮的一等星！」

「連昴都戲弄我……還有，那個『醬』是什麼？是從哪裡跑出來的？」

在之前的輪迴，這話題都是放著等愛蜜莉雅一點一點地接受，不過這次昴手貼下顎做出惡人笑容，決定先籠絡她的心。

「這就是所謂的綽號啦，跟帕克用莉雅稱呼愛蜜莉雅醬一樣，是一種表示兩人親密關係的愛情表現。」

「……我不記得跟昴的交情有那麼好喔。」

「真是質樸傷人的發言，但我不灰心。這是預支兩人的關係，我希望我們的關係可以親近到用綽號稱呼妳，ＯＫ？」

至少，縮短距離到在前些天的晚上容許這個綽號的地步。

昴的強硬發言讓愛蜜莉雅面露驚訝，然後臉頰微微泛紅。

「嗯……知道了，那樣我能接受。討厭，不要看這邊。」

「唉呀？我以為會被厭煩以對，沒想到卻得到好感？你怎麼看，解說員帕克先生。」

「我的女兒朋友很少，她對綽號這種東西可是飢渴若狂，簡單啦。」

「我的女主角很簡單攻略呀！」

待在背過臉的愛蜜莉雅肩膀上，打理自己鬍鬚的帕克，牠的回答讓昴驚訝無比。本以為攀登的是險峻峭壁，但意外發現可以著手的地方有很多。

「不過，身分差異還是存在……得詳細調查貴族制度了。」

「哼……該不會是在談我非常不情願的事吧？」

「只是達成E・M・P（愛蜜莉雅醬・真的・PRETTY）的協議而已啦。喔？」

用戲言帶過愛蜜莉雅的追問，突然看向豪宅的昴瞇起眼睛。

「是拉姆和雷姆啊，早餐時間應該還要再一下子才到不是嗎……」

追著昴的視線，看到走出豪宅的雙胞胎後，愛蜜莉雅斜傾著腦袋。將銀髮承接陽光的一幕烙印在眼底，昴同時確認著事件的進行。

是羅茲瓦爾回來的時間點，來到他們面前的雙胞胎同時低下頭。

「——當家，羅茲瓦爾大人回來了，請諸位回屋裡。」

不管聽幾次都會心醉神迷的雙聲道。

看著愛蜜莉雅對兩人點頭，昴當場伸展身體，然後重新面向雙胞胎。拉姆和雷姆從頭到腳看過昴現在的模樣後，將臉湊在一起。

「姊姊、姊姊，才一下子沒見，客人就成了滿身泥巴的落湯雞。」

「雷姆、雷姆，才一下子沒見，客人就成了滿身穢物的骯髒破抹布。」

「不用妳們說我也知道自己成了陰溝老鼠啦，我的運動服在哪？」

聽了兩人辛辣的評論後回以苦笑，昴仰望整間豪宅。

決定先換個衣服整理儀容後，再去和羅茲瓦爾打照面。

——因為這次，他決定走跟之前不一樣的路線。

4

——實質上，這是第三次在羅茲瓦爾宅邸度過一個禮拜。

在第三輪的這一次，昴重視的是收集情報這一點。

「關鍵字是魔法和鐵鍊……只有這些還是什麼都不知道啊。」

唯一知道的，就只有第四天深夜會有某人闖入襲擊。

現階段就算將這情報公開給羅茲瓦爾他們，也不會被當成一回事吧？而且昴無法說明情報出處，要是一個弄不好，昴也會被懷疑是敵對陣營派來的刺客。要是至少知道入侵者的個頭身高，事情就會不一樣了。

「所以這一次，我決定徹底收集情報。假如『死亡回歸』的條件和上次一樣的話……」

在王都的輪迴死了三次，第四次才得以突破死亡結局。如果條件相同，應該還有一次回來的機會，所以要活用這次的情報，在第四次破解死亡結局。

「老實說，這是我打一開始就想放棄又不想選的作戰……」

可是，能夠打出的手牌有限，要付出犧牲的覺悟是必要的。再加上原本就沒有捨棄小事件的打算，重來一遍的覺悟和從一開始就放棄後來又決定挑戰是不一樣的。可能的話，這次也有脫離迴圈的念頭。

「為此，要婉轉地告訴帕克，請他好好保護愛蜜莉雅。」

在庭園嬉戲的期間，昴曾悄悄對帕克耳語，說擔心愛蜜莉雅的周遭。能夠讀取感情的小貓，似乎認為昴的認真並非虛假。

「雖然講得很含糊，不過為莉雅著想這點似乎是千真萬確。」

牠以寬容的態度承受了昴強硬的話語。

這樣一來，可以想成愛蜜莉雅在某種程度是安全的吧。

沒被深入追問，以及卸下重擔叫人鬆了一口氣。

「再來要委婉地跟羅茲瓦爾以及那個蘿莉……說是委婉，要怎麼做啊。」

粗暴地搔頭，昴把羽毛筆夾在人中，伸展背脊。

等著處理的難題多到令人頭痛，儘管如此還是要竭盡所能用盡手段。可以的話，希望拉姆和雷姆，當然還有羅茲瓦爾跟碧翠絲，都能一同平安無事地度過第四天。畢竟山頂的高度，並不構成不挑戰的理由。

「集中力不夠啊，該怎麼辦呢……喔。」

「打擾了，客人。」

將體重都靠在椅背，讓椅子發出吱嘎聲的時候，外頭傳來呼喚。

對方在昴回答之前就先開門，門一打開，看到的是粉紅色頭髮的女僕——拉姆。

拉姆捧著擺放冒熱氣茶杯的托盤，看到面向寫字桌的昴後抬起眉毛。

「唉呀，您真的在唸書呢，客人。」

「妳超級失禮的耶，雖說是暫時，但我現在好歹是宅邸的客人喲。」

「是名為食客的寄生蟲。我是這麼認為的，客人。」

大膽說出內心話，闖進房間後，拉姆開始為昴張羅熱茶。

從旁望著她工作的樣子，昴沒有隱藏拉姆的話所帶來的苦笑。

名為食客的寄生蟲——這個說法再正確不過。

「請喝茶，客人。」

「喔，謝謝，好燙好燙好燙。」

俯瞰接過來的茶杯裡頭，琥珀色的液體冒著熱煙，水面泛起波紋。這世界的茶，不論外觀還是味道都跟紅茶類似，連享受茶香這點也一樣。

拉姆態度雖然冷淡，但在泡茶的程序上倒是挺有模有樣。

看過她洗鍊的動作，昴慢慢品嚐剛泡好的茶，然後點頭。

「嗯……果然很難喝。」

「這可是羅茲瓦爾宅邸裡能拿出來的最高級茶葉，客人卻說出會有報應的感想。」

「苦的東西再貴喝起來還是苦。不行，我果然只把紅茶當成葉子，這是植物的味道。」

昴被苦到連臉都皺起來。翻白眼看他的拉姆，像是理所當然似地拿起自己帶過來的茶杯，毫不客氣就坐在床上伸直雙腳。

「堂堂正正在客人面前打混，妳的大膽叫我無話可說。」

「『更放鬆一點。』一開始這麼說的是客人吧？拉姆也是為了回應這要求才刻意這麼做，至少應該要感謝拉姆。」

「神清氣爽地推銷觀點到這種地步，反而很新鮮呢。」

互不相讓到最後，昴雙手高舉表示投降，同時讓椅背發出更大的聲響。邊聽這聲音邊用紅茶濕潤嘴唇的拉姆，突然斜眼看昴。

「那麼，兩天後要外出的客人，習字稍微有進展了嗎？」

問得這麼直接，昴忍不住微露苦笑。

——第三次的輪迴開始後，目前已到第二天的晚上。

在這一次的輪迴中，昴在豪宅裡的立場與之前有了一百八十度的大轉變，成了客人。這當然是在最初的早餐場合，由昴主動提出。

要求獲得客人待遇的昴，這次住在客房，由雷姆和拉姆照料生活，還得以繼續上次學習文字的課程。

——這一切，都是為了製作不落口實就能離開宅邸的理由。

在內心演練未來的構想，手指同時在別的意識下繼續模仿書寫I文字。機械式的動作寫到讓人厭煩，而且根本沒進到腦子裡。

「那臉呆樣是在專心嗎？還是平常就這樣？」

「看到現在正朝文藝青年突飛猛進的我還敢這樣說，望著專心一志面對書桌的背影，都不會怦然心動嗎？」

「真是欠缺格調的發言，還有這些潦草的字——文藝青年聽到會厭惡的，客人。」

「我至今還沒看過像妳這種除了客人兩個字以外，其他話都帶著不屑的女僕呢。」

昴含恨的話被爽快無視，拉姆一臉索然無味，翻閱被文字埋沒的書頁。瞪著表情沒有變化的拉姆側臉，同時為像這樣縮短距離的態度感到納悶。

和之前身為佣人所得到的待遇不同，這次跟拉姆她們的接觸點很少。正因如此，除了追著愛蜜莉雅跑的時間之外，全都像這樣窩在房間裡頭寫字認字，不過偶爾會跑去戲弄碧翠絲。

所以跟拉姆與雷姆兩人，只能以佣人與客人的距離感對待彼此。儘管如此，拉姆還是會像這樣找到空檔就來昴的房間，像朋友一樣跟昴說些不拘小節的話一同度過時光，這實在叫人不得不覺得奇怪。

「麻煩請停止視姦拉姆，拉姆會賞你耳光喔，客人。」

「我會在腦中做粉紅色妄想的人就只有愛蜜莉雅而已啦。啊，對了。」

為了掩飾尷尬而別過眼，結果視線盡頭擺著一本紅褐色書皮的書。被挑出來看的這本書，是用來當參考書的童話集，現在終於也能稍微理解部分文字了。

「也就是，時間夠了，該是享受一下苦讀的成果了。」

「盡是些不知道會很丟臉的常識性話題。如果想裝文藝青年，至少要先認得這部分的I文字。」

「我裝成文青讓妳這麼火大？」

拉姆沒有回應昴的這個問題，而是拿起留在桌上的杯子把茶喝下肚，那原本是昴的飲料。

「喂——我沒聽過有服務生把送來的茶全部喝掉的喔。」

「反正會用難喝的表情來喝，乾脆就不要喝了吧。對茶來說，給有饕客之舌的人喝掉還比較高興。」

「都說感想是有葉子的味道了……啊啊，算了，我要專心看書，看妳是要回去還是殺時間，隨便妳了。」

粗魯地揮揮手後，昴就靠著椅子翻開童話集。一開始是作者的序文和目錄頁，進入本文之前的順序都是熟悉的書本格式。

「我看看，是從這邊開始吧……很久很久以前——」

果然不管是那個世界，童話故事的開始都一模一樣。莫名接受的同時又繼續看下去，因為是童話，所以故事的起承轉合十分明快簡潔，以讓小孩子看得懂為優先，想像空間很多也是童話的要素。

「帶有教訓意味的劇情很多，這點也一樣呢。也有哭泣的紅鬼這類的故事。」

順帶一提，在日本的童話故事當中，昴最喜歡的是《哭泣的紅鬼》。不過被問到最討厭的童話，他也會回答是《哭泣的紅鬼》。

最喜歡也最討厭的故事，就是《哭泣的紅鬼》。

「BAD END和BITTER END全都去吃屎吧，結局全都幸福快樂不是很好嗎？」

「在你述說深度感想的時候打擾很抱歉，你看完了嗎？」

「看完啦，享受微妙的常識感落差意外的有趣，這樣簡直就像是異文化交流的感覺。我也來進口幾個我家鄉的童話故事吧？像是《哭泣的紅鬼》。」

「哭泣的紅鬼……？」

對於昴思考異世界著作權問題的低語，拉姆眼簾輕顫。看到她難得有反應，昴挑起眉毛。

「那是我家鄉的童話故事名稱啦，不然我說給妳聽看看吧？」

昴立起手指提議，但拉姆沒有回應。只不過，從她依舊坐在床上，手放大腿眼神看向昴的舉動，可以得知她在催促昴說下去。

「那麼，就仔細聽好囉，《哭泣的紅鬼》。很久很久以前，有個地方……」

從陳腔濫調句子開始的童話──《哭泣的紅鬼》，是想和人類做朋友的紅鬼及其友人藍鬼所編織出來的友誼故事──是一個無傷大雅的故事。

山上住著兩隻鬼，紅鬼為了與村民打好關係而不斷釋出善意卻失敗，最後藉由懲罰在村裡作亂的藍鬼，弭平與村民之間的鴻溝並成為朋友作為結束。故事到最後藍鬼會離開，紅鬼對藍鬼不惜遠走來表達友情的方式感到難過，頹然跪倒在地痛哭流涕，那就是這樣的故事。

「紅鬼反覆看著留在藍鬼家前面的信，流下眼淚……結束。」

雖然簡略，不過還是對拉姆講完這個童話。這是昴看過好幾次的故事，他盡可能留意用字遣詞，避免摻入個人意見。

聽完故事後拉姆垂下目光，昴維持講完故事的姿勢等她開口。沒多久，拉姆小聲吐氣。

「……好悲傷的故事。」

聽拉姆小聲地這麼說，昴點頭認同。

「對啊，不過，我認為這也是個溫柔的故事。」

「拉姆覺得登場人物不就只有笨蛋而已嗎？不管是紅鬼、藍鬼，甚至是村民都一樣。」

「那可真是……嗯，很辛辣的感想，不過我也無法否定就是了。」

三方思慮都欠周詳這點是事實，只有被騙的村民一無所知，兩隻鬼若是能再多討論商量，應該就能達到更好的妥協點。至少，未來這兩人一定不需要永遠分離。

「所以說，我最喜歡也最討厭這個故事了。藍鬼犧牲自己真的很酷，但不求回報到跟個傻子一樣，我是那種希望認真就會有回報的類型。」

「客人是這麼想藍鬼的嗎……不過拉姆卻覺得紅鬼才是無可救藥的那位。」

拉姆的回答讓昴抬起頭，但她沒有看昴，而是咬唇繼續說下去。

「把自己的願望牽扯到藍鬼身上，結果自己什麼都沒失去，就只是讓藍鬼犧牲，導致了悲慘的結果，至少拉姆是這麼認為的。」

「那麼，妳認為他們該怎麼做才好？」

「……紅鬼要是真心想跟人類交朋友的話，只要折斷頭上的角到人類村莊就好啦。應該要在藍鬼離開之前，先對自己千刀萬剮才對。」

「又提出很極端的意見了，喂！」

「有嗎？」說出的誇張意見讓昴提高音量，不過拉姆卻無動於衷地輕輕摸自己的短髮，邊玩弄髮飾邊繼續說道。

「為了得到什麼就該付出的代價，牠讓藍鬼承擔這才叫過分。既然想要友情的是紅鬼，那受傷的也應該是紅鬼才對，剝奪這機會的藍鬼也有問題。」

「別用那麼嚴厲的審視法咩，妳是對鬼有什麼深仇大恨嗎？」

「——客人，您會想和哪一隻鬼當朋友？」

「哪一隻鬼？」

面對拉姆的提問，昴眨了眨眼，這問題他從未想過。

拉姆點頭，雙手伸向昴，然後各豎起一根手指。

「是只會拜託人還要別人擦屁股的紅鬼，還是沉浸在自我犧牲中的笨蛋藍鬼，哪一個？」

「感覺是看說法的二選一……而且我個人的話，會設定嶄新的村民吧。」

在《哭泣的紅鬼》中從未被討論過，但站在村民的立場思考是很稀奇的事。不管怎樣，昴凝視拉姆伸出的雙手，稍微猶豫後這麼回答。

「……無聊的答案。」

「別這麼說嘛，看過《哭泣的紅鬼》後，我會想要魚與熊掌兼得也是人之常情吧？」

昴伸手輕輕按住拉姆的雙手。他的回答讓拉姆吐出嘆息，瞪著碰到自己手的昴。

「一個利己，一個利他，過頭的話兩方都是讓人不想待在身邊的類型。」

「過頭嗎？那就由近在身旁的傢伙告知不就好啦？想要交朋友的紅鬼也好，還有想幫紅鬼交朋友的藍鬼也罷，都不是壞蛋吧？比起那種不分青紅皂白就幹掉窩在島上的鬼的正義代表，我更喜歡這種鬼呢。」

朝燦笑的昴嘆氣，拉姆鬆開被抓的手指，看著自己的雙手。手被揮開的昴聳聳肩，重新坐回椅子，再次面向拉姆。

「是說，《哭泣的紅鬼》蠻受拉姆小姐喜愛呢。」

「兩邊都想友好，客人根本是花心又優柔寡斷，總有一天會後悔。」

「我記得的不是那種故事吧!?鬼的故事怎麼突然變啦？」

拉姆對昴的大叫轉頭不理，輕輕拍手結束這個話題。那性急的態度叫人掛心，不過在說出口之前拉姆指著桌上的書說：

「客人故鄉的童話先不提……對這邊的故事有什麼印象嗎？」

「這個嘛……在意的果然是中間的龍的故事，還有最後的魔女故事吧。怎麼想就這兩個特別不一樣。」

翻閱童話集的昴回答。在這本書中，讓昴最印象深刻的就這兩篇，其中一篇根本是特殊待遇，而另一篇簡直是……

「魔女的故事嘛——因為不能記載所以就只寫能記載的部分，這份草率執行得有夠徹底，起承轉合什麼的ALL無視，就只有概要而已。」

「……魔女的故事會這麼寫是沒辦法的。龍的故事會有特殊待遇，是因為這裡是露格尼卡囉。」

「喔，是說『親龍王國露格尼卡』吧？這名字的由來我總算知道了。」

把童話集放在桌上，昴一邊點頭一邊將手放在封面。

現在，昴所身處的大國被稱為「親龍王國露格尼卡」。

以世界地圖來看，這個位在世界最東方的國家會被叫做「親龍王國」是有理由的。

理由很簡單，因為這個國家在很久以前就跟龍締結盟約，由龍守護。

「饑饉、疾病，與別國戰爭——每當露格尼卡陷入各種窘境，龍就會出借力量保護這個國家。」

「所以才會在國名前面加上『親龍王國』。根據童話內容，是由王族和龍訂下盟約，這個與其說是童話，更像在講古。」

「沒錯，因為是事實。就連現在，尊貴的龍依舊在遙遠的彼方——大瀑布那裡看守這個國家的安寧，直到完成與王室的約定。」

拉姆嚴肅地告知，昴吞嚥口水專心聆聽。

在久遠過去與龍的約定——雖然童話裡沒有描述這個內容，但卻是拯救王國度過無數次危機的約定。

想到這，昴突然發覺一件事，龍締結盟約的對象若是露格尼卡王族……

「唉呀，可是和龍簽約的一族……不是在前陣子滅亡了嗎？」

「是的，在很短的時間內。」

「這樣不是很糟糕嗎？不對，我完全不知道是什麼東西怎樣個糟糕法。」

龍為了守約而盡心盡力，那約定的代價應該也不輕吧？然而應該支付代價的王族卻擅自全滅，那截至目前為止的負債要向誰去討呢？

「龍在索求什麼，沒有寫在童話裡所以無人知曉。就現今的狀況來看，龍會有什麼動作，只有神知道……」

說到此，拉姆停頓換了口氣繼續說：

「不對——是只有龍知道喔，客人。」

昴倒抽一口氣，明明不熱，卻感覺額頭冒汗。

咀嚼方才拉姆說的話，吞入，在胃中攪拌吸收後吐氣。能與擁有強大力量的龍交涉的人，唯有站在王國頂點的人。亦即，是昴也認識的少女。

「愛蜜莉雅身上的壓力非比尋常啊。」

「是的，背負一個國家，肩扛國家的命運，面對保護或毀滅僅憑一念的龍——光是想像，又能寫一篇童話。」

愛蜜莉雅翻閱這本童話集露出的複雜表情，是在上一次輪迴的最後一晚。翻頁的手會停下的理由，如今昴總算是領悟了。

愛蜜莉雅懷抱之物的龐大與重量，遠遠超越昴的想像。那纖細的雙肩背負了多沉重的責任，光想就足以讓內心哀嚎。

「這是無可奈何。」

「——啊？」

「每個人都有與生俱來的資質，資質伴隨著責任。愛蜜莉雅大人生來就有他人所沒有的資質，因此不管那條路有多艱險，都必須走上去。」

「讓一個女孩子，背負所有重擔？」

「要是有可以一起提行李的人就好了。不過，在總有一天會攀上的頂峰，必定只有愛蜜莉雅大人一人。」

不清楚來源的怒意使昴的聲音顫抖，對此，拉姆的聲音冰冷又理性。注意到那是為了不刺激自己的怒意而有的顧慮，昴垂下肩膀。

朝拉姆大發雷霆根本是不講理，愛蜜莉雅背負的重責大任並不是拉姆的責任，昴原本就沒有發火的資格。會生氣，是因為非常懊惱。

「對了，拉姆。還有一個故事……」

道歉好像怪怪的，於是昴指著童話集想要改變話題。

與書本中間明顯受到特別對待的龍的故事成反比，書末有個只用幾頁就打發的故事。

標題是『嫉妒魔女』。

「這個魔女的故事……」

「拉姆不想講。」

一口回決。明明龍的故事就說那麼多，現在卻講得像要斷絕關係。

在不禁瞪大眼睛的昴面前，拉姆迅速收拾茶杯和托盤，然後起身。

「待太久了，不能給雷姆添太多麻煩，拉姆差不多該回去了。客人，晚餐時間會再上來叫您。」

「喔、喔……」

以不容分說的態度背過身子，拉姆迅速走向門口。不過，卻在碰到門之前停下腳步，回過頭對被拋下的昴說：

「方才的故事……就是紅鬼和藍鬼那個。」

「喔，嗯。《哭泣的紅鬼》怎麼了嗎？」

「請不要講給雷姆聽，那孩子一定會討厭那個故事。」

是要怎麼說，跟雷姆之間的話題從未跳到童話上頭。儘管如此，昴從拉姆像是叮囑的話語裡頭感受到壓迫感，因此只能輕輕點頭。

看昴首肯，拉姆這才真的離開房間，昴則渾身虛脫地倒在床上。

拉姆最後的態度，是禁止對雷姆講童話故事，但根本沒必要這麼嚴肅。

「搞什麼嘛，那個態度……」

對著天花板抱怨後，昴拾起童話集翻動書頁。

最後一篇，『嫉妒魔女』是僅有四頁的超短故事。

「可怕的魔女，恐怖的魔女，連叫她名字都會畏懼，每個人都這麼叫她：『嫉妒魔女』……」

毫無起承轉合，內容只是一個勁地在傳達魔女有多恐怖。用小孩子也看得懂的文字來描述，光是這點就覺得十分乏味又直接到叫人毛骨悚然。

「明明是我用功學習後終於看得懂的書……」

感覺達成感和滿足感，甚至連最後的爽快讀後心得都一同被糟蹋了。

昴在床上打滾，將童話內容趕出腦子。接著思考的，是只剩下兩天時間的本次輪迴測試。

花上明天一整天來做足準備後，兩天後的早上就要付諸行動。

——擊潰無止盡的不安，不知不覺間昴的意識落入睡眠中。

5

住在豪宅裡頭的人們（只有四人，碧翠絲沒來）站在玄關大廳目送，昴順暢地說完離別的招呼語。

「那個——雖然時間很短，但感謝各位的照顧。」

因為昴要求逗留羅茲瓦爾家三天，約定的期限已到，踏上旅程的早晨來臨。

穿著運動服，提著塑膠袋的昴雖然還是初期裝備，但背上背著裝有羅茲瓦爾好心給予的道具袋。沉重的道具袋裡頭似乎裝了為數不少的金錢，據羅茲瓦爾的說法，這是「愛蜜莉雅大人那件事的謝禮」。

「真的不要緊嗎？可以幫你叫龍車，讓你坐到王都的……」

在送行的人當中，直到最後都在對昴說話的愛蜜莉雅，表情裡的擔心色彩十分濃厚。她關心自己的態度讓人開心，不過昴用力拍胸膛。

「不要緊，我就是想悠悠哉哉地慢慢走。總有一天，當我成為配得上愛蜜莉雅，又強又聰明又有錢的男人時，我會騎著白馬來擄走妳的。」

「有沒有帶手帕？飲水跟拉格麥特礦石，還有那個還有那個……」

「妳是老媽子啊？」

愛蜜莉雅擔心東擔心西的，最後還說：「一個人會不會怕寂寞睡不著？」自己到底是被認為有多黏人啊？還是說她憑直覺感受到昴一直在壓抑胸口不安的真心？

「那——麼，昴，要保重喔。雖然時間很——短，但很愉快。伴手禮可別弄丟了，因為我稍——微加碼了和你這三天份的回憶。」

羅茲瓦爾眨眼要求握手，察覺到他意圖的昴回握他的手，同時晃動背著的道具袋發出聲音。

「封口費嘛，我知道。我不會多嘴的，我對龍發誓。」

「和你接觸似乎會遺落詭計的價值呢。還有在這個國家，對龍起誓可是最高級的誓言，我不是懷疑你，不過還請千萬不要忘——記。」

昴舉手回應羅茲瓦爾的叮嚀，接著將舉起的手朝站在小丑身後的雙胞胎伸去，拍打默默佇立不動的兩人肩膀。

「也承蒙兩位的超級照顧了。特別是雷姆，謝謝妳總是做出美味可口的飯菜。拉姆的話……嗯，有什麼咧……妳打掃廁所很靈巧？」

「姊姊、姊姊，客人的恭維話拙劣到叫人絕望呢。」

「雷姆、雷姆，客人的恭維話沒格調得要命呢。」

「吵死了，我是真的想不到啦。不過，多謝啦。」

朝所有人道別後，在依依不捨前推開玄關的門。

走過宅邸入口，穿過前庭跨過鐵門，就是一條筆直通往阿拉姆村的森林道路。基本上是沿路走到城鎮，途中再叫龍車前往王都——這是昴的假計劃。

「昴，真的很謝謝你，要是有什麼事，你隨時都可以來。」

直到最後的最後，向一直說著溫柔話語的愛蜜莉雅告別，被眾人送行的昴踏上前往阿拉姆村的道路。銀髮少女在宅邸不斷揮手，直到看不見昴為止，那動作處處透露出可愛，因不安而變小的使命感再度燃燒起來。

——走在森林道路一陣子後，停下腳步的昴警戒地看向周圍，確認沒有別人的氣息和視線後，就離開道路走進森林。儘管拉姆她們曾叮嚀野生動物很多所以進入森林會很危險，但昴依舊不為所動。

無視忠告，分開草木往森林深處邁進。爬了好幾個斜坡，不時被樹枝或粗糙的樹葉給劃傷，但他的速度都沒有慢下來。

就這樣在山中挺進了十五分鐘左右吧。

「好，就是這裡。」

視野脫離一片綠意，高聳的天空迎接昴。在越過數個森林斜坡後，昴抵達了位在山間地勢偏高的小丘陵，可以從面前的懸崖俯瞰眼前的房屋。

這裡是可以從山中眺望眼熟的豪宅——整間羅茲瓦爾宅邸的位置。

繞過林道，經過森林和山丘後才能抵達的絕佳觀測點。

「特別是愛蜜莉雅的房間看得一清二楚，要是發生什麼異狀，馬上就能知道吧？」

遠遠的可以看見愛蜜莉雅的房間窗戶，雖然看不見裡頭，但確實是發生騷動或異狀就能目視到徵兆的位置。第四天的晚上，異狀必定會在這個時間點到來。

「也就是今天晚上。再來，就只要等事情發生。」

現在是早上，離昴被殺害的時間還有十六個鐘頭——必須保持集中力。

這次不當佣人所以不用工作，徹底休養的結果，精神和體力都充實飽滿。

事前察知羅茲瓦爾家的異狀，創造不管發生什麼事都能立刻衝進屋子裡的條件，那是昴在這一輪所準備的以奇襲為前提的作戰。

留在屋子裡，襲擊者詛咒的對象就會包括昴。

缺乏迎擊手段、戰鬥力又低的昴，根本無法和襲擊者抗衡。在對刺客的情報極為渴求的現在，那正是致命傷。

既然如此該怎麼做——昴所導出的答案，極為簡單。

「這次要和死亡做切割，認清來襲者以及掌握遇襲狀況……而且要做到徹底。」

從之前的兩次經驗，昴判斷這次的襲擊是與王選有關的暗殺行動。不知道目標是否有包含關鍵的愛蜜莉雅，還是只是殺害她身邊的人以茲警告。不過，由於兩次昴都有被殺，因此所有人都被殺害的可能性很高。

「對策是否有效姑且不論，羅茲瓦爾也有在警戒的樣子呢……」

腦中浮現身著小丑裝扮的貴族——羅茲瓦爾，昴假設他沒有蠢到會讓未來的女王愛蜜莉雅陷於毫無防備的狀態。

布署在屋內的拉姆和雷姆，這兩名佣人的存在強化了這個假設。

「老實說一開始，只靠兩名佣人維護這種規模的豪宅，還以為他腦子有問題呢……」

兩名女僕的忠誠心毋庸置疑，主從三人用長期相伴所構築的信賴關係結合。拉姆過頭的真誠之愛和雷姆的敬意，只要看過就能了解。

羅茲瓦爾恐怕是只配置了不用擔心會背叛的人物，固守愛蜜莉雅的周圍。

若假設為真，幾個月前有一名女僕辭職的事實，拉姆對不增加佣人人數的提問含糊其詞的真意，都能得到解釋。

「問題在於這樣的警戒是否有發揮作用。刺客來襲的時候因為我死了所以不知道，只有我死的話倒還好……不，一點都不好。」

羅茲瓦爾的對策，無法連不算在策略內的昴都保護到是沒關係，不過怕就怕，策略中的主要人物愛蜜莉雅也被波及到。

而且昴從在王都三次、宅邸兩次的死亡經驗中，體會到現實中不管再怎麼嚴加戒備，敵人都是從容不迫地伸出魔爪破解。

狀況當然要預想到糟糕、甚至最惡劣的情況。

「最糟糕的情況，就是羅茲瓦爾毫無警戒導致愛蜜莉雅被暗殺。當然，羅茲瓦爾、拉姆和雷姆，甚至連碧翠絲也都會被殺……唔，可惡。」

光是想像厭惡感就插入胸口，那是最糟的戲碼。

雖說是為了避免那種狀況發生，可是決心脫離戰場從外側俯瞰事態的自己，理由正當合理到叫昴想吐。

當然，無法做到如此絕情的昴張開了好幾道防線，也有意在發生事故時就立刻衝進屋子到處通報有敵人來襲。

「要是對方是那種會因為我叫喊就嚇跑的慎重派，那就謝天謝地了。」

邊道出期望的發展預測，邊從道具袋裡頭拿出繩索。這是從宅邸倉庫借來、長度很長的繩子，昴將繩子牢牢綁在身旁的樹幹和自己腰上。

要是直接拿來當逃生繩索會因為重力加速度而死，因此在長繩中間打了好幾個結。

「再來就是切斷繩索用的刀子……拿來用在這種地方，會被罵吧。」

邊說邊拿出的刀子，是已經熟悉操作手感的愛刀「流星」。

本次的輪迴昴是徹底的食客，因此今天是第一次拿起，不過……

「其實，重來的四天和再之前的四天，已經用過無數次了。」

在當忙於雜務的佣人期間，昴在廚房的主要工作就是削蔬果皮和清洗餐具。愛刀「流星」就是負責削下像馬鈴薯的蔬菜和凜果的皮，還有不時切割昴的手的水果刀。這次，因為計劃裡需要刀子，因此就自然地拿走了這把刀。

「只是切斷繩子還好，最糟糕的情況……啊。」

刀子不只是用來幫助自己逃脫，也要在有什麼萬一的時候負責傷害自己。

昴想到對抗詛咒的手段，就是以自殘來刺激痛覺，驅散難以抗拒的睡意。

在更糟的情況下，這把刀有可能會刺向敵人。而在真正糟糕的情況下——

「用來自殺啊。唉……我辦得到嗎？那麼可怕的事……」

不覺得怯懦膽小的自己，能夠這麼輕易了斷生命。

刀刃映照出自己的臉，昴喉嚨抽動，露出自嘲的笑容。

看著手中的小刀，掠過腦海的是與拉姆和雷姆之間的記憶。

斥責昴用刀方法爛到極點的拉姆，以及用不耐煩表情斜眼看昴被刀子切到手的雷姆，每次都會被罵不要拿刀來切奇怪的東西。

「……會被罵吧，因為又把刀子拿來用在錯誤的地方。」

被拉姆瞧不起、被雷姆嫌棄、被痛罵的自己，昴可以清晰地看到這些幻覺。

啊啊，那樣的光景實在——

「會被罵吧……那就罵吧。」

願望脫口而出，期望能平安無事，再度被那樣的日子給埋沒。

「我不想死——也不想讓大家死。」

像是說給自己聽，昴回想起才剛分別的人們。

為了在下一輪突破輪迴，昂決定將愛蜜莉雅他們當成棄子。這次跟上一輪一樣，昂跟他們締結了確切的羈絆，然而這次卻要犧牲他們。

按住發疼的胸口，這是懲戒，當然的報應，天經地義要承受的懲罰。

昂以失去為前提來擬定策略，所以這是絕對、必須接受的罪過。

帶著沉痛的心情接受，心裡懷著憐惜承受。

彷彿用手指擴張創造出來的傷口，挖肉割骨。昂就是忍著這份苦痛，度過這失落的四天，為了不要忘記一切。

「應該說過了吧，菜月・昂。輪迴發生的時候，即使大家都忘了……你也要記住。」

所以說這次輪迴發生的事，不可以當作忘了也沒關係。

直到最後一分一秒，昂都必須不斷去追求想要的HAPPY END，沒人有權利去認定愛蜜莉雅他們的存在是要消失在時間夾縫中的泡沫。

安靜地趴在地上，從樹叢縫隙間監視羅茲瓦爾宅邸。昂壓抑呼吸聲，鎮定原本很緊張的身體脈搏，將覺悟沁透全身。

前所未有，自己的身體遵從自己意思的感覺。

將身體交給這難能可貴的感覺，昂靜靜地等待時間到來。

6

時間已到傍晚，夕陽的耀眼橘光照耀在昴所在的丘陵。

在陽光下眯起眼睛，昴活動緊張的身體，鬆弛僵硬的手腳。

開始監視宅邸後，已經過了八個小時。這段期間，屋子裡頭沒有任何異狀，極其安穩。沒錯，本來入夜之前屋子裡頭都很和平的。

「這麼說來，這次雷姆沒有外出採買呢……」

在第四天的傍晚以前，本來會發生與雷姆購物的事件，但這次沒有。單純是多出了昴一人份的食材，所以沒有必要採買吧，真是微妙的事件差異。

想到就想笑，昴察覺到自身的緊張感鬆弛於是拍了拍臉頰，現在可不是中斷集中力的時候。

「還要再等個八小時，哪是回憶傻笑的時候啊。專心點，專心——」

話才說到一半就中斷。

不知是幸運還是不幸，因為「那個」就是瞄準了昴改變心情的瞬間。

「——唔！」

耳膜捕捉到些微奇特聲響的瞬間，昴的身體毫不猶豫地退向旁邊。

除了投入所有感官外，這也是事前就決定的閃避行動。

緊接著，聽到超重物體攔腰壓斷樹木的破碎聲。被砍倒的樹波及周圍，樹葉和樹枝折斷散落的聲音交雜狂舞。

昴衝出那裡，一口氣縱身躍下懸崖。

「——呃啊！」

即使咬緊牙根依舊無法壓抑部分慘叫，內臟品味墜落時翻騰的浮游感。不過，墜勢才兩秒就因逃生繩索而中斷，被勒緊的痛苦叫人哀嚎。

「緊急……逃脫了……！」

用刀子切斷繩索，再度墜落的期間，鞋底拼命抓住傾斜的岩壁。打滑，撞到肩膀，但還是設法粗暴地降落地面。昴連鬆口氣的時間都沒有，就開始奔跑。

為了讓身子變輕，連道具袋都扔了，毫不顧慮儀容，邊喘氣邊說：

「看到了！呼哈……嗯，看到了！」

奇襲昴、撞倒群樹的物體——那是約有人類頭部大小、帶刺的鐵球。可說是讓保齡球具有殺傷力的物體，是個以連接綿長「鐵鍊」為特徵的武器「流星錘（Morning Star）」。

趴著不動的昴所聽到的金屬聲來自鐵鍊，音色簡直就跟那凶器沒什麼兩樣。

目擊到威力和凶惡度後，直到現在昴才開始牙齒打顫。

那樣的質量伴隨準確度飛過來的話，承受直擊的身體會四分五裂也不奇怪，昴的半邊身體會被打飛也是可以理解的。

「可是……竟然是攻我這邊！」

踩踏樹枝，越過山溝，跑遍立足處惡劣的山路，昴邊跑邊吐口水。

襲擊昴，是預料之舉。
就跟襲擊宅邸一樣，敵人也有可能會攻擊離開宅邸的昴。如果目的是殺光相關人士，那昴當然也會是目標。
「可是那是以知道我在那屋子裡待了好幾天為前提！」
襲擊者從幾天前就在監視豪宅，擬定綿密的計劃。
因此，才會將離開屋子的昴視為目標之一，朝著警戒來襲的他攻過來。
「——嗚！」
喘不過氣，肺臟好痛，腳像要打滑，剛剛也差點跌倒。
太過拼命結果迷失了方向，以不跌倒為優先狂奔在獸徑上，對持久力沒有自信的昴，在紊亂的呼吸中為眼前的光景咂嘴。
「我根本沒逃出敵人的手掌心啊。」
停下雙腳的前方，聳立著大片懸崖，彷彿要將人監禁起來，昴悔恨地呻吟。
可以窺見堅硬銳利碎片的石壁，是抗拒讓人攀爬和踏腳的自然要害。當然，現在的昴沒有可以穿越這裡的手段。
回過頭，深呼吸調整亂掉的呼吸，擺開架勢。
正前方，森林裡頭的黑暗不知不覺變得深沉，被林木遮住夕陽的這個空間裡，充滿了與世隔絕的寂寥感。

「要來的話就來呀……！」

用堅決驅趕洩氣，昴拉開運動服拉鍊脫下上衣。雙手拿著攤開的上衣嚴陣以待，靜靜等待襲擊者的到來。

被追趕、被逼到絕境，昴如今不過是陷入捕食者陷阱的無力獵物。但是，昴可沒可愛到被乖乖吃掉。

他要收取與犧牲相對應的代價。

——剎那間，暴力自黑暗彼方帶來了鐵鍊音色，高速飛過來。

「我可是……毅力滿滿啊!!」

致死一擊逼至眼前，昴的身體展露出超越常識的反射性。

舉起雙手架著的上衣，從正下方套住飛過來的鐵球，讓飛行路線偏離，成功地以毫米之差避開了直朝身體而來的撞擊。不過，上衣被硬生生擰下，昴的身子也跟著無法止住的衝擊被撞到岩壁上。

但是，抬頭看到偏離目標的鐵球陷進山壁的瞬間，心想計劃成功的昴跳了起來，牢牢抓住伸直的鐵鍊。

然後他瞪向鐵鍊的另一頭——也就是握著武器的來襲者方向。

「喂，現身啊，王八龜孫子！為了見你一面，我可是費盡千辛萬苦耶！」

昴用怒吼謾罵來振奮自己。

一手握著鐵鍊，另一手重新握住用來切斷繩索的刀子，情況惡劣的話，他已有朝襲擊者揮刀的覺悟。如果有那必要，昴是不會猶豫的。

他凝神盯著黑暗看，有自信不管出現什麼樣的對手都絕不會看漏。

雖然方才陷入窮途末路的絕境，但還是撿回了小命，搞不好這次不需要犧牲任何人，就能擊退來襲者。

在一度放棄的狀況中，昴拼死伸向那樂觀的光明。

光明裡頭有愛蜜莉雅、女僕姊妹、傲慢少女和羅茲瓦爾。昴不禁忘記現狀，聚攏收集在這世界早已不存在的與他們之間的回憶。

有好幾個約定想要完成、想要締結，如今卻沒能傳達出去。

接著……

「——沒辦法了。」

鐵鍊發出聲響，感覺伸直的鍊條因主人接近而垂落。

但是，撇開那細微的感覺不談，昴為眼前的人物瞪大雙眼。

嘴唇顫抖，不成聲的聲音化做呻吟溜出喉嚨。手指不知不覺放掉握住的鐵鍊，脖子像抗拒現實一樣無力地輕輕左右搖晃。

踩著草，踏過樹枝，少女從黑暗中緩緩現身。

身穿以黑色為基底的短圍裙洋裝，頭上戴著白色髮飾，手上緊握鐵製握柄，上頭用鐵鍊連接著與嬌小身軀完全不搭的鐵球。

「要是在什麼都沒察覺的情況下被雷姆了結，對你來說是最好的結局。」

搖曳著藍色頭髮，眼熟的撲克臉歪著頭說。

「……騙人的吧，雷姆。」

一心想要保護的少女，竟在昴的面前揮舞凶惡鐵球。

7

瞬間，支配昴大腦的只有完全的空白。

甚至連否定眼前光景這類想倚靠的懇求念頭都沒有。

只有無止盡的純白，昴的思考就這樣被白色景致給完全覆蓋。

呼吸停止，停滯到連心臟都忘記跳動，而將昴從那裡解放的，是一滴沿著額頭流下的汗水，撫摸肌膚的感覺顯得格外冰冷。

但是，回到現實後迎接昴的，卻是想要否定現實的光景。

——不妙，不妙不妙不妙不妙不妙不妙。

接續空白埋沒思考的，是在焦躁感和混亂下變得亂七八糟的牢騷抱怨。完全無法好好思考，眼前的人真的是雷姆嗎？

貌似恭敬實則輕蔑，愛挖苦人卻又離不開姊姊，一板一眼到了神經質的地步，所有技能都贏過傲慢自大姊姊的好人──她真的是昴所認識的雷姆嗎？

望著戰意煙消雲散的昴，雷姆用空著的手撫摸自己的藍髮。

「如果不抵抗，也是可以給你個痛快喲？」

「──妳以為我會說『請務必那樣』嗎？去吃屎啦！」

「失禮了。說得也是，客人確實不是那種人。」

彎腰鞠躬的姿態太過背離現場的氛圍，雷姆的舉止就跟平常一樣，令人錯以為自己還置身在宅邸。

光是這樣，無法拭去雷姆手中粗暴傢伙帶來的異樣感。

「女孩子用粗壯武器，確實是浪漫的一種……」

連接鐵鍊的帶刺鐵球，是足以將命中的對手化為肉醬的致死性打擊武器。讓雷姆選擇這武器的，毫無疑問是興趣癖好惡劣之人。昴曾親身品味過那威力後壯烈成仁，雷姆可以自由操縱鐵球，可是通過實驗認證的。

一點一點地咬碎現實接納的同時，昴擠出話語以尋求突破。

「為什麼要這麼做……我可以問這種很俗套的問題嗎？」

「一點都不難，可疑即是罪，這是身為女僕的守則之一。」

「沒有『要愛鄰舍如同自己』的格言嗎？」

「雷姆的雙手已經滿了。」

想爭取時間但對方沒打算配合，跟昴一問一答的雷姆，視線片刻不離地看著他。現在只要一動，毫無疑問就會被殺掉。

儘管勉強活下來，但死過五次的昴，本能在尖叫的同時也敲響警鐘。

說是膠著狀態，但其實是單方面被逼迫。昴拚命地運轉大腦，想稍微擠出一點情報，還得小心注意力不能分散。

「——拉姆知道這件事嗎？」

驀地說出口的，是長相與雷姆一模一樣的姊姊的名字。

冷淡、嘴壞、態度差的三冠王，身為女僕的技能全都劣於妹妹的拉姆，對昴來說是在羅茲瓦爾家相處時間最久的人。如果連拉姆也跑到敵人那邊的話——那昴度過的那些日子算什麼。

「在被姊姊看到之前，雷姆會了結一切。」

所以雷姆道出的答案，出乎意料的可以說是昴渴求的回答。

在吐出一口長氣後，昴回瞪正面的雷姆。用舌頭濕潤嘴唇，眼神還透露著生機的昴令雷姆皺起眉頭。

「所以說，妳是擅自作主囉？明明沒有接獲羅茲瓦爾的指示。」

「雷姆會排除實現羅茲瓦爾大人悲願的障礙，你也是其中之一。」

「養了狗卻沒有好好教呢，被咬的路人A可沒辦法忍受——噗啊！」

「不准侮辱羅茲瓦爾大人。」

為了探查雷姆的本意，輕率挑釁的昴的側臉被鐵鍊打中，視野因打擊的力道而搖晃，發出銳利痛楚的左臉頰出現縱向的大片撕裂傷。

鐵球依舊插在崖壁裡，雷姆用彎曲的鐵鍊當成鞭子抽打昴。

因挑釁的發言而受傷，但這麼做是有價值的。

至少，雷姆對羅茲瓦爾的忠義是真的，而且深信把昴封口對羅茲瓦爾有益恐怕也是事實。因為她判斷昴離開羅茲瓦爾宅邸到外頭，會對支援愛蜜莉雅參與王選之爭的羅茲瓦爾造成不利。

也就是說──

「喔，原來如此──妳就這麼信不過我嗎？」

「是的。」

看她毫不猶豫地點頭，昴感受到彷彿被人拿利刃刺入胸口深處的痛楚。

這答案對昴來說不但掀起了討厭的預感，那股預感肯定還會讓在宅邸裡頭生活的所有場面換了色彩。

所以昴無法將那萌生的討厭預感說出口，只能堵在心裡。

只有嘲笑自己滑稽愚蠢的笑聲無法遏止。

「太難看了，我還誤以為自己幹得很棒。」

「姊姊她……」

「我不想聽！——吃我這招！」

放聲吶喊，在雷姆稍微猶豫的瞬間，昴從口袋掏出手機往前伸。

——接著，白光劃破沉入黑暗的森林，讓雷姆的動作在剎那間停滯下來。

「——喝啊！」

昴往前衝，鼓起渾身力氣用肩膀朝嬌小的身軀撞過去。

雖然雷姆能用不可理喻的臂力揮舞那暴力裝置，但單純相撞的話，論體格和體重是昴比較有利。在毫不留情的突擊下，瘦小的身體朝後方飛出，失去平衡地倒在地面。但昴連看都不看，一口氣衝過她身旁。

邊喘氣邊把空氣壓進肺臟，昴拼命思考並驅使雙腿。

如果這是雷姆的個人行為，那昴又可以勉強撿回一命。只要回到宅邸，跟雇主本人直接談判就有可能保住小命。可是，要是羅茲瓦爾的意見和雷姆相同，那就是逃離獅子的牢籠後又刻意衝進餓狼的牢籠的愚蠢行為。

「就算那樣……還有愛蜜莉雅……！」

在記憶中比任何人都閃耀生輝的銀髮少女，一定會相信昴說的話。

——身為王選競爭的當事人，她搞不好會覺得昴的存在很礙事，真的會相信昴說的話嗎？

「——!?」

一瞬間，自己的聲音掠過腦海，昴承受到彷彿被雷劈中的衝擊。

毫無疑問，自己用自身的聲音去懷疑愛蜜莉雅。

如今的昴，在懷疑自己一直以來認識的那個直腸子拼命三郎，為了他人毫不猶豫讓自己吃虧的少女。

「我……是為了什麼……唔！」

立場改變，想法也跟著改變。縱使如此，自己懷疑了愛蜜莉雅。

連想要保護和作為決心依據的人都懷疑，昴還能相信什麼呢？

質疑想保護的人的心思，被想要保護的人追殺，在山中逃竄卻一籌莫展沒有任何解決狀況的方法。

——什麼嘛，這次本來還打算徹底收集情報的。

結果，一旦威脅以預料之外的形式逼近面前，還不就只能邊噴灑生命邊緊抓活下去的希望不放。自己太驕傲，想法太天真，思考太淺薄了。

上氣不接下氣，幾乎是滾著跑過坡道，昴只能任後悔流淌而下。

灑落泣訴，淚水模糊視野。他的腳步慌亂，突然跑到沒有樹木的開放空間，昴看到夜色正逼近天空盡頭，然後——

「——啊？」

來自超高高度的風刃一閃，切斷昴右腳膝蓋以下的部位。

看到右腳下半部順勢彈跳出去，失去平衡的昴劇烈撞擊地面。臉頰的傷口在衝擊下再度出血，撞擊岩面的肩膀骨頭發出爆裂聲。彷彿直接電擊大腦的痛楚劈刺全身，昴發出慘叫。

「啊啊啊啊啊嘎！我、我的腳!?」

沒有痛覺，反而讓人覺得恐怖。

右腳膝蓋以下的部位消失，被切開的斷肢飛進樹叢後面。遲一步噴出的鮮血染紅大地，現在才來訪的痛楚蹂躪神經。

「唔──!!」

抓著地面，不成聲的痛苦大大提高。

按住傷口，身體胡亂舞動，空著的右手拍打地面、毆打樹木，指甲斷裂剝離，熱度讓意識沸騰。好痛苦、好痛苦，痛苦到要死了。

痛楚用銼刀銼削神經，感覺就像是體內的肌肉內臟都裸露在外，然後用刨刀刨成片。每一秒血液都以迅猛的速度流出體外，分分秒秒都在提醒自己正在死去。

「水之瑪那啊，請治癒他。」

突然，柔軟的手掌從上方按住昴瘋狂掙扎的身體。動作被封住後，用充血的雙眼巡視，昴才注意到穿著女僕裝的少女已經在自己身邊。

藍色頭髮的雷姆，原本要殺了昴的她，手掌凝聚青白色光芒，朝失去右腳的地方灌注溫暖的魔力。近似刺癢的感覺，來自於治療魔法。

痛楚並非完全消失，但在遠去的現實中，震驚支配了昴。

都到了這個地步，實在不知道雷姆治療昴的理由。承受昴的視線，雷姆的面容浮現淡淡微笑，就在從那裡看出微弱的希望時……

「要是讓你這麼簡單就死去，就問不到情報了。」

雷姆接著說出的話，讓昴深切明瞭那不過是虛幻愚蠢的樂觀。

結束應急治療後雷姆站起來，邊演奏鐵鍊的音色邊拉近鐵球。

仰躺在地面的昴，身旁就是在地面挖出一個洞的鐵球。近距離觀看更覺外觀粗俗草率，完全是只強化威脅性命功能的暴力裝置。

雷姆刻意把鐵球運到看得見的位置，她這麼做的意義充分地傳達了出來。

你的命現在在我的掌握中，這是為了讓昴容易理解而有的示威行為。

「——這個，先沒收了。」

說完，她便掰開彎起身軀的昴緊握的手掌。他手中握的，是與雷姆邂逅之後便彷彿僵硬得無法放手的刀子。

粗暴地掰開僵化的手指，雷姆拿起刀子後在手中旋轉。

「方才拿這個刺雷姆的話，應該就能逃得更遠。」

雷姆皺起眉頭，像是在說無法理解昴的不合理行為。

但是，在開始變弱的痛苦中，昴邊壓抑喘氣邊搖頭。

——要我拿那把刀子刺向雷姆，我做不到。

待在雷姆身後，按照拉姆的教導學習削蔬果皮的刀子，是一同度過吵雜卻溫柔時光的道具，怎麼能拿它刺進雷姆的身體呢？

——我沒有那樣的覺悟。

看昴默默無語只是一直搖頭，雷姆嘆氣，將刀子丟向森林的樹叢，然後敲響鐵鍊似在重振精神，接著用冷淡的目光俯看昴。

「雷姆問你，你是愛蜜莉雅大人敵對候補者陣營的人嗎？」

「……我的心一直都是愛蜜莉雅的。」

才說完，彎曲的鐵鍊就用力痛打昴的上半身。

逃跑時被樹枝等物劃破的衣服輕易地破裂，底下的肌膚也留下相同的撕裂傷，昴的慘叫響徹森林。

「你是被誰，用什麼樣的條件雇用的？」

「愛、愛蜜莉雅醬的笑容，無價。」

反手一揮，又是同樣的毆打，位置就跟方才一模一樣，絲毫不差。邊親身感受那卓越的技術，邊用痛苦的吶喊誇讚她的本事。

之後，又重複相似的問題和相似的答案。

問答幾次，鐵鍊的音色就奏響幾次，接著就是慘叫和哀嚎的大合唱。

每當意識快要飛到遠方，雷姆就會伸手用回復魔法治癒昴。往返於治癒與暴力的連環地獄中，昴的精神耗損殆盡，意識幾度中斷。

即使如此，唯有心靈不願屈服在雷姆的毆打下。

對昴頑固的態度感到疲累了吧，擦拭濺到臉上的血液，雷姆突然仰望天空。

「差不多該回去了，都來不及準備晚餐了。」

「……晚餐嗎？今天的菜色是什麼呢……」

「這個嘛，絞肉餡餅如何？」

「被、被當成晚餐我可敬謝不敏……」

面對直到最後都還在耍嘴皮的昴，雷姆終於用嘆氣來表現情感。然後一陣靜默，雷姆用比平常還要無情的雙眸俯視昴。

「——你，是魔女教的相關人士嗎？」

出現沒聽過的單字，昴困惑地皺眉。

那是根據現場什麼狀況出現的單字？因為不明白雷姆在問什麼，昴閉口無語。

「請回答，你是『被魔女附身之人』吧？」

「……被魔女附身？」

「請不要裝傻！」

雷姆激動不已，淺藍色的瞳孔充斥怒氣射向昴。從初次見面到現在這一瞬間，昴從未見過她這樣，這真的是雷姆頭一次展露出情感的樣貌。

雪白面頰塗上憤怒的朱紅，雷姆甚至露出殺意俯視昴。

「我、我不知道啦……原本我家世世代代……都沒信任何教派……」

「又在裝傻了——你渾身飄散濃厚的魔女臭味，還敢說沒有關係，裝蒜也該有個限度。」

憎惡。在雷姆瞪著昴的眼睛裡，可以看到黑色混濁的憎惡。在彷彿背叛至今所有行動意圖的感情漩渦中，昴感覺自己看見了雷姆一部分的本質，因此瞠目結舌。

「就算姊姊和其他人沒有察覺，但雷姆還是發現那臭味了！那股惡臭，罪人留下的氣味，叫人噁心和唾棄。」

在沉默不語的昴面前，雷姆用力咬唇彷彿在磨牙。

「看到姊姊和你說話，雷姆總是會不安憤怒得不得了。讓姊姊遭遇那種事的元凶，跟相關的人……竟然大搖大擺地闖進雷姆和姊姊的重要居所……！」

昴被不得要領的怨言撞擊，還被怨恨的吐氣毫不留情地籠罩。

「是因為羅茲瓦爾大人說要好好款待你，雷姆才做個樣子……可是連監視的時間都好痛苦，雷姆已經忍不下去了。」

然後雷姆揭露昴說不出口的決定性話語。

「縱使知道姊姊是裝作在照顧你，假裝跟你很親密！」

「──」

彷彿一口氣吐出累積已久的憎惡，恍若取回至今少有的情感，雷姆的激情拍打著昴。雷姆說完後肩膀起伏，用寄宿憤怒的雙眼瞪昴。然而，怒意卻突然為驚訝所動搖，因為……

「──為什麼啊？」

因為在口吐憎惡的雷姆面前，昴平靜地流淚。

「我知、知道啦……我有想過……」

喉嚨抽噎，上湧的熱淚接二連三地通過眼瞼滑落臉頰。任滂沱止不住的淚水流淌，昴邊哭邊斷斷續續地說。

「所以才會遇到這種事。雖然被溫柔對待，但我知道背地裡是有原因的，可是……我不敢問。」

什麼都不會的昴，以及將工作的基本功夫紮實教給他的兩人。

嘲笑昴連管家服都不會穿的拉姆，修改尺寸不合的外套，還教導穿法的雷姆。拉姆很有耐心地陪絞盡腦汁學習文字的昴，雷姆自約好剪頭髮以來很常盯著昴看，這種像被催促又像被在意的感覺叫昴覺得開心。

全都是忘不掉的溫柔回憶。

「我削蔬菜皮的時候終於不會切到手了喲，洗衣服的時候也知道清洗方法要根據衣服材質變換，打掃的話還在學習……」

四天之後又四天，雖然不期望技術會更上一層樓，可是一直想著跨越幾個四天之後，未來的日子裡還是有可以學習的事。

「念書寫字……雖然很簡單，但我終於會了。我有遵守約定好好用功，我可以看懂童話故事了，這都是託妳們的福……」

「你……在說什麼？」

聽到昴像胡說八道的話，雷姆似乎覺得噁心，回問時降低了音調。昴從正下方仰望雷姆的眼睛。

「在說妳們教會我的事啊……」

「雷姆不記得有那種事。」

「——為什麼不記得啊!!」

突然噴發的激情，令雷姆的腳不自覺往後踩一步。

強行撐起躺著的身體，昴邊瞪著雷姆邊齜牙咧嘴地狂吼。

「為什麼大家都聯合起來丟下我……！我做了什麼……！妳要我做什麼……妳說啊！」

無法控制感情，明知遷怒很要不得，但昴的內心、靈魂卻無法停下吶喊。

被召喚到異世界，被不講理的事逼迫，即使如此還是咬牙撐過來了。

可是，已經到極限了。

「是哪裡不行啊，是哪裡不對了，妳們為什麼那麼討厭我……？那個約定……我一直都……」

「雷姆——」

「妳們……我……一直很、很喜……」

——衝擊讓他後面的話接不下去。

在突如其來的威力下，昴的身體傾斜，緩緩地撞在背後的樹幹上。

嘶啞的呼吸和水溢出來的聲音近在耳邊，昴的視線游移。

馬上就找到了原因。

「——」

是喉嚨。

昴的喉嚨被挖掉將近一半，空氣和血沫從氣管的斷面噴出來。

眼前，是愕然凝視傷口的雷姆。

只看到這，昴的雙眼就失去光彩，眼珠上翻裸露眼白。

聲音停頓，意識也像斷電一樣墜落。

意識遠離，沒有痛楚，憤怒、悲傷，所有的感情都扔下離開。

只在最後……

「——姊姊太溫柔了。」

好像聽到誰悲傷地這麼說著。

第五章　『期望的早晨』

1

「——!!」

無法認知意識回歸的瞬間。

豪雨在耳畔持續作響，視野忽紅忽白閃爍不停，世界扭曲歪斜。

四肢沒有感覺，五臟六腑被擰榨的痛苦讓喉嚨扯開嗓門大聲吶喊。

扭動、彈跳身體，全身能動的部位全都在釋放不明所以的激情。

——已經分不清什麼是什麼了。

腳被砍斷的痛楚，鐵鍊像要切割焚燒身軀所留下的傷痕，都已經消失無蹤。

血液流失，生命流失，自己即將死去。

不想死，難過、痛苦、難受、悲傷、恐懼，全都好討厭。

想遠離一切，看得見的、碰得到的、感受到的，全部都想遠離。

「——！」

好像聽到什麼，聽見了誰的聲音。

混雜宛如野獸的吶喊，聽到了拼命倚靠的某人的聲音。
聽不懂，搞不懂意思，不想去了解在講什麼。
聽了也沒用，就算聽了也只會受傷，縱使聽了也改變不了什麼。
明明如此拒絕一切，但世界卻還是逐漸成色、成音、成形。
血液通過手腳，全身亂動掙扎的感覺正確無誤地傳到腦海。
揮舞的手臂打到了堅硬的東西，指甲斷裂、手背裂傷出血，銳利的痛楚直衝腦門，尖叫的氣勢稍微緩和下來。
然後他注意到，發疼的手臂被某人用像覆蓋的方式給摟住。
腳上也有類似的觸感，從正上方覆蓋著雙腿，封住了腳的行動。
慢慢恢復的視野，正上方是看過好幾次的白色天花板。
察覺到自己是仰躺在柔軟的床鋪上睡覺。
吐氣像是虛脫，僵硬的身體逐漸鬆弛，結果……
「客人、客人，已經冷靜下來了嗎？」
「客人、客人，胡亂掙扎結束了嗎？」
兩道耳熟聲音敲擊耳膜的瞬間，昴忘記吶喊的喉嚨再度尖叫。

2

對昴來說，在羅茲瓦爾宅邸第四次的第一天，以前所未有的最惡劣形式拉開序幕。

總計六次，昴在這世界殞命後又活著受辱。

每次的死法都不輕鬆，每次的死亡都帶來了相同的莫名喪失感。

每次時光重來所掀起的痛楚和苦痛都無法習慣，無人能理解剩下的寂寥和失望所帶來的苦惱。

儘管如此他還是咬緊牙根，拼命地勇敢活下去。

還下定決心不論面對怎樣的困境也絕不屈服，內心也絕不認輸。

然而，連這樣的決心都在前一次的「死亡回歸」粉碎殆盡。

喪失、失望、寂寥，全都在淘挖著依靠之前羈絆活下去的昴。

站不起來，連試圖站立的力氣都沒有。

想不到必須站起來的理由，這就是現實。

「──好，結束了。我想傷口癒合得很漂亮，不過還是不行亂來喲。」

撫摸昴負傷的右手，坐在床邊的愛蜜莉雅笑道。

清醒後因大吵大鬧而受傷的昴，被趕過來的愛蜜莉雅治療。

──房間裡，目前就只有昴和愛蜜莉雅兩人。

醒過來時正好在場的兩姊妹，看到了昴清醒後的醜態，之後就將現場交給愛蜜莉雅離開了房間。

「拉姆和雷姆她們非常擔心你喲。」

出現不想聽到的名字，昴反射性地抬起頭。

看他這樣愛蜜莉雅有點吃驚，但馬上輕輕搖頭。

「難得你這麼消沉，是不是她們做了什麼失禮的事？等一下見到面，我幫你念念她們。」

「失禮的事啊，不，完全沒有……我跟那兩人之間，什麼事都沒有。」

滿不在乎的聲音沙啞無比，愛蜜莉雅漂亮的眉毛輕輕靠攏。

儘管斜眼看到愛蜜莉雅的反應，昴的嘴巴卻吐不出道歉或藉口。

取而代之脫口而出的，是不像諷刺的發問。

「我問妳，愛蜜莉雅……妳不覺得我很礙事嗎？」

「怎麼可能會那樣想呢？昴是我的救命恩人，還沒報恩恩人就擅自不見的話，那我該怎麼辦？所以要是你不在了我會很傷腦筋的。」

愛蜜莉雅立起手指，講得滔滔不絕像在挽留昴。昴靜靜聽著，同時發現自己在仔細觀察愛蜜莉雅的表情和動作。

「喂喂喂，真的假的……」

這是懷疑的眼神。不是看其他人，用這種眼神看愛蜜莉雅的自己叫人灰心沮喪。

剛剛，愛蜜莉雅不是說了出乎意料的話嗎？

要是不把恩人當恩人看待，那是最差勁的行為。
在這個無依無靠的世界，愛蜜莉雅對昴來說是唯一的綠洲。
可以寄託心靈的人，對失去這點的昴來說，愛蜜莉雅是獨一無二的。
「——」
突然，有個想法掠過腦海。
何不把「死亡回歸」的事實向愛蜜莉雅坦白呢？
「對呀……」
回想起來，昴至今都是親手試圖改變此路不通的現實命運。
但是，一個人掙扎努力的結果，卻是掉入前後都無路可走的死胡同。
為了打破這種狀況，就要有前所未有的變化。
例如仰賴第三者——與信得過的人之間的羈絆，這不就是答案嗎？
「——愛蜜莉雅，我有事想請妳聽我說。」
彷彿濃霧散盡，昴心中的迷惘與不安都消失無蹤。
降低音調的昴所散發的氛圍，令坐在椅子上的愛蜜莉雅端正姿勢，擔憂的臉蛋在透露出緊張的同時看著昴。
看到藍紫色瞳孔映照出自己，昴思索第一句話該如何開口。
關於「死亡回歸」，該從哪裡開始講呢？還是應該從昴不是這個世界的人開始闡明？

可能會被一笑置之，被認為是玩笑話的可能性也很高。
即使如此，愛蜜莉雅對昴的訴說應該不會冷淡以對。
那樣的期待，就是現在支撐昴的全部。
——從「死亡回歸」開始講起吧。然後，可以的話請幫我一把。
竟然請求曾救過自己的人再拯救自己一次，察覺自身的悲慘，昴開口訴說。
為了改變混亂至極的狀況，為了戰勝命運，需要兩個人的力量。
——沒錯，就是這樣。
「愛蜜莉雅，我會『死亡——』」
開始坦白。這麼想的瞬間，「那個」來了。
「——」
異樣感，「那個」馬上捆住了昴的意識。
感覺到哪裡怪怪的，他馬上就注意到這麼想的原因。
聲音，聲音消失了，聲音自這個世界消失。
自己的心跳，愛蜜莉雅的呼吸，從窗戶鑽進來的早晨涼風。
這些全都從世界消失了。
而那只不過是異常的開始。
——聲音消失後，接下來是所有存在的動作消失。

時間被拉長，剎那成為永恆，一秒後的世界消失到久遠時間的彼方。
眼前，愛蜜莉雅維持著認真表情沒有動彈。
愛蜜莉雅凜然的姿態依舊，但卻永遠不會有下一個舉動。
昴也一樣無法動彈，怎樣都動不了，無論是嘴巴、眼睛，還是其他部位，都將永遠停止。
聲音消失，時間停止，昴的心願遠走到手碰不到的地方。
在超越理解的現象裡，不知為何只有昴的意識還在靜止的世界中持續吶喊。
——然後，「那個」突然出現。
黑色的霧靄，在連眨眼都辦不到的視野中，「那個」忽然飄了出來。
在一切都停滯的世界裡，唯有霧靄的行動不受限制。蠢動，改變形狀，質量大約是兩隻手掌可以捧起來的程度。霧靄逐漸有了輪廓形體，沒多久就結束變化。
——在昴看來，很像是黑色的手掌。
具備五指，長度只有到手肘，不過「那個」確實是手。
黑色手指顫抖，有著清晰手肘形狀的「那個」，以緩慢的動作在空中泅游。看到它抵達的終點，昴只有意識緊張起來。
黑色手指鑽進昴的胸膛，彷彿昴的肉身根本不存在。
手指觸碰內臟、撫摸肋骨的感覺，只有這感覺直接傳達給昴。
不適和焦躁感支配昴，霧靄的動作沒有停下。

簡直就像目的地在昴的胸膛更深處。
——喂，慢著。
聲音出不來，身體連抵抗都沒辦法，昴的意識在恐懼下慘叫。
——這真的一點都不……
內心話還沒說完，衝擊就先從根本搖動昴的存在。
內臟受傷為何會痛呢？有人可以說明嗎？答案很簡單，用「沒必要去想那種事」一句話就能解決。
在那瞬間，襲擊昴的劇烈疼痛根本沒必要附加理由。
就只有心臟快被毫不留情捏爆的痛楚，單純到靈魂都快磨碎。
無法發出聲音，連痛到身體發抖的動作都被禁止。
僅有苦痛，然後又帶來不只是苦痛的東西，最後留下讓昴感激涕零的警告。
痛楚撕裂昴的存在，意識被攪成一團扭曲變形，思考被切割成想不起原形的地步——
「——昴。」
「——？」
「昴，你怎麼了？突然安靜會讓我擔心呀。」
手放在昴的膝蓋上，銀色的美貌憂心忡忡地窺望他的瞳孔。
像脫離控制似地呼出氣息，確認手指能遵從自己的意思，接著戰戰兢兢地摸自己的胸口，從外部確認心臟正在平靜地跳動。

身體可以動，聲音出得來，心臟也不覺得痛。

——可是，恐怖卻清楚地銘刻於心。

只留下活下來的希望，「那個」帶來的事實讓昴絕望。

再挑戰一次，「那個」。光是這麼想，就看到黑色霧靄在搖曳的幻覺。

然後，昴終於不得不認同。

「怎、怎麼了？你從剛剛就怪怪的喔？如果有什麼事……」

無法承受湧上來的感情，昴雙手掩面。愛蜜莉雅感到不知所措，同時向他發問。

「——我想拜託妳。」

打斷愛蜜莉雅擔憂的聲音，昴依舊低頭背過臉。

沒有抬頭，現在自己臉上的表情一定很難看。

在目前的心靈狀態下，看到愛蜜莉雅自己有可能會說漏嘴，他無法信任自己。

自制心全數出動，昴只掰出一句話。

想要傳達的話，求她聽自己訴說的心情，全都捨棄。

「不要管我了。」

無力地說了這句話後，沒有去看愛蜜莉雅倒吞一口氣的反應，昴直接倒在床上。

手掌下意識地觸摸胸膛，昴清楚自覺到這是個逼人接受的現實。

——不可以坦白。

不管到哪，昂都只能一個人掙扎。

3

連愛蜜莉雅都拒絕，昂開始了慘澹的第四輪。

用無心的一句話傷害愛蜜莉雅後，換羅茲瓦爾來到客房。

他說了什麼，昂幾乎沒有印象。

只覺得被他用像是估價的眼神看了一遍。是只有這一輪才這樣，還是每輪都有只是自己沒注意到，如今已不得而知。

「身為貴客的你，可以盡情住到高興為止——喲。」

感覺他說了對自己很方便的話。

但那對昂來說，已經是無所謂的事了。

現在若是悄然離開宅邸，毫無疑問會被封口吧。可是繼續當屋子裡的累贅，也無法迴避不久後被做成絞肉的命運。

簡直就是在確定BAD END的情況下記錄存檔，雖說是自動存檔，可這根本是不講理到極點。

「——」

明明躺在床上沒做什麼動作，但用嘴巴呼吸的昴氣息卻紊亂快速。

害怕睡覺，昴一直用手中的羽毛筆刺著自己的手背。每當眼皮快要下墜，就用痛楚強迫意識清醒。要是睡著，可不知道會發生什麼事。

已經死了三次。

在王都的輪迴只死過三次，因為在第四輪突破無限輪迴的那一天，對昴來說第四次的死亡是未知領域。

找不到迴避死亡的方法，即使如此，還是不想死。

懷疑一切，抗拒所有，只是一味地執著存活。

忘卻了時間流逝，也忘記飢渴，昴一味地關注自己的存在。

發現傷口的疼痛可以肯定自己的存在後，挖手背的時間間隔就變短。

痛楚、喜悅、痛楚、喜悅、痛楚、痛楚、痛楚——

「——還真是有夠沒出息的嘴臉呢。」

突然聽到有人這麼說，昴像彈起來似地抬起臉。

昴的眼睛宛如野獸一樣閃耀光芒，視線前方是一名背靠入口的少女。

在這次輪迴中，還沒見過面的碧翠絲親自來訪。

這是前所未有的狀況，這樣的變化使昴的警戒心瞬間飆高。

「……這次是妳啊。」

低沉、嘶啞的聲音竟然是自己發出來的，察覺到時內心著實吃了一驚。

詛咒這世界的心情跑到聲音裡了嗎？語氣灌入了超乎想像的敵意。

「才不過一、兩天就沉悶到這種地步，真是蠢到沒藥救了。」

「我沒心情陪妳高談闊論啦——妳來幹嘛？」

被她趾高氣昂地恥笑醜態，昴不高興地回嘴，碧翠絲微瞇起眼睛。

「……是葛格和那個小姑娘，叫貝蒂來見你一面的。」

「帕克和……愛蜜莉雅？」

「說你醒了之後樣子就怪怪的，所以懷疑是不是貝蒂在你第一次醒來的時候做了什麼，真是失禮。」

明明是事實碧翠絲卻不承認，但昴可管不了那些。

應該有被昴無心的話語傷害，但愛蜜莉雅卻還是在擔憂昴的心靈。雖說搞錯方向，但沒想到她竟然直接找碧翠絲談判。

不知何故，碧翠絲無法對帕克擺出強硬姿態，而被女兒撒嬌的帕克似乎就順著愛蜜莉雅的意，要求碧翠絲去探望昴。

愛蜜莉雅的關懷稍微為暴躁的昴帶來溫暖。

即使那對改變情況一點意義都沒有。

「知道了，我已經沒事了，妳有特地來道歉，這樣就夠了。」
「為什麼貝蒂非得道歉不可？不先從訂正這點開始的話，本來要回去都不能回去了。」
面對粗魯趕自己走的昴，碧翠絲扭曲嘴唇。別說是離開了，她大步走向床鋪，打算朝昴說出更過分的話時……
「──嗚？」
昴看到安靜下來就很可愛的臉蛋，皺起鼻尖歪著頭。
碧翠絲一臉不高興，東張西望後瞪向昴。
「看來你不只臉臭而已，味道變得這麼濃啦。」
「──啥？」
「在跟你說刺鼻臭味的話呢，暫時不跟那對雙胞胎碰面是明智的。」
碧翠絲捏住鼻子，揮手做出搧風的動作。
「──」
但是，那個關鍵的「臭味」二字緊抓著昴的心不放。
臭味，確實有人在第三輪快結束的時候提起──
「妳說我身上哪裡發臭？」
抬起頭，聲音首度灌注了拒絕之外的情感，昴對她提問。
「──魔女的臭味啦，臭到貝蒂的鼻子都快歪了。」

——「魔女」這個關鍵字，讓昴感覺腦子抽痛。

大腦記得這個單字，應該是在最近看過這個單字，那是在——

「嫉妒魔女。」

「在現今這個世界，講到魔女除了那個還會有誰。」

把昴當成傻瓜的措辭，令昴探出身子繼續追問。

「為什麼會從我身上聞到那股臭味？」

「誰知道？要不就是魔女對你一見鍾情，不然就是你被當成眼中釘。不管哪一個，被魔女另眼相看的你都是個麻煩人物啦。」

「被連臉和名字都沒看過、聽過的人另眼相看，很毛骨悚然耶。」

碧翠絲聳肩，暗中用態度表示繼續這個話題只會叫人不悅。

魔女，「嫉妒魔女」在童話故事裡頭只留下名字，是被整個世界避諱的存在。

但魔女和昴的交集毫無故事性可言，昴就只接觸過概要的故事而已。

當然，也不記得有遇過魔女，更不記得有任何足以留下餘味的肢體接觸。

——雷姆確實也曾說過，昴的身上有魔女的臭味。

雷姆過頭的殺意，和魔女的臭味有關。如果因為不記得的事實而被怨恨，根本是在不白之冤上強加莫須有罪名，只能百口莫辯地閉上嘴巴。

知道自己拿無可奈何的事實沒輒，昴嘆出一口長長的氣。

「如果沒事的話貝蒂要走了，要去跟葛格說貝蒂有好好跟你說過話了。」

「等一下。」

拋下陷入沉默的昴，手握門把準備用「機遇門」離開的碧翠絲被叫住，她露出嫌惡的表情，只轉動脖子回過頭。

「妳認為有虧欠我吧？」

昴用壞心的想法扔出這麼一句話。

不知道有沒有意義——不過有賭賭看的價值。

朝著滿臉厭惡的碧翠絲，昴邊拍床邊說。

「妳、認為、有虧欠我，老實回答YES吧。」

「不覺得。」

「我要跟帕克告狀喔。」

「唔……可能有一點點會那麼想。」

這次連身體都面向昴，碧翠絲雙手抱胸，一副很偉大的樣子似地仰望他。

由上往下看著碧翠絲的嬌小身軀，接著想起至今與少女一同度過的時光——昴煩惱到最後，下定了決心。

「既然覺得虧欠我，那就實現我一個願望，這樣就原諒妳。」

「……說來聽聽。」

「第五天的早上……就是大後天早上，在那之前可以保護我嗎？」

懇求看起來比自己年少的少女，而且還是請求保護這麼丟臉的內容。

聽了昴的願望，碧翠絲沉思半晌。

「真是含糊的說法，你有被人盯上的理由嗎？」

碧翠絲回以理所當然的質問。

翻白眼看昴的她，開始在房間內繞圈踱步。

「說起來，把糾紛帶到這間屋子裡很不應該。對貝蒂來說，這間房子是不能失去的地方。」

「……我本人沒打算做什麼，只是想拍掉身上的火星而已。」

「連這種事都丟給別人的習慣，你的心意可真是了不起啊。」

「就只有這次，我無話可說。」

低頭的昴令碧翠絲嘆氣。

就這樣，無言的時間在室內流逝好一陣子。

低著頭，昴想這段期間應該會響起關門的聲音吧。

那是拒絕昴的懇求，碧翠絲回到禁書庫的聲音。

聽到那聲音的時候，也是昴一絲希望潰散的時候。

「手，伸出來。」

走到床邊的碧翠絲，朝看破局勢發展的昴伸出她的小手。

目瞪口呆的昴叫人煩躁，碧翠絲不耐地抓起他的手，結果看到滿是傷痕的手讓她皺起眉頭。

「噁心，沒想到你還有自殘的癖好，真是無藥可救的變態。」

「那是羅茲瓦爾的專利吧，我只不過是刺青失敗而已。」

「不但沒有感性和技術，連說謊的才能都沒有……真的是沒救了。」

嘆了口氣，像是要隱藏昴右手的傷口，碧翠絲的小手掌覆蓋在上頭。

手指滑動，雙方的手指像被邀請似的靠在一起互相交握。

「——應允汝之願望，以碧翠絲之名，在此締結契約。」

如此告知的碧翠絲，她莊嚴的姿態令昴說不出話來。

突然間，眼前的少女看起來跟之前判若兩人。

在交握的手指傳來的熱度中，碧翠絲渾身纏繞了一股神祕感。

「雖然只是暫時，但契約就是契約——就接受你那莫名其妙的要求吧。」

面前的碧翠絲鬆開手指，再度抱胸而立。昴低下頭，試圖壓抑情感的浪潮。

沒有化作語言的感情，從胸口深處無止盡地溢出。

從意想不到的地方伸出的救援之手，使他不知道該如何對待。

「搞什麼……差點被幼女給弄哭了。」

「別再講什麼幼女了，還有，敢跟葛格告狀的話可不饒你。」

「那麼在乎啊，讓妳拼命到鬼上身了。」

碧翠絲認真又飽含敵意的視線，讓昴苦笑著這麼回應。

從絕望開始的第四輪，在這一輪之中，第一次出現微弱但確實的笑容。

4

和碧翠絲暫時締結契約後，儘管只有些許，但昴得到了確切的安心。

不過，昴被逼到絕境的狀況，在本質上沒有任何改善。

他還是一樣，繼續龜縮在羅茲瓦爾提供的客房裡頭生活，碧翠絲並不是一天二十四小時都黏著昴不放。

會出事的第四天深夜到第五天清晨——為了騰出護衛昴的心力給那段時間，締結契約後，碧翠絲說在約定的時間到來之前都不會露臉，然後便離開房間。

取而代之不斷拜訪昴的是……

「這樣啊，太好了。碧翠絲有好好來道歉，太感動了。」

坐在床邊面露微笑點頭的愛蜜莉雅。

即使被殘忍對待依舊親切和藹，愛蜜莉雅成了苛責昴良心的存在，另一方面，說是為黑暗世界照進一線光明的女神也不為過。

就連昴向再度造訪的愛蜜莉雅為一開始的沒神經發言道歉……

「你那時一定很焦躁吧？誰都會有那樣的時候，沒辦法呀。如果你也能對拉姆和雷姆道歉，她們會很高興的。」

她就這樣柔和地帶過昴之前的傷人發言。

但後面的小小願望，昴無法回以明確答覆。

在沒有獲得信任的狀況下，若被她們判斷只是個知道危險事實的人就會被殺害滅口，即使親身品味過那過頭的忠誠心，他無法徹底憎恨她們也是事實。

閉上眼睛，回顧在宅邸裡的過往。在那段時光、回憶中，昴和雙胞胎的心情從未有過片刻交集嗎？

——或許他只是希望能這麼想。

「果然，飯都沒吃呢。」

「……抱歉。」

看到床邊托盤上冷掉而且沒被碰過的食物，愛蜜莉雅用擔憂的聲音低語。

不分青紅皂白地破口大罵，之後一直態度惡劣地窩在房間裡。即使面對這樣的客人，雷姆和拉姆依舊盡心盡力從事佣人的工作。

即使知道每次的餐點都不會被碰觸，也明瞭自己不受歡迎。

一個沒在跟人客氣，一個表面恭順實則無禮，但卻都是堅守本分的人。

昴很清楚，雖然清楚，卻一樣無法接受。

——搞不好有摻毒。

每次看到她們端來的食物，腦內就會閃過這樣的不安。

討厭這麼懷疑兩人的自己，可是昴知道雙胞胎揮舞凶器追殺自己的未來確實存在。

有許多優點的人，想要殺了自己的現實。

從認知到那一刻開始，昴的絕望便於焉展開。

「不吃一點的話對身體不好喲？雖然我知道你很難過。」

「我的胃無法接受……如果愛蜜莉雅醬肯餵我的話，我可能就吃得下。」

朝擔心自己的愛蜜莉雅耍嘴皮子後，昴詛咒自己的無可救藥。

詛咒佯裝輕薄、想從打心底擔憂自己的人那裡博取同情的自己。

可是……

「好啊。來，啊～」

「——咦？」

「好啦，啊～」

把放了餐點的托盤放在大腿上，手拿湯匙的愛蜜莉雅盯著昴看。

舀了一匙還勉強帶有餘溫的湯，朝昴的嘴巴慢慢接近。

不明白愛蜜莉雅的意圖，昴忍不住撇過頭。

「不、不對不對不對，先等一下喔。愛蜜莉雅醬，妳在幹嘛？」

「什麼幹嘛，你不是說餵你的話你就吃嗎？來，吃吧，我來餵你。」

「呃──這是扭扭捏捏結果還是辦不到的做做樣子，還是真的餵了女孩子卻滿臉通紅，所以只餵一次就是極限的約定俗成？」

「餵你這種講孩子氣話的小孩吃飯有什麼好害羞的。好啦，不要再說些有的沒的了。」

面對胡言亂語的昴，愛蜜莉雅強行餵食。

結果，被她的氣勢壓倒，感覺臉紅到耳根子的昴張開嘴巴。

「啊、啊──」

「好，吞下去。一口一口來喔，來、來、來、來、來。」

「太快了啦!?明明是初次餵食卻連一點韻味都沒有呀!?」

是有參加快食比賽的經驗嗎？愛蜜莉雅移動湯匙的機械式行為裡，沒有任何多餘的動作。努力吃下接連不斷送過來的食物，昴在中途慌張地揮手。

「暫、暫停！暫停！我要求暫停！食、食物跑到氣管了……！」

「討厭，剛剛感覺正好……昴？」

「咳咳，咳咳！不是，是真的，跑到，氣管了……就是，感覺怪怪的……」

視線從面露不滿的愛蜜莉雅臉上轉開，昴假裝咳嗽的同時盡可能自然地別過臉。他現在，不想給愛蜜莉雅看到自己的表情。

滾燙的東西從眼睛深處不住地湧出，一邊瞪大眼睛製作眼淚的逃跑路線，一邊拼命忍耐要它們不准流下。

因為在看不見任何希望的世界，自己被人持續地溫柔對待。自己有什麼價值能蒙受這樣的對待？昴這麼想著。

正因為被否定了價值，菜月・昴才會陷入絕望。

「我說，昴。」

「……嗯，啊——啊——好，嗯，好像好了，沒問題，我沒事了。」

聽到關懷的呼喚，昴輕輕清嗓，演出恢復正常的小短劇，然後回過頭，朝愛蜜莉雅做出吊兒郎當的表情。

——用極為溫柔的眼神，和看著自己的愛蜜莉雅四目相接。

「繼續，來吧。」

「……那種說法，好像是要開始做些很不應該的事呢。」

「——？」

愛蜜莉雅歪著頭，似乎沒有察覺自己的發言具有危險的魅力。

或許聯想到那種事的自己，才是脫線傻氣的？

「啊～～」朝愛蜜莉雅伸過來的湯匙張開嘴，在羞恥心和複雜感傷下紅著臉吃完食物。吃光後，愛蜜莉雅滿意地拍手。

「很好。來，吃飽以後要說什麼？」

「偶——粗——飽——了。」

「沒禮貌，再說一遍。」

「謝謝招待。」

「很好，粗茶淡飯，不成敬意。」

看昴深深低頭，愛蜜莉雅禮貌地點頭致意。

面對笑意加深的愛蜜莉雅，昴撫摸莫名飽脹的肚子。

肚子空了兩天突然被塞滿，竟然不會有反胃的感覺。

「因為拉姆說你有好些天沒有進食，所以雷姆就做了吃了以後不會讓你肚子太脹的料理，她們都是好女孩呢。」

昴的疑問，被愛蜜莉雅以雙胞胎姊妹為傲的話語給戳穿。

原本，這份關懷應該會讓自己開心到繼續流淚，然而那對現在的昴來說，只覺得錯亂、痛心疾首到要哭出來。

如果這份溫柔和親切的對待，背地裡都是有理由的話。

「好啦，昴吃過飯了，我待這麼久也累了，先回去囉。」

「既然如此，一起睡不就好了？」

「很好很好，好像已經恢復精神了呢。我也有很多要做的事情，是翹掉那些跑來看你的，你可要替我保密喲？」

愛蜜莉雅邊眨眼邊將手指貼在嘴唇上。

一想起愛蜜莉雅原本在這個時間都在做什麼，昴就覺得無地自容。

為了在未來背負起國家，她每一天應該都過著兢兢業業、拼命努力的日子，卻將其實連一分一秒都很珍貴的重要時間浪費在昴身上。

「──愛蜜莉雅醬，晚上的時候房門要上鎖，不可以讓任何人進去喔。」

會脫口說出這番話，有可能是接觸到愛蜜莉雅的關懷後，稍微喚起了抵抗命運的力氣也說不定。

聽到昴唐突的忠告，愛蜜莉雅搖曳銀色頭髮歪著頭說：

「因為昴會跑進來嗎？」

「沒錯沒錯……不是啦!!那句話不是愛蜜莉雅醬，是帕克說的吧!?」

「哇喔，你竟然知道。」

從銀髮內探出頭的帕克，賊笑著看昴和愛蜜莉雅。似乎是一開始就躲著聽兩人對話，牠揮動尾巴像在嘲笑瞪視自己的昴。

「想說我的可愛不適合這種場合所以就保持沉默，但沒想到有人突然就認真地表露感情了，所以讓我有點在意啦。」

「……只是討厭的預感啦。你也注意點，愛蜜莉雅醬就拜託你了。」

因為有黑色霧靄，所以昴避免訴說清晰的未來，但即便如此，可以讀取感情的帕克沒有特別追問就直接接受。

「總覺得，只有我被撇在一邊搞不清楚狀況呢。」

「因為愛蜜莉雅醬太口愛了，所以要時時注意被夜襲的危險性。要當心車子和男人喔，對吧，父親大人。」

「對呀，莉雅，特別是眼神凶惡的黑髮男生，父親大人我絕不輕饒。」

「布魯圖斯!!」

呼喚背叛者代名詞的昴逗得帕克爆笑，愛蜜莉雅抓起大笑的帕克，塞回自己的頭髮裡，然後站起來。

目送兩人離去，房內剩下自己的時候昴倒向床。

雖然只有寬心的程度，但成功督促兩人留意安全了。原本這次的危機就跟愛蜜莉雅他們沒什麼關係，這樣一來他們應該就不會有問題吧。

「啊啊，糟糕……」

就在內心忽然感到安心的當下，昴的意識頓時被睡意蹂躪。

因痛覺而遠離的睡魔，掌握到絕佳時機大舉入侵，昴的精力全給掠奪一空。

空蕩蕩的腸胃被填滿，意識無法抵抗，像墜入瞌睡蟲之海似地殞落。

處在夢與現實的夾縫中，昴的意識像雲朵一樣飄浮。

夢是大腦整理情報時的副產物，以前不知在哪聽過這種說法。

既然如此，像這樣睡著卻還是持續看到妨礙安眠的光景，是腦子為了盡可能整理鮮明的記憶，這麼說也是合情合理。

深刻強烈的「死亡」記憶，重複不斷地切割昴。

呻吟，掙扎，渾身被汗水浸濕，眼角流淌淚水，煩悶痛苦。

淚水和軟弱不斷地湧出，靈魂被削減，不斷地削切，直到最後被耗用殆盡，屆時一定會什麼都不留。

心靈和身體都徹底憔悴到這麼想的地步。

「——」

突然，痛苦不堪的昴，身上的僵硬消失。

彷彿讓身體從內部戰慄的寒氣和害怕，突然都被驅逐趕走。

——原因是手。

有人，握著昴的手。

躺在床上，精神處在無意識中的昴，因為有人碰觸而被拉回現實。

溫暖的觸感，溫柔的感覺，在在都訴說著自己正被疼惜。

宛如被拯救，和煦的風吹進被摧殘殆盡的心中。
安適在令人窒息的時間造訪，鼻息忘卻辛苦回到平靜。
有人，有東西存在。
是現實嗎？還是這也是方便的夢境？
右手和左手，兩隻手掌都感受到微弱的殘溫——

6

「——你是要呼呼大睡到幾時！」
「痛死人了啊！」
被粗魯地踹飛，再加上掉在硬梆梆地板上的衝擊，讓昴發出哀嚎。
甩甩頭撐起身體，看到踹人的那隻腳還舉著的碧翠絲，昴露出苦瓜臉。碧翠絲也沒有隱藏自己的不爽，用鼻子哼氣。
「約定時間到了我才勉為其難來的，但你還真是從容不迫啊。」
「不用講得那麼難聽也知道妳的嘴巴很賤啦，現在更是深有所感。」
昴邊回嘴邊為自己不自覺睡著一事嚇出一身冷汗，明明是不惜自殘來保持清醒持續警戒的。
「竟然在關鍵的第四天打瞌睡，真的不要命了嗎？我這白痴。」

「在那邊嘟囔什麼，很吵耶。夠了，隨便找個地方坐吧。」

俯視輕輕戳自己的昴，碧翠絲貌似無聊地這麼說，然後坐到梯凳上。看著回到既定位置的少女，昴察覺到異狀而環顧四周。

——醒過來的地方，竟然是在禁書庫裡。

「嚇死人，我睡著的時候，是妳把我背過來的？」

「要在充滿你的臭味的房間度過，貝蒂可敬謝不敏。貝蒂會待的地方就只有禁書庫，在這裡你也給我禮貌一點。」

雖然沒意料到碧翠絲會有這種舉動，不過昴判斷這種狀況很棒。

碧翠絲的「機遇門」具有讓襲擊者無法鎖定昴所在位置的效果，雷姆應該是沒有破解「機遇門」的有效方法。

「妳考慮得孿多的呢，真意外。」

「少在地上嘀嘀咕咕煩人，貝蒂只是想實踐驅蟲的方法。」

她正在看的就是在講驅蟲的書嗎？碧翠絲拿起封面給昴看，但昴朝她吐舌頭。

以為她關心自己根本是多慮了。從地板上站起來，昴突然盯著自己的雙手看。

有什麼奇怪的感覺殘留，睡著的期間，有人碰到這雙手——

「碧翠絲，我想是不可能，不過妳有跟睡著的我握手嗎？」

「當然是不可能啊，就算是葛格拜託，貝蒂也不會握你的手的。」

「一語道破啊……不過，妳要跟這樣的我死在同年同月同日喔！」

「絕對不要。」

碧翠絲無情地嘟起嘴巴，昴接著重新環顧房間。

在還是一樣只有書本的書庫裡頭，叫人坐下但根本沒地方可以坐，實在傷腦筋。

「就算叫我殺時間……」

越接近時限，不安和緊張越強烈，現在的平靜能保持多久都還是未知數。

如果有可以讓自己專心到忘記時間的東西──

「對了，有沒有只用『I文字』寫的書？」

「……你該不會不識字吧？進了梅札斯家禁書庫的人是個文盲，會有多少人為此哭泣抱屈啊。」

「對那些人很過意不去啦……妳一直待在這個房間？」

除了在餐廳那次，昴從未看過碧翠絲離開禁書庫。除卻前些天她造訪客房的破格之舉，碧翠絲都一定是待在書庫的梯凳上。

面對昴的疑問，碧翠絲微微低頭。

「因為契約就是那樣啊。」

「又是契約啊。雖然被那救了的我沒資格說這種話，不過妳都不覺得累嗎？」

「這完全是貝蒂自己希望的契約。」

閉上眼睛說完，碧翠絲擺出拒絕被追問的態度。

契約，在來到這個世界之後，聽過好幾次的肅穆單字。

就像愛蜜莉雅與帕克、微精靈們締結契約那樣，碧翠絲也對那詞彙抱持強烈的感情。就算是暫時，但因為跟碧翠絲締結了契約，所以昴也知道。

年幼的碧翠絲，那樣的少女承擔和遵守著契約——為何昴看到她那個樣子，就無法忍受心頭深處像是刺痛的感覺。

「我說，妳是因——哇噗！」

「一直發問煩死了。拿那本去看，稍微安靜一點。」

還想問問題的時候卻被扔了一本書，立刻接住的昴注意到一件事。

手上的書，從標題到內容全都使用「I文字」。

昴抬起頭，面前的碧翠絲已經對他失去興趣，視線落在手中的書本上拒絕對話。

想問的話被迫中斷，被強行要求默不作聲。

不過連道謝的話都不給說的態度，讓昴既感激又開心。

7

——在禁書庫的時間，平靜又緩慢地度過。

彼此不發一語，只有慢慢翻頁的聲音在書庫中此起彼落。

話雖如此，現在的昴根本沒有專心看書的從容，從剛剛就一直在翻同一頁，持續發出胡亂翻頁的聲音。

——在封閉的禁書庫裡，無法窺探外頭的樣子。

在房間特質上，連扇窗戶都沒有的禁書庫完全與外界隔絕，是個隔離空間。

感覺不到日照，無法知道時間過了多久，外頭現在幾點了呢？

打瞌睡時就被帶入禁書庫，使得昴無法推測正確的時間。

想得單純點，只要在這房間待個半天就能度過那個問題之夜。

但是，置身在停滯的禁書庫裡，那半天的感覺就溶於曖昧含糊之中。

自己的時間感無法信任，但要問碧翠絲又很猶豫。

不是不想妨礙專心唸書的碧翠絲那種值得稱讚的理由，昴是在害怕自己的行為會引發變化。

翻閱書本的手指麻痺，舌頭訴說乾渴，心臟跳得像警鐘，呼吸急促。

被強迫保持這樣的緊張感多久了呢？

如果開頭就不講理，那結尾也一樣是毫無預兆。

「——在呼喚。」

突然，這樣的呢喃在書庫內平靜響起。

昴像反彈一樣抬起頭，疊起書本的碧翠絲正要下梯凳。

「有人呼喚貝蒂。」

與其說是對昴說，更像是在自言自語的呢喃。

說完，碧翠絲動動手指，頓時昴全身感受到空間扭曲的異樣感。

接近浮游的感覺搖晃全身，眼珠子打轉的昴小聲呻吟。聽到這聲音，碧翠絲才像是想起昴的存在看向他。

「喔，你在呢，都給忘了。」

「明明在妳眼前還忘記，就算是玩笑話也太低級了。」

「這是優先事項的問題——葛格在呼喚我。」

對他這麼告知後，碧翠絲就通過昴的身旁將手伸向門，像是天經地義似地要到外頭。焦急地挽留少女，昴的聲音抖顫。

「喂、喂，等一下啦！現在出去的話……」

「你要窩在這裡也沒差，只要待在這裡就很安全。」

留下像是嘲諷的話，碧翠絲穿門而出。少女的態度令血液直衝腦門，昴像踢椅子似地站起，手握門把。猶豫個幾秒，然後……

「啊啊，混帳，到底是怎樣啦，這種程度的小事！」

口吐髒話鼓舞自己，粗暴地打開門後踏到外頭。

接著——

「啊——」

昴忍不住發出愚蠢的聲音。

用手擋住穿過眼皮的眩目光芒，為朝陽的歡迎吐出動搖的聲音。

像要確認似的，手在空中揮舞，昴的身體踉蹌往前。通道的正面是可以看見前庭的窗戶，外頭——是剛剛才升向高空的太陽。

渴望已久、挑戰數次卻始終到不了的第五天朝陽。

「不會吧……過了嗎？第四天的晚上過了嗎……!?」

無法相信眼前的結果，用力推開窗戶，被流洩進來的涼風撫摸瀏海，昴嗅到強烈的早晨氣息。

腳往下滑背靠著牆壁，他失去站立的力氣癱坐在地。

只能發呆。

原本已經放棄，早已絕望，消磨殆盡。

可是，昴還是跨越了第四天夜晚，來到了第五天。

「哈、哈哈……」

不知不覺發出乾笑聲。

一度發出聲音，就找不到停止的方法。

「嘻嘻，哈哈哈，什麼嘛，喂，什麼嘛，竟然這樣……喂……哈哈……」

想不到完整表現現在心情的方法。

抱著膝蓋，昴蹲在通道，像瘋了似的持續發笑。

原本深信那是遙不可及、不可能、絕對碰不到的地方，一旦打開蓋子，朝陽卻又這麼直接地照耀昴。

無法說話，說不出話，昴終於——

「——昴？」

突然，宛如銀鈴的聲音介入昴空虛的歡喜。

連抬頭都懶，他只抬起視線，通道盡頭站著銀髮少女。

是愛蜜莉雅。在第五天的早晨，發現了平安無事迎接這一天的愛蜜莉雅。

兩人一同越過第四天的晚上，這事實幾乎讓昴渾身顫抖。

這是盼望已久的機會，如果能和愛蜜莉雅一同迎來第五天的早晨，就能再度約定並實現約會的光景。

向村裡的孩子們介紹愛蜜莉雅，然後兩人並肩漫步在花團錦簇的花田，一同擁有同樣的回憶——但是……

「愛蜜莉雅……？」

對比開始為真實感薄弱的成就感上色的昴，愛蜜莉雅就只是凝望昴，然後像是想起什麼而跑向他。

「昴，你跑到哪裡去了？」

「沒有啊，我……」

「因為……不，算了，沒關係……跟我來。」

愛蜜莉雅用叫人吃驚的強硬態度把昴拉起來，然後直接邁開大步。

連回應都不聽的態度著實叫人驚慌，但昴還是擠出僵硬的笑容。

「要去哪裡啊……那個，我在問妳耶，愛蜜莉雅醬。我啊，在剛剛，完成了一件事，我很努力喔……」

盯著愛蜜莉雅的側臉，昴結結巴巴地告知自己的成就感。

「為什麼是那種表情咧？一切不是……都很順利……對吧？我像這樣平安無事，愛蜜莉雅也是……對了，我們……一道去……村子吧，在那裡……」

「——」

「我有好多想做的事和想說的話，有好多好多喲，我希望也能讓愛蜜莉雅醬知道……」

「——昴。」

昴被呼喚名字的簡短話語打斷，然後注意到一件事。

一瞬間，愛蜜莉雅看著昴的瞳孔裡，充滿藏不住的動搖和焦躁感。

簡直就像重現在贓物庫豁出性命的那一幕。

「到底怎——」

怎麼了？想問卻沒能問成。

因為在說完之前，別的聲音先敲擊昴的鼓膜。

——那是尖叫，或者該說是悲鳴。

高亢拉長尾音、滿盈悲傷的叫聲，是會在聽者心頭留下悲痛爪痕的靈魂吶喊。

彷彿撕裂半個身體，叫喊綿延持續，慘痛地貫穿宅邸的早晨空氣。

穿過通道往樓上走，東側二樓是有佣人個人房的樓層，昴在以前輪迴中所用過的房間也在這。

被愛蜜莉雅拉著手，前往走廊盡頭，在那裡……

「羅茲瓦爾和……」

藍色長髮男子站在走廊，看到趕過來的兩人後瞇起眼睛。他的旁邊是靠著牆壁的碧翠絲，灰色貓咪站在少女肩膀上彎著身子。

「進去。」

到了三人面前，羅茲瓦爾朝想要發問的昴簡短告知。

羅茲瓦爾指著的，是旁邊打開門的一間個人房。

回頭看向愛蜜莉雅，她也朝昴點頭。愛蜜莉雅的藍紫色雙眸濕潤，不容分說地強迫昴下定決心。

昴屏息，朝房內踏出一步。

連在這段期間，尖叫都還在持續，不間斷地從房間裡頭冒出。

進到裡頭，用力睜開因為緊張而僵硬的眼皮——昴看到了。

整齊乾淨的房間，反映出使用者一絲不苟的性格，將不多的家具配置得很感性，是充滿女孩子味道的陳設。

房間設計跟昴的個人房一樣，只是因為使用者不同就有這樣的變化。

因為冒出這樣的感想，讓昴在一瞬間忘記眼前的光景。

但是，逃避現實也沒多久，就被殘酷的現實給追上而告終。

位在房間正中央，平整的床鋪上——

「啊啊——啊啊啊啊——啊啊啊——啊——！」

淚水滂沱的拉姆聲嘶力竭地吶喊，幾乎要被深沉的悲傷給撕裂喉嚨。

——被姊姊緊緊摟著，嚥氣的雷姆躺在床上。

8

像這樣，被空白支配意識的情況已經體驗過好幾次了。

被擊潰在地爬不起來，至今目睹過好多次悲劇。

不是應該得救了嗎？

「——」

橫躺在床上的藍髮少女，失去生氣的臉蛋慘白，緊閉的雙眼不會再睜開，用作睡衣的睡袍給人甜美的印象，十分適合她的氣質。

昴突然想到，自己從未看過雷姆穿女僕裝以外的服裝。

「為什麼……雷姆會……」

低喃，手插進自己的短髮，昴差點就跪在地上。

睡眠不足的疲勞感引發頭痛，大腦想要拒絕眼前光景的提案想來格外有魅力。

在宅邸裡的輪迴，這次已經是第四次。對前三次都被殺害回到原點的昴來說，雷姆是最該警戒的兇手。

「可是……為什麼……雷姆被殺了呢……？」

殺害昴的人應該是雷姆，怎麼會反過來換她被殺呢？

突然，腦內的惡魔私語——她真的死了嗎？

搞不好是要誆騙自己，誘使自己疏忽大意。這種可說是惡劣玩笑話的說法，遠比肯定宛如惡夢的現在還要動聽。

他接近雷姆，想要確認她的生死，但是……

「——不要碰！」

忍不住伸向雷姆的手，被用力揮過來的手臂彈開。

呻吟著抬起頭的拉姆，用憤怒的面容瞪視昴，只不過那份盛怒帶著滾落的淚珠，輕易地奪去昴想要反駁的話。

「別碰雷姆……別碰拉姆的妹妹。」

毫無他人介入的餘地，完全的拒絕。

用哭聲說完，拉姆再度摟住雷姆的身體，靜靜地流淚接著那麼說。

即使姊姊痛徹心扉豁出一切，妹妹也絲毫沒有醒過來訓斥她的跡象。

從這事實來看，可以清楚理解到。

──雷姆是真的死了。

「死因是衰弱而死──呢。在睡著的期間被奪走生氣，心跳越──來越慢，讓生命之火像沉眠一樣消逝。這手法與其說是魔法，更偏向是咒術。」

站在門邊的羅茲瓦爾，對踉蹌步出房間的昴說出自己的推測。

咒術。聽到這個單字昴瞪大眼睛，小丑說的死因不禁讓他嘴巴大開。

中了咒術因衰弱而亡──那是在第一輪和第二輪的世界中，襲擊昴身體的異常狀態及直接死因，亦即雷姆跟昴都是被相同的咒術所殺害。

「那個詛咒怎麼會施在雷姆身上……」

因詛咒而衰弱，再被鐵球砸碎腦袋是第二輪的死因。

從那一晚的狀況來說，昴把咒術和鐵球用等號相連，判斷是雷姆的犯行。但是，雷姆被咒殺的現在，可說是顛覆了那個前提。

「咒術師和雷姆是不同人……？」

事情發展到這個地步，出現了新犯人——咒術師的身影，昴陷入混亂。

雷姆會殺了昴，是依據對羅茲瓦爾的過度忠誠心。至少，若在第三輪世界中雷姆的發言為真，答案就很明顯。

直接對昴下手的雷姆，跟咒術師是合作關係嗎？可若是如此，就不能說明這次雷姆被殺的狀況。站在咒術師的立場，不會希望存在曝光。

雷姆與咒術師要是毫無關連，那要怎麼說？

第一次昴是被咒術師的咒術所殺；第二次是中了咒術師的術法而衰弱，再被雷姆基於某種理由殺害；而第三次，跟咒術師無關，是直接被雷姆殺死。

「是因為在第四輪……我什麼都沒做，所以雷姆成了咒術師的目標嗎……？」

雖然是毫無根據的推論，但整理事實之間的關係，只能做出這種結論。

昴被咒術師盯上的理由若跟王選之爭有關，那就有可能是對相關人士的無差別攻擊，藉此牽制愛蜜莉雅的陣營。昴和雷姆，都只是隨機挑選的犧牲者。

「你好像，煩惱得很認真——呢？」

藍色與黃色的異色瞳，像俯瞰一樣映照出近在眼前的昴。羅茲瓦爾那像是在評鑑的目光，讓人感覺內心都被看透，昴為此皺眉。

「問這種事有點不應該……不過客人，你——心裡有沒有譜——呢？」

「為、為什麼……問我這種事？」

「沒──有啦，失禮了。我似乎也有點生氣，畢竟可愛的隨從遭遇這種不幸──嘛。」

羅茲瓦爾的視線突然離開昴，沉痛地凝視著房內。

看著他的側面，昴自覺到自己置身的狀況有多險惡。

昴是清白的，但沒有可以證明的手段，因為在這一回的路線裡頭，昴絲毫沒有被身邊的人信任的要素。

「……昴。」

發出不安的聲音，愛蜜莉雅拉了拉昴的袖子。

只要看一眼，就知道濕潤的藍紫色瞳孔在訴說什麼。

如果知道什麼就說出來，那雙眼睛這麼說。

只消呼喚名字，就能傳達出她的意思。

想要回應愛蜜莉雅的懇求，但另一方面，想拍開她手指的衝動襲向昴。

如果知道什麼，所有人都輕鬆地這麼說。

──那種事，能講我也想大聲講出來呀。

看昴陷入沉默，愛蜜莉雅抓著袖子的手指微微顫抖。

重複輪迴，每次都在掙扎著讓未來變得更好，然而結果全都背離期待，還帶了超乎想像的惡劣事蹟回到原點。

「昴。」

整顆腦袋被混亂攪拌，乾脆全部開誠布公還比較輕鬆。

不，是可以變輕鬆的。

──就在想要豁出去的時候。

「──」

黑色霧靄和停滯的世界，凌駕想像的痛苦瞬間掠過腦海。

倒抽一口氣，意識到袖子被愛蜜莉雅抓著的觸感，昴感到胃部一陣絞痛。

繼續這樣沐浴在愛蜜莉雅的懇求眼神下，自己遲早會投降。就算沒有，只要能讀取情感的帕克有那個意思，自己在隱瞞什麼的事情就會敗露。一旦演變成那樣，就無法在不觸及「死亡回歸」的情況下說明。

而那意味著，要品嚐永無止盡的苛責之苦。

感覺嘴唇急速乾裂，恐懼奔竄令昴難以承受，他稍微朝後退了一步。

「──如果知道什麼，就不要逃。」

昴這輕微的舉動，於房內崩潰哭泣的少女眼中，根本就是為了隱瞞對自身不利的事態而想逃跑。

剎那間，陣風用力搖晃門扉，餘波拍打著昴的瀏海。因突如其來的暴風閉上眼睛，但緊接而來的銳利痛楚縱向撕裂臉頰。

「好痛……呃！」

忍不住伸手摸臉，手掌上都是血。是風，臉被風割傷了。

待在房間裡頭，手掌朝向這邊的拉姆，用充滿憎惡的眼神射穿昴。

「如果知道什麼，就全部說出來。」

「等等，拉姆！我……」

辦不到。說出來的瞬間就會破壞一切的預感，令昴中斷話語。

但是，即使延後鐵定會發生的決裂時間點，也想不出可以打破現狀的良策。

看昴閉口不語，拉姆再度送出灌滿警告意味的風。

如果可以用陳腐的表現，拉姆的招式是被稱為「風刃」的現象。

風之魔法——引發類似真空氣旋現象的魔法。斬擊的鋒利縱向切割昴與拉姆之間的地板和門，超越撕裂臉頰的威力直逼昴而來。

要被砍了——眼前的現象讓昴甚至忘了呼吸，但是……

「——貝蒂是嚴守約定主義者。」

風刃被站在昴前面的奶油色頭髮少女翻掌抵銷。

碧翠絲輕甩舉起的手掌，望著不以方才的技藝為傲的拉姆。

「在宅邸的期間，保護這傢伙的人身安全是貝蒂要遵守的契約。」

「碧翠絲大人……！」

面對嚴肅告知的碧翠絲，拉姆氣憤咬唇。

斜視拉姆的憤怒，碧翠絲仰望站在旁邊的羅茲瓦爾。

「羅茲瓦爾，你的佣人對你的客人做出無理之舉喲。」

「確實，實在是遺憾之至——呢，可以的話，我也想馬——上將他視為上賓款待。在他吐出藏在心中的一切，變得輕鬆之後。」

「這傢伙昨晚待在禁書庫耶，所以跟這件事應該沒有關係啦。」

「事態的重要性已經不在那了，妳應該也知道——吧？」

交涉決裂，羅茲瓦爾聳肩，接著雙手手掌朝上。連昴都看得到，他的手掌突然浮現許多顏色繽紛的光輝。

紅、藍、黃、綠——即使是沒有魔法知識的昴，也知道那四種顏色的光芒是凝縮的魔力。在美麗的色調中，灌注了超乎想像的能量。

「還是沒變呢，有點小聰明的年輕人。稍微有點才能，比他人稍稍努力，蒙受一點家世和師長的恩惠……這樣的黃口小兒還真自以為了不起呀。」

「好嚴厲——喔，說起來，窩在時間停止的房間的妳，和經常走動的我輩有多麼不同，要不要來試試看——啊？」

兩人之間生出魔力熱潮，足以讓昴產生空氣扭曲的錯覺。

撇開當事人昴，兩人互相提高戰意。

「不——過，真沒想到妳會挺身保護他呢，妳——就這麼喜歡他嗎？」

「玩笑話用在你的化妝和癖好就夠啦，羅茲瓦爾。貝蒂的理想對象是葛格那種人，那個傢伙不管是可愛度還是體毛量都不夠格啦。」

相較於讓四色光輝浮空的羅茲瓦爾，碧翠絲看起來根本毫無防備。可是，在站著對峙的少女周圍，出現空間歪斜這種壓倒性現象，看不見的東西反而凸顯了可怕。

「怎樣都好，那些事怎樣都沒差！」

戰況一觸即發，介入擁有超凡力量之人互瞪較勁場合的，是尖著嗓子、用力跺腳的拉姆。她承受全員的視線，同時使力握著裙襬。

「不要妨礙，讓拉姆過去，拉姆要幫雷姆報仇……你如果知道什麼，就全部說出來，幫幫拉姆……救救雷姆。」

那是悲痛的傾訴，讓人緊握胸口的話。好想回應，昴是真心這麼想。

可是，卻又無話可回。

對緘默的昴感到沮喪和失望的拉姆，射出充斥負面情感的視線。

「對不起，拉姆。就算這樣，我還是想相信昴。」

像要保護昴免受敵意視線所傷，愛蜜莉雅站到碧翠絲身旁。

她舉起手掌朝向拉姆，邊牽制戰局邊轉過半邊臉面向後方被庇護的昴。瞳孔像在探索隻字片語般猶疑不定，然後低垂視線說：

「昴，拜託你，如果你能拯救拉姆和雷姆的話……求求你。」

慈悲的感情，讓昴為自己的卑微到羞恥。

事以至此，愛蜜莉雅還是站在昴這一邊。

站在一開始對自己說出過分的話，現在這種關鍵時刻又閉嘴不語的昴這邊。

「對不起──」

踐踏愛蜜莉雅這樣的關懷，昴的雙腳不是朝前，而是朝後退。

在這瞬間，沉痛的感情竄過愛蜜莉雅的眼睛。那是失望、是悲嘆，最甚的就是對寄予信賴被背叛的預兆無從忍受的心灰意冷。

昴真正對自己絕望，是在看到愛蜜莉雅那個眼神的時候。自覺以自己的行為為開端，推開了無可挽回的惡夢門扉。

不想去看那些，昴於是背對愛蜜莉雅。

一瞬間，愛蜜莉雅的手伸向遠去的背影，但是在碰到昴之前，她先迎擊了風刃。風和純粹的魔力撞擊後瑪那彈開，這段期間昴拔腿狂奔。

「昴──！」

揮別叫住自己的聲音，昴忘我地衝過走廊。感覺身後的魔力碰撞變得更激烈，但昴卻沒有回頭的勇氣。

太弱了，脆弱得萬劫不復。

所以才會蔑視想要相信自己的愛蜜莉雅，和試圖救自己一命的碧翠絲的所有好意和善意，自私地逃跑。

不知道該怎麼做才好，唯有——

「——絕對要殺了你!!」

身後傳來拉姆宛如泣血的尖叫。

失去另一半的少女，用足以撕開身子的復仇吶喊追在後頭。

塞住耳朵，搖頭，發出不成聲的聲音，昴逃跑，不斷地逃。

不斷地逃下去。

9

一個勁地埋頭狂衝，不知道過了多久。

上氣不接下氣，膝蓋發軟，流淌的汗水劃過下巴。持續奔跑，若不持續奔跑，就會被後方追過來的不知所以感情給追上。

然後被抓到的時候，這次就真的全都完了。

拉姆悲痛的吶喊，怨恨的怒吼，到現在都還沒離開耳內。

逃跑，因為逃跑，因為自己逃出來了。

如今，昴已經回不去那裡了。

拉姆和羅茲瓦爾不會原諒逃跑的昴，愛蜜莉雅和帕克也無法完全信任頑固不肯開口的昴吧。不僅是他們，還拋下遵守契約的碧翠絲，那名少女也不會再當昴是同伴了。

「這不是徹底完蛋了嗎……！我能做什麼……我還能幹嘛！」

為什麼會變成這樣？到底是哪裡不對？這些全都搞不清楚。

要怎麼做，世界才會容許昴的存在呢？

「明明……之前那麼……快樂。」

被唐突地召喚至異世界，只能在一無所知的世界中苟活。在只有不安扎根的世界，只有那間宅邸是願意接受昴的安寧之所。

那些日子，那些時光，那段只度過為期一週的時間，對現在的昴來說，是那麼遙不可及又令人憐愛。

重新來過，回到原點，再次挑戰，每一次的世界都向昴張牙舞爪。

——我不行了。

這樣的呢喃忽然閃過腦海。

——我為什麼還要繼續拼命努力？

催促自己放棄的聲音，是甜美的誘惑，昴好想將一切都交給它。

如果按照那聲音去做，一定可以變得輕鬆吧。

原本，昴就是容易選擇輕鬆狀況的那種個性。
不是只有昴，只要是人類都會這樣吧。
為眼前的選項煩惱時，第三個選項出現的話會怎麼樣呢？
會感覺那個選項宛如天啟，被人責備伸手選取的衝動。
血氣急速脫離頭部，高分貝喊叫的心跳感覺離得好遠。手腳變沉重，像被驅趕而跑的雙腿不知何時拖著腳跟走。
「——」
幾乎站立不動的時候，昴才初次察覺到自己置身在被樹木包圍的森林裡。似乎是奔出宅邸偏離林道後，在山路裡迷失了方向。
被鬱鬱蒼蒼的茂盛綠意籠罩，連天空都被遮住而顯得昏暗，昴覺得這裡跟第三次死亡的地方好像。
想到死亡的瞬間，第三個選項頓時帶有明確的影像。
「只要死了……」
——就能得救了吧？可以脫離這個狀況。
「啊啊，對啊，只要死了就行。」
清楚地說出口後，覺得這真是絕妙方案，嘴角不禁泛起笑容。
死了三次，丟掉一切，然後重頭來過的第四次世界。

這一次得到的只有小命一條，除了性命以外什麼也不剩。
拼死拼活地持續掙扎，結果卻是這樣的話，那還有什麼意義呢。
「想做就去做啊，反正我這個人死了也沒差……」
咬著嘴唇，對將自己捲入這個狀況的存在吐露憎恨。
黑色情感燉煮五臟六腑的同時，走在森林裡的昴視野突然變開闊。
在眼前展開的，是與昴心境完全相反，湛藍到可恨的天空，還有……
「……懸崖。」
多麼恰到好處的神機妙算啊。
到了這種時候，才終於傾聽自己的願望。昴朝上天的存在吐以感謝的咒罵。
——然後，給予愚蠢可悲的菜月．昴安詳。
踩著搖晃的腳步，像被邀請似地走向懸崖。
風很強，正面吹來的風掀起衣襬，昴站在可以仰望藍天的懸崖邊。
底下，仔細看是銳利岩肌並排的峭壁，往下十幾公尺就是寬敞的裸岩區，要是從這高度墜落到那裡，絕對免不了一死。
「哈……哈……哈……」
目擊到底下的裸岩，可以清晰地看到自己慘死的幻覺。
忘記的心跳聲再度大聲歌唱，肺臟攣縮，呼吸斷斷續續。大量汗水浸濕全身，感覺格外的冷，昴閉上眼睛。

——就這樣，閉上眼睛往前踏出一步，就結束了。

這次死了，昴會變成怎樣呢？

又會回到在宅邸的第一天重新開始吧？就算會那樣也不在意了。

假如回到第一天，那裡有愛蜜莉雅、拉姆、雷姆和大家。昴會當宅邸的佣人，若無其事地和大家接觸，然後在第四天的夜晚睡著死去吧。

重複這過程，昴至少可以沉浸在安穩的日子中。

真是好主意，沒有比這更好的救贖了。既然如此，死了也不壞。

「——」

可是，懸崖上昴的身體卻文風不動，只有膝蓋像耍人一樣在顫抖。

伸手試圖停止顫抖，膝蓋卻在彎腰的時候虛脫，整個人失去重心，姿勢變得像是朝天空磕頭，昴為自己的悲慘咬破嘴唇。

「只要再一步而已……我連……這麼簡單的事都……」

——勇氣不足所以辦不到。

儘管被逼到絕境輸給衝動，卻還是無法執行軟弱的決定。

決心和覺悟都脆弱得好笑，蹲著流淚就是昴現在的樣子。

明明不知道活著的意義，卻又害怕死亡而不敢自殺。

自己有多悲慘、多難看，昴邊抓地面邊發出呻吟。
直到體力耗盡，昴都在為自己的淒慘流淚，不斷懊悔。

10

看到在無意識中浮現的光景，昴以為自己做了惡夢。
在明亮的房間裡，坐在餐桌旁的有昴和愛蜜莉雅，羅茲瓦爾坐在主位，碧翠絲正在喝紅茶，旁邊是把頭塞進盤裡食物的帕克。
愛蜜莉雅告誡在餐桌吵鬧的帕克，雷姆配合中間的空隙俐落地執行職務，拉姆則是專門侍奉羅茲瓦爾完全無視其他人。
不自覺的，昴笑了，大家也笑了。
——做了一個如此幸福溫暖的惡夢。
伴隨苦痛的夢，呼喚悲傷的夢，帶來喪失感的夢。
品嚐心靈被刮削的痛楚，喘不過氣的昴丟失了呼吸。
「——」
突然，表情和緩下來。
感覺有人握著自己的手。

手掌所感受到的溫暖，讓緊纏不放的負面情感逐漸遠離。

然後，看到光芒。

白色的光芒，耀眼的光輝，意識被導向那裡——

11

「——終於醒啦。」

睜開眼睛，昴的正面映照著被夕陽彩繪的橘色天空。

注意到自己仰躺在地面還有失去意識。之前在思考著什麼，思考的期間像被吞沒一樣失去意識。

——自殺失敗，丟人現眼地哭喊，最後累了就睡著了。

超越滑稽，令人覺得憐憫的醜態。像嬰兒一樣的行為，不對，沒有犯錯能力的嬰兒比現在的昴有用多了。

「說些什麼來聽聽啊。」

「……要說什麼？」

「不僅無趣還很迂腐，一臉不爽又難搞的傢伙。」

吐出辛辣評語後，碧翠絲隨便地甩開一直摸著的昴的手。

碧翠絲身上的洋裝跟峭立的懸崖根本不搭，甚至可以用荒唐來形容，簡直就像是把少女的照片貼在風景畫那樣不協調。

「……穿成這樣跑到外頭來，很不尋常呢。」

「貝蒂也不想走在這種土臭味很重的山裡，要不是因為你逃進這種地方哭著鬧脾氣，貝蒂才不會來呢。」

碧翠絲拍拍洋裝裙襬，厭煩地告知，昴這才注意到一件事。

她是為了什麼出現在宅邸外頭，甚至到這種荒郊野外呢？

「為什麼……」

「怎樣啦？」

「妳為什麼要來？我……」

——即使是遵守契約保護自己的碧翠絲，昴也無法向她坦承以對。

昴欲言又止的態度，令碧翠絲一臉厭惡以鼻子嗤笑。

「保護你的人身安全，是貝蒂跟你締結的契約。要是你暴露醜態後又跳崖自殺的話，可是會損及貝蒂的威信的。」

「貼身隨扈啊……我們的約定是到今天早上而已吧？」

「——貝蒂可不記得有講到期限喲，是你誤會了吧。」

昴搜尋記憶，閉上一隻眼的碧翠絲撇離視線一口斷定。契約內容出現「誤會」這樣的差錯後，碧翠絲還想繼續執行跟昴的契約。

嘴巴壞又不對盤的少女——這種印象強烈到無以復加的碧翠絲，她所展露的慈悲之深，令昴忽然得到胸部被搥打的錯覺。

碧翠絲沒有遺棄昴，既然如此，說不定還可以——

「抱著淡淡的期待，也想得太美好了。」

「——呃。」

沒必要放棄。又朝輕鬆想法靠攏的昴被碧翠絲制止，她搖頭說：

「失去的東西是不會回來的，貝蒂能做的事已經所剩無幾，向雙胞胎姊姊辯解的機會也沒了，因為你已經扔掉那個機會了。」

「我……！」

如果能說我早就說了！真想這樣吶喊。

要是沒有心臟會被捏爛的制約，昴早就全盤托出然後請求諒解。

明知那根本成不了拉姆的救贖，但至少為了自己的內心安寧。

「都到這種地步還在妄想，我是白痴嗎……不，我真的是白痴。」

擬定方針，找藉口，辯解，明哲保身。重複這些過程，昴來到了這裡。

不論是物理還是精神層面，崖上的昴都被逼到無處可逃。

逃了又逃，逃了又逃，持續逃跑，昴才會在這裡。

「既然知道回不去了……那妳打算拿我怎樣……」
「至少，死在我看不見的地方，不然會做惡夢的。所以說，如果你想逃跑，那貝蒂會幫你逃到領地外頭。」
她的表情冷淡，視線冷漠到像在看無趣的事物，然而少女話裡的真正意圖，以溫柔打垮制服了昴。
裹上「嚴厲」這層糖衣，碧翠絲的溫柔叫人心如刀割。
碧翠絲說的，絕對不是謊言。
如果昴希望逃跑，少女一定會接受並且出手相助吧。
逃跑之後不知道有什麼在等待自己，但是不會發生比這裡更惡劣的事了。
不會比因為自己的愚蠢而瓦解安居之所，然後扔下一切逃跑更糟糕了。
「——」
被風刃割傷的臉頰，現在也還在不斷訴說著冒血的痛楚。
碰過傷口後，昴遲至現在才發現自己曾受過類似的傷，昴的靈魂還記得這股銳利。
昴被雷姆追殺在山中逃竄時，砍掉他右膝以下部位的就是風刃，這跟那個用的是同樣的魔法，碰觸傷口的昴憑直覺領悟到這件事。
「最後挖掉脖子的魔法也是吧……原來是兩人合力……」
死後才知道，遲來的理解和絕望會合，增加了內心的沉痛。

就連現在，拉姆怨恨的怒吼，和失去雷姆的悲切慟哭都還烙印在腦子裡。

那瞬間，那個地方，就是昴的分水嶺。

昴不應該逃出宅邸，縱使忍耐痛楚的覺悟不夠，也應該要和拉姆面對面交談。

錯過時機就永遠失去了接觸內心的機會。

一度離掌而去的機會，不會再回到昴的手中。

——至少，在這個世界是如此。

「雙胞胎的姊姊為了妹妹而忍耐，然後雙胞胎的妹妹為了那樣的姊姊而活。不管少了哪一個，那對姊妹都不圓滿了。」

彷彿劃破寂靜的思考，碧翠絲發出抑鬱之聲。

手指穿過自己華麗的頭髮，碧翠絲沒有看昴繼續說下去。

「不管缺哪一個，都無法恢復以往，羅茲瓦爾也一定不能容忍。」

「那是什麼意思？妳知道什麼……？」

總覺得，她在講很重要的事。

昴逼近碧翠絲質問話中的真意，但是伸出的手指卻被少女輕易躲開。接著少女反過來抓住昴的袖子絆倒他，溫和地將他拉倒在地。

順著力道躺在地面，昴感到驚愕，碧翠絲的頭髮碰到他的臉頰。

「你竟然這麼在意，不過才四天，而且你幾乎都窩在房裡也不太有機會跟對方打照面。如果要強迫推銷你的自以為是，那個雙胞胎姊姊現在可無法從容地聽你說，因為你已經不是不相干的人類了。」

「我什麼也……！」

不知道。本想這麼說，卻又說不出口。

重複過了十幾天的時光，就在昴的心中。其實昴大可以反駁，在那段期間有現在的碧翠絲不知道的時間、回憶和羈絆。

然而，讓昴不能大放厥詞的，是突如其來的理解。

昴所知道的跟碧翠絲高聲告知的，就是從拉姆和雷姆表情窺探出的真心話、感情和羈絆有可能都不存在。

在這十幾天的時間，昴有多了解那對雙胞胎呢？

若真的彼此了解，那襲擊昴的絕望感和喪失感又是什麼？難道這一切都是惡夢嗎？

現在，被碧翠絲以嚴厲視線俯視的昴，有辦法從拉姆和雷姆兩人身上拿出什麼來反駁嗎？

對那兩人，昴真的一無所知嗎？

覺得重要，想要守護，原本是這麼想的——

「結果，我在什麼都不知道、什麼都不懂的情況下，隨便對妳大吼大叫，真是丟人現眼……」

——你已經不是不相干的人類了。

昴什麼都不知道，葬送所有機會，孑然一身隨波逐流到這裡。

在黑暗的視野裡頭，想起的是在宅邸度過的每一天——

那些日子都粉碎散落，連昴的心也發出清脆聲響破裂四散。

背貼著地面，昴用手掌掩蓋面容，悲嘆自己的無力。

結果，打從一開始這一切都是無法觸及的理想鄉嗎？昴所看到的光景全都是夢境或幻覺，真正的時間根本不存在。

「……一直這樣也不是辦法，在被發現前先起來啦。」

碧翠絲朝快要輸給落淚衝動的昴叮嚀，但昴一動也不動。對此感到不耐的碧翠絲，粗魯地抓住遮住臉部的手掌。

視野被拓寬，輕盈的少女用全身的體重拉扯手腕，試圖讓昴站起來。

「——」

這時，透過手掌傳來的觸感奪去了昴的注意力。

無視拼命想拉昴起來的碧翠絲，昴先確認手掌的觸感。

「幹、幹嘛？你怎麼突然……為什麼要搓貝蒂的手掌啦。」

「手握在一起就會像這樣……妳剛剛也有握我的手？」

「……那是貝蒂這輩子最大的過錯，因為睡著的你實在是太過淒慘可悲啦。」

碧翠絲把臉用力撇向旁邊，昴重複開闔被甩開的手掌，反芻鬆手後的溫度，回憶睡著期間得到的安心感觸。

——睡著的時候，昴做了惡夢。

在夢中，不斷被迫品嚐呼吸困難、絕望和喪失感的極限。

方才溫度介入苦楚的狀況，以前也曾有過。那是在——

「有人握著……我的雙手。」

碧翠絲驚訝地蹙眉，不只右手，昴也把左手伸到面前。

一個人要分別握住睡著的人的兩隻手，是很困難的。必須面朝下，和睡著的人採取同樣的姿勢，但是否能成功還很難說。

「——」

既然如此，雙手會有被握住的觸感，原因就很簡單。

「拉姆和雷姆。」

雙胞胎分別握住睡著的昴的手，就能辦到。

第四次的輪迴，在什麼都還沒發生的羅茲瓦爾宅邸裡，如果她們覺得可憐而稍微疼惜連睡著都還痛苦不已的昴的話。

「——」

聽見充滿憎恨的聲音，被「殺了你」這塗滿詛咒的怒吼撞擊。

無數把心切割得支離破碎、殘酷無比的話語，但是，有比那更沉痛的音色。

「——那個哭聲，沒有消失。」

妹妹死亡，另一半被扯離身邊，拉姆悲痛絕望的叫喊聲沒有離開耳朵。

昴那原本應該碎落一地的心，殘缺的碎片如今也在呼喊著什麼。

——原本，昴就是容易選擇輕鬆狀況的那種個性。

不想疼痛、不想受苦、不想難過，要抱著這麼慘澹鬱悶的心情而活，光想就讓人想逃。

「喂，我在想什麼蠢事啊……」

想逃得不得了，無論如何都想逃，內心是這麼想的。

「好不容易撿回了一命……」

忍辱拜託碧翠絲，丟人現眼地迎接第五天的時光。

因為只想著逃避才能抵達今天，昴想要做出決斷。

「對啊，撿回的是我的命，所以——」

朝輕鬆的方向、容易生存的方向走，有什麼不對。

「——使用的方式，由我來決定。」

說出口的瞬間，昴已經在自己心中劃掉回不去的路線。

碧翠絲聽了他的話後皺起眉頭，不過在質問少女眉間出現皺紋的理由之前，她先露出警戒的目光朝森林的方向看去。

「——都怪你拖拖拉拉的。」

碧翠絲摻雜悔恨的話，和風讓森林樹木喧嘩的聲音重疊。接著混入搖晃樹葉互相摩擦的音色，踩在土上的腳步聲也來到昴的面前。

回過頭，正前方站著粉紅色頭髮的少女。

12

「終於找到了——你已經逃不掉了。」

背對森林而立的拉姆，瞪著昴平靜地宣告。

看到拉姆表情留有濃厚的憎惡，痛心席捲昴的胸膛。

站著不動的拉姆，看不出平常的光鮮亮麗，裙子點綴著被樹枝扯破的洞，戴在頭上的髮飾應該是掉到哪裡去了，原本整齊的粉紅色頭髮，被風弄亂得失去了優美。

——穿制服和打理頭髮，姊妹倆都是互相幫對方做的。

這點昴也知道。不知道是在什麼時候，他曾聽人這麼說過。

還有好幾個關於雙胞胎的祕密，昴都知道。

「退下吧，只要契約存在，就算對手是妳貝蒂也不會放水喔。」

「碧翠絲大人才是，請讓開，拉姆也是即使對手是碧翠絲大人也不會手下留情。」

「有意思的笑話，聽起來像是在說對上貝蒂還能手下留情。」

「碧翠絲大人才是，您忘了這裡已經不是宅邸了嗎？離開禁書庫到森林裡——在這樣的條件下，您有自信能從拉姆手中保護那個男人嗎？」

在默不作聲的昴面前，兩名少女持續激烈的牽制。

碧翠絲感到可惜的反應，證明了拉姆所言不是故弄玄虛。

碧翠絲的強大是有條件的，而現在的狀況讓她無法活用力量。

即使如此，她還是頑固地遵守契約，不打算離開昴的面前。

昴從後方朝碧翠絲伸手，然後……

「我拉——」

雙手抓住少女兩道華麗的卷髮，然後用力拉長。

接著放手，髮量大所以反彈的力道也大，彈啊、彈啊。

「嗯，真是不錯的快感。」

「你、你、你、你……」

瞪大眼睛，嘴唇顫抖，碧翠絲打著哆嗦回過頭。

看到她那樣，昴歪頭問：

「幹嘛？」

「你在幹什麼啦!?都這種狀況了，你、你是想死嗎!?」

「別說蠢話了，我根本沒有想死的念頭。死亡真的是在人生的最後來一次就行了，我是認真這麼想。」

邊說邊拍碧翠絲的肩膀，然後昴站到憤然的少女面前。

直挺挺地用怒不可遏的表情瞪昴的拉姆，對主動靠近的昴加強警戒，從緊咬的嘴唇吐出呼吸。

「膽子很大嘛，終於想通了？」

「跟想通不太一樣喲，要說的話……是做好覺悟了才對。」

「──你說什麼？」

不懂昴的意圖，拉姆的臉皺成一團。

昴朝那樣的拉姆雙手合十，然後深深低頭。

「對不起，都怪我膽小懦弱，才會讓妳們這麼悲傷。」

「──哼！你果然知道雷姆是怎麼……」

「不，很抱歉我是真的不知道。老實說，有一堆我不知道的事，但是──」

對話中斷，昴先深呼吸，然後再繼續說。

「我現在知道，這次的事件我全都不知道了。」

「──事到如今！你說那什麼話!!」

昴表白決心的話，在拉姆聽來只是胡言亂語。

拉姆像在跺腳似的狠踹地面。

「雷姆已經死了！已經救不回來了！到了這種地步，知道些什麼是你唯一能做的事了吧!?」

「我不會說我能做什麼這種帥氣的話，因為什麼都不做的結果就是這樣。這種話說服力是零啦，我個人最了解。」

不是突然正經起來，即使是現在，昴的內心依然被後悔所刺穿。

對自己的愚蠢感到厭惡，如果丟臉可以致死的話那自己可能早就死了。

即使如此，卻還是丟人現眼地活著，難看至極地掙扎苟活，展示無可救藥的醜態後，抵達的地方就是這裡。

然後得到的，就是這個結論。

「你懂拉姆和雷姆什麼了!?」

「──是啊，就如妳所說的，我對關鍵的事一無所知，不過……」

這十天，昴都和她們走在一起。

她們不知道這件事，也不知道彼此曾說過話。

但是，昴清楚記得那段日子。

就算她們忘了，和她們一同看過、一起笑鬧、一塊度過的事，昴的靈魂都記得一清二楚。

不是什麼都不知道，昴就是認識她們。

昴所知道的拉姆和雷姆，確實存在昴所走過的世界。

然後，對那樣的她們──

「妳們才是都不知道吧。」

「不知道什麼……」

「我啊！喜歡妳們！我最喜歡妳們了！」

態度雖然冷淡傲慢，卻很照顧人的姊姊。

佯裝有禮其實瞧不起人，說話帶刺的妹妹。

與她們一同度過的日子，是昴倍感疼惜的時光。

縱使身體記得被她們殺害，但卻忘不掉重要的回憶。

如果能再一次共同分享那段時光，一定會覺得「那樣」選擇也無所謂。

昴的叫喊，令拉姆愕然地瞪大眼睛渾身僵硬。

這是當然的。

站在拉姆的立場，昴的發言根本是意義不明的胡言亂語。

因此，她在瞬間做出「砍死他」的判斷。

拂去思考所造成的剎那停滯，身體的僵硬解除後，拉姆採取動作。

但是，即使只有一剎那，停滯就是停滯。

「——唔！」

儘管只有一剎那，昴全力衝刺的動作，就是比拉姆的怒意轉換成攻擊的瞬間還早。

背對拉姆，跑過碧翠絲身旁，昴的身體披上風的速度——朝懸崖筆直前進。

「等一下──！」

身後傳來少女高亢像哀嚎的聲音。

那是哪一位少女的聲音，奔跑的昴沒有去想。

即使下定決心，思考就跟被攪拌一樣亂糟糟。

心臟的跳動彷彿背叛內心，全身嘎吱作響，手腳像灌了鉛一樣沉重。

明明全力奔馳，世界卻不知何時變成慢動作，就連一秒都能延宕結果，根本是在催促昴改變心意。

──蠢斃了，都這節骨眼了還猶豫什麼。

仔細想就知道，那應該就是對「生」的難看執著。

即使再怎麼想死，輸給膽小後結果就只能卑躬屈膝。

然而，昴現在卻戰勝了軟弱。

「還沒跟碧翠絲道謝……」

將最後的憂慮化為語言，昴拋下一切遠走高飛。

懸崖逼近，害怕去數還要幾步。真不正經，太不正常了，想要大笑的衝動上湧，可是卻完全笑不出來，不可能笑得出來的。

就這樣苟活下來的話，就只能活得像死人一樣。

如果在這裡放棄未來，那對昴來說就跟死沒什麼兩樣。

如果要讓撿回來的小命活得像死掉一樣，那還不如用這條命來還原「什麼」。
而且這份決心，才是可以讓一事無成的昴去做到某件事的必要條件。
「──只有我能辦到的事。」
雙腳離地，在空中飛舞。什麼也碰不到，搆不著。
好快，風好大，眼睛好痛，頭好痛，耳鳴好遠，感覺好像丟下心臟跑掉了。聽不見心跳聲，
不祥的警鐘在頭蓋骨裡震天價響。
如果死亡就結束，那就到此為止。
但是，如果可以，假如可以回去的話。
因為她大喊的是「絕對要殺了你」。
既然如此，那昴──

「──我一定會救妳。」

道出決心後，從頭部開始猛烈撞擊堅固的地面。
碎裂的聲音壯烈響起，除此之外聽不見其他聲響。
連怨恨的聲音也追不上，什麼都追不上──

13

——那裡有的就只有「無」。
意識模糊地在「無」之中環視周圍。
環視，這種表現法不適合這種情況。
意識沒有眼睛，也沒有手、腳和其他身體部位，有的，就只有沒有實體的意識，這不確切的東西正處於漂浮的狀態。
什麼都不知道，無法傳達、審視周圍。
好暗，什麼都沒有的房間。
不知道天花板和牆壁的距離，被無法想像房間寬敞程度的漆黑所覆蓋的世界。
突然，在這永遠黑暗的世界中，誕生了意義。
對意識來說，意義的位置就在正前方，那裡突然生出了人影。
細小，而且還是被漆黑籠罩的不明確輪廓。特別是上半身被覆上一層霧靄，強烈地阻礙意識的認知。
人影的出現，讓意識初次得到強烈的欲求。
在那感覺尚未冷卻的期間，影子緩緩活動，朝意識做出像要傳達什麼的動作。
不懂，什麼也沒傳過來。

儘管如此，不知為何注意力就是無法離開人影——
「——還不能見面。」
留下這聲細微的私語，黑色世界倏地消失。
連同影子和意識一同吞沒，消失無蹤。

《完》

後記

久疏問候，我是長月達平，對一部分的讀者而言是鼠色貓。

感謝您在第一集之後又拿起本故事的第二集，我想應該是沒有從第二集開始看起的猛將，不過若有這樣亂來的勇士，請看看旁邊，第一集八成就放在那裡。如果沒有的話，還請跟書店店員詢問：「請問有這個的第一集嗎？」您的一句話，足以改變銷售額！

撇開這個直接到不行的祕密行銷，第二集突然就拆成上下兩集。在作品的特性上，有必要將故事分為「問題提出篇」和「解決篇」，所以就變成在這麼關鍵的節骨眼插入「請待下集分曉！」的狀況。

由於往後本作品也會進入重複卡關再挑戰的冗長過程，希望諸位能夠享受每一輪的劇情變化，同時看到之後的關卡怎麼解決。

這次擔任解決篇的第三集會在隔月發售，還請放心，萬歲！

另外，從第二集開始陸陸續續有新角色登場，對看過網路版的讀者來說，是盼望已久的角色群。

特別是女僕姊妹和蘿莉圖書館員，是本作裡人氣很高的成員，大塚老師的設計功力真的叫人又叫又跳。多虧有他，女性角色全都很耀眼可愛，而且羅茲親成了奇蹟般的可疑人物。大塚老師真的叫人打從心底佩服。

席捲他和她們的豪宅物語會如何解決呢？敬請期待下一集。

那麼，大致鬧過一遍了，這次接續第一集，來說說本作品誕生的背景吧。

我個人喜好立場差、能力低的男生為了女生努力到吐血的故事，我真的很喜歡這種題材。

因此，一開始主角除了「無力」，還有「無知」、「無能」、「魯莽冒失」、「特別的遲鈍」一大放送，是全都塞在一起做出的人物設定。當然只是創作一個沒有優點的角色沒有意義，因此就想讓他擁有特別的能力。不是強大的力量或壓倒性的財力，而是符合作者喜好的特別能力。

於是可以「死亡回歸」的無力系主角誕生了，這樣的主角為了讓高不可攀的銀髮女主角回頭而不斷掙扎，故事的主劇情設定跟著油然而生。

在只有這些設定的情況下到了某家家庭餐廳，和十年好友Y堅持只靠飲料吧台來膨脹原本設定，完成了大略的雛形。

也就是說，能夠心平氣和聊妄想的朋友，和深夜的家庭餐廳，就是創作作品的祕訣。

後記的大部分區塊都被戲言填滿了，就用剩下的空間來道盡感謝吧。

池本責編，從第一集開始就很感謝您，第二集和第三集彼此都在削減靈魂到以為會死的地步，不過平安無事出書比什麼都重要，完成了耶～

還有大塚老師，比上次還要快完成插圖的速度十分不尋常，在確定設計稿OK的隔天插圖就完工，讓我嚐到彷彿生出不同時間軸的錯覺，還有看到完稿的異次元喜悅，非常感謝您。

裝訂設計師當然非草野莫屬，延續第一集幻想風格的愛蜜莉雅，這次完成女僕姊妹纖弱得勾引保護欲的厲害封面，謝謝您。

其他還有校正人員和行銷人員，以及各家書店店員的幫助，合眾人之力，才得以將續集發送至各地，謝謝大家。

最重要的當然是拿起第一集後又拿起第二集的讀者，向您致上最大的謝意，真的非常感謝。

那麼，期待能在下個月的第三集解決篇再相見。

2014年1月　長月達平《第一集發售前緊張到要死時下筆》

大家都喜歡的
雷姆和拉姆的誕生過
製作 大塚真一
一切都是從這裡開始的……（騙人）
雷姆
拉姆
看過設定後，就決定畫面無表情的角色。
被作者＆編輯說「她們是人氣角色，
要更可愛一點！」所以就再次修正。
網路版的設定
古典風的
拉姆＆雷姆。
因為太樸素的理由
而廢棄。
將「」的設定膨脹
後追加和風要素，不
過卻因為「看起來不
像女僕裝」而再做修
改。
砂糖點心
娃娃？
留下髮型、髮飾、和風要素，
然後把裙子改成迷你裙
完成！

「葛格！葛格！貝蒂把『Re:Zero』第三集預告整個搶過來了！」

「哇喔，妳真是壞女孩，貝蒂。說到第三集，就是豪宅故事的完結呢。」

「對啊，終於到解決篇了。明明是主角，被召喚來才一個禮拜卻隨隨便便就死了，真是讓人看了會操心的傢伙。」

「呵呵呵，不過會真心擔心的貝蒂是好孩子喲。能夠窺見貝蒂這個溫柔之處的第三集，是何時發售啊？」

「葛格好壞喔……發售日是三月二十五號，連續三個月每個月販售一集。還有，不可以忘記一同發售的月刊Comic Alive Re:Zero附錄特集喲。」

「莉雅的封面真是可愛，二月和三月的封面是豪宅雙胞胎女僕……嗯嗯，這兩人都被畫得很可愛不是嗎？這樣昴也會很高興吧。」

「取悅那種傢伙根本毫無意義，貝蒂覺得若是採用葛格和貝蒂的雙人照會更好。」

「考量到讀者群，會去想誰做封面人物比較可愛是無可奈何的結論呀。」

「明明博學多聞城府又有點深的葛格也很棒……」

「附錄的Re:Zero美術設計圖，是大塚真一郎老師全新繪製的封面以及角色插圖，有點精美的角色介紹是可看之處喲。」

「用附錄形式補充只看本文還不瞭解的角色背景……真是奸詐的做法！」

「這是為了拉抬銷售額囉。好啦，撇開行銷人員在外頭的努力，在故事裡頭努力的登場人物會變得怎樣呢？在第一集就死得很慘的昴，能否抓住期望的未來呢喵。」

「《Re：從零開始的異世界生活》第三集，將在三月二十五日發售喔！」

「在發誓一定會救妳之後，伸出的手是否能碰到她們呢——敬請期待！」

「在最後正經起來，葛格的可愛和濃密毛髮最棒了……」

註：以上日期皆為日本地區的發售時間。

東京聖塔 1

作者：**雨野智晴**　　插畫：**富岡二郎**

Tokyo Ziggurat

東京聖塔——那是一座突然出現在東京都新宿區，能夠達成破關者任何願望，超出人類智慧，猶如RPG一般的世界。雖然有著許許多多的塔霸士向聖塔挑戰，然而內部的生存率僅僅只有10%，至今尚未有任何人稱霸此處。而今一名少年踏入了聖塔的大門。千疊敷一護，為了拯救罹患致死的怪病・石化病而剩下兩年生命的妹妹一衣，決定向聖塔挑戰，但他的能力值卻屬於挑戰者之中的最弱階級。不僅如此，據說無論取得了多麼強大的裝備，想要突破聖塔最少也得花上10年的時間。然而，為了距離死亡的時限已被決定的妹妹，他取得了某項最強的技能，不過……？將喪失的未來、以及因果的真理給扭曲吧——以最頂端作為目標，赤裸裸的劍刃武打作品！

猫耳天使與戀愛蘋果 1

作者：花間燈
Hanama Tomo

插畫：榎本ひな
Enomoto Hina

高二生一樹吃了一顆能夠實現各種願望的「天界蘋果」，並且在吃了蘋果之後遭到惡魔的追殺。於是，一樹和從天界降臨的天使．薄荷攜手合作，一起尋找「另外半顆蘋果」的下落。惡魔的襲擊和隱藏於天界蘋果中的祕密，一樹一邊克服接踵而來的困難，一邊為了得到另外半顆蘋果而四處奔走。在這混亂的情況中，他的青梅竹馬．雪姬突然變得相當積極……!?

本書為第9屆MF文庫J輕小說新人獎〈佳作〉得獎作品，是戀愛的蘋果們和貓耳天使所交織而成的愛情喜劇。請品嘗令人飄飄欲仙、陶醉不已的極品果實吧。

家裡蹲萬魔殿 2

作者：壱日千次
Ichinichi Senji

插畫：うすめ四郎
Usume Shirou

弄清楚撒旦的真面目其實是日高見家死去的長女・聖歌之後，春太他們再度開始了一家三口的生活。在這樣的日子裡，擔心脫離家裡蹲並開始上學的乾妹妹・久遠會不會在班上受到孤立，春太收到了久遠傳來的SOS『空中信』。當他慌張地趕到一年級教室，卻得知班上的帥哥・雷火為了對久遠告白而將她帶到屋頂上。『我好像會被×××（＞＜）』。儘管春太對久遠離題的SOS做出吐槽，但他的心情依然感到焦急。面對這樣的他，雷火提出了賭上久遠決鬥的要求。在這種情況下，要是又扯上聖歌她們這群惡魔的話，事態肯定會朝奇怪的方向發展——令人捧腹大笑的溫馨爆笑戀愛喜劇，眾所期待的第2彈登場！

青文出版社　網址：www.ching-win.com.tw

日本KADOKAWA CORPORATION正式授權繁體中文版

少女與戰車 3

作者：ひびき遊
Yu Hibiki
原作：GIRLS und PANZER製作委員會

我的名字叫做武部沙織，今年16歲，是大洗女子學園2年級學生。終於終於～來到決戰了！對手是美穗穗的姊姊，同時也是西住流戰車道繼承人之一的西住真穗領軍的黑森峰女子學園！我們的戰車只有八台，可是對方卻有二十台！再說那些大得不像話的戰車是什麼玩意啊!?真不愧是實力堅強的學校……但是我們也是賭上學校的存亡而戰，所以才不會輸呢！美穗穗的戰車道絕對沒有錯——

各自懷著不安、期待和覺悟度過的決勝前一晚過後，上演精彩總決賽的故事完結篇轟然登場！

青文出版社　網址：www.ching-win.com.tw

不潔聖者的神代之詩 1

青文文庫

作者：新見聖
Niimi Hijiri

插畫：minoa

費加洛魔皇國獲得了上天賜予的無敵兵器「輅機」，並企圖倚靠它的力量征服世界。祖國因為該國強大武力而潰滅的亡國王子，西琉・瑟古亞。儘管他為了抵禦魔皇國的侵略而站上最前線，不過一切的功績卻不受到承認，過著懷才不遇的日子。西琉的心中燃燒著名為復仇火焰，而看穿他野心的人，則是被人稱為「聖女」的義妹艾特菈。「來吧，義兄大人，讓我們一起走向這個短暫的未來吧。」

──期待著為這場復仇帶來幸福與災厄的這對兄妹，當她們一起詠唱「神代之詩」的時候，通往絕望的背叛之門也隨之開啟。告知新時代的揭幕的復仇傳奇正式降臨！

日本KADOKAWA CORPORATION正式授權繁體中文版

未完的少女傳說 1

書本、幻想與少女騎士

作者：弥生志郎 Shirou Yayoi　插畫：基井あゆむ Ayumu Motoi

幻想戲曲──那是一本魔法之書，能夠召喚降妖除魔的英雄、不存在於這世上的幻獸，以及超乎現代科學範圍的兵器。

高中生石馬龍斗在圖書室發現了一本名為《孤傲英雄譚》的神奇小說，除了自己以外，沒有人能看見它的書名與書頁內文。這天回家的路上，龍斗遭受到操縱凶暴猛獸的少女襲擊，幸得一名少女艾米莉搭救，並在艾米莉的指示下念出了《孤傲英雄譚》的內文──不料書中的美少女騎士愛莉絲竟然出現在他的面前!?

「請告訴我，主君。……吾身應當為誰而戰，成為誰手中之劍？」

無人傳誦的英雄敘事詩將寫下新的章節。描述英雄之戰的武鬥大戲正式開幕！

青文出版社　網址：www.ching-win.com.tw

Re:從零開始的異世界生活 2

原書名：Re:ゼロから始める異世界生活 2

作者：長月達平
插畫：大塚真一郎
譯者：黃盈琪

2015年8月25日　初版一刷發行
2016年4月25日　初版三刷發行

發行人：黃詠雪
副總編輯：洪宗賢
責任編輯：葉依慈　責任美編：胡星雯

國際版權：劉瀞月

出版者：青文出版社股份有限公司
住　址：10442台北市長安東路一段36號3樓
電　話：（02）2541-4234
傳　真：（02）2541-4080
網　址：www.ching-win.com.tw

法律顧問：敦維法律事務所 郭睦萱律師

製　版：嘉陽印刷事業有限公司
印　刷：立言彩色印刷有限公司

國家圖書館出版品預行編目資料

Re：從零開始的異世界生活 / 長月達平作；黃盈琪翻譯.
-- 初版. -- 臺北市：青文, 2015.02-
冊；　公分

譯自：Re：ゼロから始める異世界生活
ISBN 978-986-356-196-5(第1冊：平裝). --
ISBN 978-986-356-264-1(第2冊：平裝)

861.57　　103025430

親愛的讀者：

感謝您購買青文出版社的輕小說！為了提供更優質的服務，我們期待收到您的意見。煩請詳填本資料卡，傳真至02-2541-4080或彌封並貼妥郵票後擲入郵筒寄出，您將有機會獲 得青文『最新出版的輕小說』以及新書出版資訊喔！

姓名：＿＿＿＿＿＿＿＿＿＿＿＿ 性別：☐ 男 ☐ 女

年齡：☐ 18歲以下 ☐ 19～25歲 ☐ 26～35歲 ☐ 36歲以上

電話：＿＿＿＿＿＿＿＿＿＿＿＿＿＿ 手機：＿＿＿＿＿＿＿＿＿＿＿＿＿＿

地址：＿＿＿＿＿＿＿＿＿＿＿＿＿＿＿＿＿＿＿＿＿＿＿＿＿＿＿＿＿＿

E-mail：＿＿＿＿＿＿＿＿＿＿＿＿＿＿＿＿＿＿＿＿＿＿＿＿＿＿＿＿＿

職業：☐ 學生 ☐ 公務員 ☐ 教育 ☐ 傳播 ☐ 出版 ☐ 服務 ☐ 軍警 ☐ 金融 ☐ 貿易

☐ 設計 ☐ 科技 ☐ 自由 ☐ 其他 ＿＿＿＿＿＿＿＿＿＿＿＿＿＿＿＿＿＿

喜愛的書籍類型：（可複選）

☐ 奇幻冒險 ☐ 犯罪推理 ☐ 電玩小說 ☐ 純愛系列 ☐ 動漫畫改編 ☐ 電影原著改編

☐ 歷史 ☐ 科幻 ☐ BL ☐ GL ☐ 其他：＿＿＿＿＿＿＿＿＿＿＿＿＿＿＿＿＿＿

購買書名：＿＿＿＿＿＿＿＿＿＿＿＿＿＿＿＿＿＿＿＿＿＿＿＿＿＿＿＿＿

購自：☐ 書店，在＿＿＿＿＿＿＿縣/市 ☐ 漫畫店，在＿＿＿＿＿＿＿縣/市

☐ 青文網路書店 ☐ 網路 ☐ 劃撥 ☐ 其他：＿＿＿＿＿＿＿＿＿＿＿＿＿＿

從何處得知此輕小說？

☐ 青文網路書店 ☐ 青文輕小說blog ☐ 網路 ☐ 店頭海報 ☐ 在書店看到 ☐ 書展/漫博會

☐ 報章雜誌（報紙/雜誌名稱：＿＿＿＿＿＿＿＿＿＿＿＿＿＿＿＿＿＿＿＿＿＿）

☐ 朋友推薦 ☐ 其他：＿＿＿＿＿＿＿＿＿＿＿＿＿＿＿＿＿＿＿＿＿＿＿＿＿

為何購買此書？（可複選）

☐ 喜愛作者 ☐ 喜愛插畫家 ☐ 喜愛此系列書籍 ☐ 買過日文版 ☐ 看過內容簡介而產生興趣

☐ 贈品活動 ☐ 朋友推薦 ☐ 其他：＿＿＿＿＿＿＿＿＿＿＿＿＿＿＿＿＿＿＿＿

對本書的意見：

封面設計：☐ 優良 ☐ 普通 ☐ 不好 翻譯品質：☐ 優良 ☐ 普通 ☐ 不好

小說內容：☐ 優良 ☐ 普通 ☐ 不好 整體質感：☐ 優良 ☐ 普通 ☐ 不好

內容編排：☐ 優良 ☐ 普通 ☐ 不好

讀者服務信箱： mk@ching-win.com.tw
青文網路書店： http://www.ching-win.com.tw

3.5元郵票

10442
台北市長安東路一段36號3樓

青文出版社
CHING WIN PUBLISHING CO.,LTD

輕小説編輯部　收

意見或感想：

若有任何問題請至青文網路書店發問

青文網路書店：http://www.ching-win.com.tw

★請用膠帶黏貼後投入郵筒內（請勿用釘書機、膠水或將回函完全封死、黏死）